तमाशा

तथा अन्य कहानियाँ

मंज़ूर एहतेशाम

राजकमल प्रकाशन

ISBN : 978-81-267-0123-0

मूल्य : ₹595

पहला संस्करण : 2001
पहली आवृत्ति : 2024
This book is printed on **Print on Demand** Technology : 2026

प्रकाशक : राजकमल प्रकाशन प्रा.लि.
1-बी, नेताजी सुभाष मार्ग, दरियागंज
नई दिल्ली-110 002
शाखाएँ : अशोक राजपथ, साइंस कॉलेज के सामने, पटना-800 006
पहली मंजिल, दरबारी बिल्डिंग, महात्मा गांधी मार्ग, प्रयागराज-211 001
1, अनमोल सोराबजी सन्तुक लेन, धोबी तलाव, मरीन लाइंस, मुम्बई-400 002
वेबसाइट : www.rajkamalprakashan.com
ई-मेल : info@rajkamalprakashan.com

मुद्रक : बी.के. ऑफसेट
नवीन शाहदरा, दिल्ली-110 032

TAMASHA TATHA ANYA KAHANIYAN
Short Stories by Manzoor Ahatesham

आदरणीय निर्मल वर्मा के लिए

क्रम

बशीर ख़ाँ, मालिक मॉडर्न केनिंग आर्ट

'बशीर ख़ाँ, मालिक मॉडर्न केनिंग आर्ट' ने ठंडी साँस लेकर सड़क की ओर देखा—एक से बढ़कर एक तगड़ा, अच्छी नस्ल, सही उम्र का बकरा चन्दू कसाई हाँकता ले जा रहा था। इन दिनों साले की चाँदी ही चाँदी है। महीने-दो-महीने पहले ही गाँव-गाँव घूमकर स्टॉक जुटाना शुरू कर देता है। कम पैसों में अच्छे जानवर ख़रीदकर, उनकी डटकर खिलाई-पिलाई करता है, और फिर मौक़े पर मुँह-माँगी क़ीमत में बेच देता है। बाज़ार में सबसे ज़्यादा क़ीमत चन्दू कसाई के बकरों की ही लगती है। यह हाल हो गया है सारी क़ौम का। अब क़ुरबानी भी क़ुरबानी नहीं, सिर्फ़ दिखावा होकर रह गई है। खाते-पीते, ऐश करते लोग मोटरों में बैठ-बैठकर हाट जाते हैं और उसी शानो-शौक़त के साथ बकरे ख़रीदते हैं, जैसे, सुना है, एक ज़माने में मालदार लोग अय्याशी के लिए गुलाम ख़रीदा करते थे। यह सबक़ सीखा क़ौम ने हज़रत इब्राहीम की क़ुरबानी से ! यह तरीक़ा है ख़ुदा और उसके रसूल की रज़ा और ख़ुशी का !

—क्या कर रहा है भाई, तेरा दिमाग़ काँ रेता है ? बशीर ख़ाँ ने अन्दर कोने में बैठे लड़के को हाँक लगाई जिसका हाथ ग़लत चल रहा था।—कौन से सूराख़ में डाल रा है ? ये फन्दा याँ लगेगा ? उठकर उन्होंने कुर्सी का केन उधेड़ते हुए,

बच्चे के सर पर हल्की-सी धौल जमाई।—ऐसे नईं चलेगा। हाथ याँ चलाते हो, आँखें हर सड़क पे आते-जाते पे लगी रहती हैं। तुम क्या देख रये हो ? दूसरे लड़के को, जो हाथ ढीले छोड़कर बशीर ख़ाँ की डाँट सुनकर मुस्कुरा रहा था, उन्होंने लताड़ा।—काम-वाम कुछ सीखते नईं बनता, शाम को खड़े होगे कि ईद है ! ईद के लिए पैसे क्या मैं अपने गिरे से दूँगा ! बशीर ख़ाँ अपनी मिमियाई आवाज़ में नाराज़ हो रहे थे।—नईं काम में दिल लगता तो जाओ, गुल्ली-डंडा खेलो, याँ काए को वक़्त बर्बाद करते ओ ? कुछ सीख जाओगे तो कल तुमारे ई काम आएगा, नईं तो ठेला धकाना !

कितना भी कुछ कहो, सब बेकार है ! लड़के करेंगे वही जो उनका दिल चाहेगा। अभी थोड़ी देर, डाँट के असर में लगेगा चाबी भर गई। हाथ तेज़-तेज़ चलने लगेंगे, नज़र इधर-उधर नहीं होगी, लेकिन थोड़ी देर बाद पता चला वही मुर्दा चाल। अव्वल तो काम ही ऐसा कौन-सा बहुत है ? नया काम मिलना तो लगभग बन्द ही हो गया है, ज़्यादातर मरम्मत की कुर्सियाँ ही हैं। काम नया हो या मरम्मत का, हो तो सलीक़े से। यह मक्खी-मारी बशीर ख़ाँ को पसन्द नहीं। वैसे इसमें लड़कों का भी ज़्यादा दोष नहीं। चारों-के-चारों अभी नए हैं, हाथ सधा नहीं है और रह-रहकर बशीर ख़ाँ को ख़ुद काम में हाथ बँटाना पड़ता है। पुराने लड़के जैसे-जैसे काम सीखते जाते हैं, बशीर ख़ाँ, मॉडर्न केनिंग आर्ट वाले को छोड़कर दूसरों के साथ काम करने लगते हैं। ऊँची दुकान, फीका पकवान !

बशीर ख़ाँ को लगा उनका बदन टूट रहा है और मुँह में एक फीका-सा मज़ा है। शायद पान-तम्बाकू खाए बहुत देर हो गई। उठते हुए उन्होंने सोचा, पास वाले पनवाड़ी के यहाँ से पान...। बाजू में नज़र पड़ते ही उनका जी फिर से बहुत उदास हो गया। ख़रादी वाले के पास की जगह में ही वह उसे बाँधते थे। दिन भर सारे में उछलता-कूदता फिरता, किसी के भी सामने मुढ़ेरी तानकर खड़ा हो जाता, आस-पास के घरों में कहीं भी घुस जाता—मौलवी साहब के यहाँ, साबिर मियाँ के यहाँ—उनके बच्चों के बीच उछलता-खेलता रहता। सब ही जानते थे कि वह बशीर ख़ाँ का शाहू है और सारे मुहल्ले में बशीर ख़ाँ को एक ख़ास इज़्ज़त और मुहब्बत हासिल है। सब अच्छे लोग हैं। बशीर ख़ाँ का सबके साथ अच्छा बरताव है, इसीलिए पराया मुहल्ला भी उन्हें अपना ही लगता है। यह ख़्याल पल-भर को भी नहीं आता कि यहाँ उनकी सिर्फ़ दूकान है, घर कहीं और है। और घर ? घर क्या ? चौबीस में से अठारह या बीस घंटे तो बशीर ख़ाँ यहीं बिताते हैं। किसे मालूम था कि इस तरह एकदम—!

एक बार फिर बशीर ख़ाँ ने अपने दिल को झूठा दिलासा देकर समझाना चाहा—होनी को कौन रोक सकता है ? अल्लाह उनकी नीयत जानता है।

साल-भर उन्होंने इतनी मेहनत किसलिए की थी ? गोश्त खाने को ? तौबा ! तौबा !! हर सवेरे वह पास के नल पर उसे साबुन मलकर नहलाते, उसके ऊनी बालों में उँगलियों से कन्धा करते। और तो और पिछले साल अख़बार में एक बकरे की तस्वीर छपी थी और लिखा था कि उसे किसी ने पिस्ता, बादाम और काजू खिलाकर पाला था, तो समय-समय पर वह भी उसे काजू-पिस्ता खिलाते। एक महीने का ख़रीदा था उन्होंने अपने शाहू को, और फिर उसी पारम्परिक जतन के साथ उसे पाला-पोसा था, जिससे वह हर साल अपने क़ुरबानी के जानवर को पालते-पोसते हैं। अरे, पुले-सरात पर, जहाँ नेक और बद की तमीज़ होगी, वह पुल जो बाल से बारीक और तलवार से तेज़ है, यही तो वह सवारी है, जो नेक लोगों को ज़न्नत तक पहुँचाएगी, जो आज़माइश के उस कड़े वक़्त में उनकी मददगार बनेगी। अल्लाह उनकी नीयत जानता है, बशीर ख़ाँ ने जो कुछ भी किया, उसी एक लम्हे को नज़र में रखते हुए किया। और अगर शाहू बकरा ईद से एक हफ़्ता पहले ही, उनकी सारी कोशिश के बाद भी सर्दी खाकर, ख़त्म हो गया, तो उसमें भी ज़रूर अल्लाह की कोई मसलेहत होगी। होनी को कौन रोक सकता है ?

भारी क़दमों वह पनवाड़ी की गुमटी तक आए। यहाँ किट्टन, नब्बू और वहीद काले खड़े थे और बात बकरों की आसमान छूती क़ीमतों को लेकर चल रही थी।

—अरे मियाँ, नब्बू ने पीक थूकते हुए कहा—अपन ने तो सोचा है, पाड़े में हिस्सा लिए लेते हैं। अबी इतने बड़े भी नईं हुए कि पान-पान सौ का बकरा ख़रीदें !

बशीर ख़ाँ जानते हैं नब्बू का निशाना वहीद काले थे। उन्होंने आज ही हाट से एक दिखलौट बकरा पाँच सौ रुपए में ख़रीदा था।

—पाड़ा क्या यार, तुम तो ऐसा करो—वहीद काले ने नब्बू के कन्धे पर हाथ रखकर आवाज़ इस तरह नीची की जैसे कोई राज़ की बात बता रहे हों—ये जो अपना मौलाना छदामची है, बकरोट साला—! लगता है ना बिल्कुल बकरे की तरह ? रोज़ साला लाउडस्पीकर पर इस तरह अज़ान देता है, जैसे तानसेन हो ! और आवाज़ लगती है भीख माँगती ! इसे किसी तरह पकड़कर निपटा दो ! क़सम से सारा मुहल्ला दुआएँ देगा और सवाब अलग मिलेगा। कम-से-कम सौ बकरों की क़ुरबानी का !!

तीनों ठहाका लगाकर हँसे थे। बशीर ख़ाँ के चेहरे पर भी मुस्कुराहट आ गई। वैसे ये मुस्कुराहट धीरे-धीरे उनके अस्तित्व का हिस्सा ही बनकर रह गई है। जब भी कोई उनकी ओर इस उम्मीद से देखता कि हँसो, तो यह भूलकर

कि उस बात पर बशीर ख़ाँ को सचमुच कैसा लगा, वह मुस्कुरा देते हैं।

—एक मद्रासी, सादा ज़र्दा, दुकानवाला बशीर ख़ाँ का पान अच्छी तरह समझता है, लेकिन पन्द्रह पैसे काउंटर पर रखते हुए उन्होंने हमेशा की तरह दुहराया।

—हम तो भय्या इस साल क़ुरबानी नहीं कर रहे—किट्टन ने चूना चाटते हुए कहा।—पाड़ा हो या चूज़ा, पैसे तो लगते हैं। धन्धे का यह हाल है कि चा-पानी का ख़र्चा निकालना मुश्किल हो रहा है, क़ुरबानी कहाँ से करो ?

—पता नहीं लोगों को क्या होता जा रहा है ? बशीर ख़ाँ ने पान मुँह में रखकर सर पर हाथ फेरते हुए सोचा।—दुनिया भर के धतकर्मों के लिए पैसा है, लेकिन ख़ुदा की राह में ख़र्च करने को नहीं। और नब्बू ! पाड़े में हिस्सा लेंगे !! दो हफ़्ते पहले स्कूटर ख़रीदने को ख़ूब पैसा था, बकरा ख़रीदने को नहीं है! इधर यह शेख़ी के मारे वहीद काले, ख़रीदेंगे तो पाँच सौ रुपए का बकरा ताकि उसके गले में घंटी बाँधकर इनके बच्चे सारे मुहल्ले में जुलूस निकालें, वाह-वाही हो ! सब कहें कि बकरा था तो वहीद काले का। यह लोग समझेंगे उस क़ुरबानी के जज़्बे को जिसमें एक बाप ने अल्लाह के हुक्म पर, अपने बेटे तक को क़ुरबान करने में हिचक नहीं की ? यह समझेंगे दिल के क़रीब की किसी चीज़ को उसके रास्ते में ख़ुद से अलग करना ? पैसे दे देने से क्या होता है, पैसा तो कोई भी ख़र्च कर सकता है। ख़ुद बशीर ख़ाँ को मालूम है, क्योंकि बीते वर्षों में उन्होंने क़ुरबानी के जानवर की ख़ुद परवरिश की है, वह दुःख और उसी में मिला-जुला वह सुकून...उसकी राह में कुछ कर पा सकने का सुकून। ये लोग समझेंगे औलाद क़ुरबान करने की हिम्मत ?

बशीर ख़ाँ मॉडर्न केनिंग आर्ट पर वापस आकर बैठ गए। सारे लड़के अपने-अपने काम में लगे हुए थे।—आठ से बारह साल की उम्र के चार लड़के जो कुछ सीखने और कमाने की चाह में उनके पास आते थे। पूरे मुहल्ले में लकड़ी का काम करनेवालों के मकान और आरा मशीनें हैं। पास में ही भैया मियाँ का फ़र्नीचर शो-रूम है, जहाँ बना-बनाया फ़र्नीचर बिकता है। बहुत साल पहले भैया मियाँ के कहने पर ही बशीर ख़ाँ ने अपनी दुकान यहाँ डाली थी, और अकेले उनके शो-रूम का काम ही इतना होता था कि बशीर ख़ाँ को फ़ुर्सत नहीं मिलती। एक-एक समय, दस-दस, बारह-बारह लड़के उनके यहाँ काम करते। अब भैया मियाँ के काम में ही वह बात नहीं रही। कुछ दिन पहले जब बशीर ख़ाँ उनके पास बैठे थे तो भैया मियाँ ने बड़ी लाचारी से कहा था—क्या बताएँ यार बशीर ख़ाँ, हम हर बार यह भूल जाते हैं कि कमाई में से चील-कौओं के लिए बोटी बचाना कितना ज़रूरी है। हर बार पता चलता है टैक्स का चक्कर !!

भूलते-भालते नहीं हैं भैया मियाँ, यह बशीर ख़ाँ का अन्दाज़ा है। बस, उनकी आदत ही है कि जितना आ जाए ख़र्च कर दो। हज़ार बार, जब भैया मियाँ का काम ज़ोर-शोर से चलता दिखता है, उनके मन में आता है कि भैया मियाँ को उन चील-कौओं की याद दिलाएँ। पर कहने से होता क्या है ? और इस बार तो मामला ज़्यादा ही गम्भीर दिखता है क्योंकि भैया मियाँ ने भी अभी तक क़ुरबानी के लिए कुछ ख़रीदा नहीं है।

और पाड़े में हिस्सा ? छी ! छी ! अल्लाह मियाँ की राह में एक बौदा ही रह गया है, क़ुरबान करने को ! अल्लाह अक़्ल दे इस नब्बू को। लेकिन नब्बू ही क्या, अब तो एक फैशन चल निकला है बौदा क़ुरबान करने का। अच्छे-अच्छे पढ़े-लिखे, खाते-पीते लोग अपने घर में खाने को तो एक बकरा क़ुरबान कर लेंगे, और मुहल्लों या लोगों में बाँटने के लिए पाड़ा। एक पाड़े में सात लोगों की बला टल जाती है और ख़र्च होते हैं सौ-सवा सौ। बकरा आता है सिर्फ़ एक के काम और गिरे से जाते हैं कम-से-कम ढाई-तीन सौ। लेकिन फिर एक बकरा भी क्यों ! क़ुरबानी उसकी राह में है या ख़ुद अपनी दाढ़ गर्म करने को ! और अल्लाह मियाँ भी तो नीयत देखता है, क्या इनके किए से बेवक़ूफ़ बन जाएगा ? जब उसकी राह में बौदा क़ुरबान करते हो, तो ख़ुद भी बौदा ही खाओ !

लेकिन फ़िलहाल वह ख़ुद क्या करे ? एक नज़र—बशीर ख़ाँ, मालिक मॉडर्न केनिंग आर्ट ने शाहू मरहूम के बँधने की जगह पर डालकर फिर से ठंडी साँस ली। परसों ईद है और उनके पास न पैसे हैं न इतना काम कि कहीं से पैसे आने की उम्मीद हो। ऐसा पहले तो कभी नहीं हुआ। जब से बशीर ख़ाँ ने होश सँभाला है, उन्हें याद नहीं कि कभी क़ुरबानी न की हो। फिर अबकि क्या उन्हें भी किसी पाड़े में ही हिस्सा लेना पड़ेगा ?

—हरग़िज नहीं ! बशीर ख़ाँ ने गुस्से और झुँझलाहट में ख़ुद को दिल-ही-दिल डाँटा।—क़ुरबारी, क़ुरबानी होती है, सर से बला टालना नहीं। बेशक वह इस बार चाहे कुछ भी न करें, लेकिन पाड़े में हिस्सा तो नहीं लेंगे।

बशीर ख़ाँ, मालिक मॉडर्न केनिंग आर्ट ने अपना सारा जीवन ही इस तरह बिताया था कि उनके लिए भविष्य की सबसे महत्त्वपूर्ण घटना आने वाला पुल-सरात और ज़न्नत-जहन्नुम का ख़्याल ही बनकर रह गया था। यह केवल संयोग था कि उन्हें मालूम हुआ पुल-सरात से गुज़रने और ज़न्नत तक पहुँचने के लिए सबसे बड़ी मदद वह जानवर होगा जिसे वह हर बकरा ईद पर राहे-ख़ुदा में क़ुरबान करेंगे और तब ही से उस आने वाली घटना की सबसे ज़रूरी कड़ी, उनकी नज़र में

बकरा ईद की क़ुरबानी होकर रह गई थी।

बशीर ख़ाँ की कोई औलाद नहीं है। पिछली ज़िन्दगी—बचपन, नौजवानी, शादी, बीवी की मौत—वह सब कुछ ख़ुद उनके लिए भी अब एक भूला हुआ सपना है। उनकी ज़िन्दगी का सबसे बड़ा हिस्सा दुकान पर ही बीतता है, जहाँ लोग बच्चों को काम सीखने और करने के लिए छोड़ जाते हैं। बशीर ख़ाँ बच्चों का जिस तरह ख़्याल कर सकते हैं, करते हैं। दिन में चार बार पास के होटल से सबके लिए चाय आती है। मौसम के लिहाज़ से, फेरीवाले जो फल बेचते हैं—केला, अमरूद, सेब, सन्तरे या फिर मूँगफली—समय-समय से बशीर ख़ाँ अपने 'स्टाफ़' को खिलाते रहते हैं, और बहुत ख़्याल के साथ सबका रोज़ का रोज़ हिसाब करते हैं। त्यौहार पर भी जिसके लिए जितना कुछ बन पड़ता है, वह ज़रूर करते हैं।

बशीर ख़ाँ को सबसे ज़्यादा मुहब्बत अगर है, तो बच्चों से। भैया मियाँ के तीनों बच्चे शाम को स्कूल से लौटने के बाद सीधे बशीर ख़ाँ के मॉडर्न केनिंग आर्ट पर आ धमकते हैं, और बिना बिस्कुट, टॉफियाँ, गोलियाँ या पास के पनवाड़ी के यहाँ का गुटका खाए, नहीं जाते। पिछली मीठी ईद पर बशीर ख़ाँ ने भैया मियाँ के दोनों लड़कों को नए जूते दिलाए थे, और उनकी छोटी बेटी को चाँद-रात बाज़ार ले जाकर, उसकी पसन्द की चूड़ियाँ पहनाई थीं, बालों में बाँधने के रिबन दिलाए थे। इससे पहले जब भैया मियाँ के बेटे की 'बिस्मिल्लाह' हुई थी, तो उसके लिए पूरा नया जोड़ा बना था। भैया मियाँ के बच्चे तो उनसे इतने हिले हुए हैं कि एक बार दिन भर को वह उन सबको अपने गाँव भी लेकर गए थे, तफ़रीह कराई थी और फिर बहुत सारी ककड़ियाँ दिलाकर वापस लाए थे।

पता नहीं क्यों, लेकिन बशीर ख़ाँ रह-रहकर अपने गाँव लौटकर जाते रहते हैं। ज़मीन के नाम पर उनका कुछ होता तो वह करते, वो तो उनके होश में आने से पहले ही उनके रिश्तेदारों ने ठिकाने लगा दी थी। एक मकान था, तो अब भी महीने-दो-महीने में वह एक चक्कर घर का ज़रूर लगाते हैं। पत्थरों पर फैले हुए कुछ मकानों का नाम है 'कलियाखेड़ी', बशीर ख़ाँ का आबाई गाँव। यहीं बशीर ख़ाँ जवान हुए थे और कल्लन मियाँ काश्तकार की सालों नौकरी की थी। यहीं उनकी शादी हुई थी, रहमत बी नाम की एक क़मसिन लड़की से, जो शादी के साल-सवा-साल बाद बशीर ख़ाँ की पहली औलाद पैदा करते-करते सिधार गई थी। लड़का जो बच गया था, कुछ घंटों बाद वह भी ख़त्म हो गया था और फिर लाख चाहकर भी बशीर ख़ाँ का दिल कलियाखेड़ी में नहीं लगा। बब्बा, रहमत बी के बाप ने, जो तब ज़िन्दा थे, उन्हें लाख दिलासे दिलाए। समझाने की

कोशिश की, यहाँ तक कहा कि वह रहमत बी की छोटी बहन के साथ अपना घर बसा ले, होनी को कौन रोक सकता है ? लेकिन बशीर ख़ाँ गाँव छोड़कर शहर आ गए, और तभी से यह कुर्सी बुनाई का काम, 'केनिंग' कर रहे हैं। पहले इक्का-दुक्का, यूँ ही किसी वर्कशॉप में करते थे फिर धीरे-धीरे यह दुकान डाल ली, काम यहीं आने लगा, लड़कों को सिखाकर वह उनसे रोज़नदारी पर काम लेने लगे। धन्धे में उतार-चढ़ाव भले ही आता रहे, लेकिन अब उनका एक अपना ठिया है, और वह जम चुके हैं। पैसा जमा करने की तमन्ना न उन्हें रही, न है। आदमी किसलिए कमाता है ? समाज में इज़्ज़त के साथ ज़िन्दा रहने को। ये ज़रूर है कि दिन-ब-दिन यह छोटी-सी शर्त भी लगता है बहुत मुश्किल होती जा रही है, लेकिन बशीर ख़ाँ को ख़ुद पर इतना भरोसा ज़रूर है कि जितनी बची है, वह भी इज़्ज़त से गुज़ार लेंगे।

जब गाँव छोड़कर बशीर ख़ाँ शहर आए थे तो अरबी की कुछ सूरतें, जो छुटपन में ही उनके ख़ाला-ख़ालू ने उन्हें नमाज़ पढ़ने के लिए रटा दी थीं, याद थीं। यहीं पर उन्होंने ख़ुद मेहनत करके इतनी उर्दू सीखी थी कि रोज़ का अख़बार अगर रवानी से नहीं तो धीरे-धीरे ही पढ़ पाएँ। क़ुरान शरीफ़ भी उन्होंने एक हाफ़िज़ साहब को पैसे देकर पढ़ा था, लेकिन एक-दो बार ख़ुद अकेले पढ़ने की कोशिश के बाद उन्हें लगा था, यह उनके लिए बहुत मुश्किल है। बहरहाल, अब उन्हें यह इत्मीनान है कि एक बार ही सही, कम-से-कम उन्होंने क़ुरान पढ़ा है। अख़बार में जो मज़हब की बातों का कॉलम होता है उसे बशीर ख़ाँ ख़ासतौर से पढ़ते हैं और साल में जो एक बार बड़ी मस्जिद में तीन दिन का जलसा होता है उसमें भी जाते हैं। इसी बहाने कुछ क़ीमती बातें सुनने को मिल जाती हैं। रहने को बशीर ख़ाँ एक कोठरी के मकान में किराए से रहते हैं—बिल्कुल अकेले, लेकिन हर शब-बरात को अपने हाथ से हलवा बनाते हैं, और पास-पड़ोस के तमाम घरों में बाँटते हैं। मीठी ईद पर सिवइयाँ, शीर-ख़ुर्मा और मुहर्रम पर खिचड़ा। इसके अलावा रमज़ान में क़ुरान-शरीफ़ के ख़त्म पर मस्जिद में रोशनी वही अपने ख़र्चे से कराते हैं, और कभी-कभी शबीना और महफ़िले-मीलाद भी। लेकिन इसके आगे जब कुछ मुल्लाओं ने बशीर ख़ाँ को घर से बाहर निकलकर मज़हब सीखने-प्रचार करने की दावत दी थी, तो वह बहुत झुँझलाए थे।

—अल्लाह की राह में कुछ वक़्त निकालिए। आख़िरत का सौदा सबसे बड़ा सौदा है।—एक मौलाना ने बशीर ख़ाँ का हाथ दबाकर समझाते हुए कहा था।—अल्लाह की राह में उठाया एक क़दम, अपने लिए उठाए सत्तर हज़ार क़दमों से बढ़कर है। कम-से-कम चालीस दिन...एक चिल्ले के लिए अपना नाम...

—देखिए मौलवी साब—जाने कैसे बशीर ख़ाँ जैसे अमन-पसन्द आदमी का सारा वज़ूद गुस्से में खौल गया था।—ये मेरे और मेरे अल्ला के बीच का मामला है। मैं अगर एक दिन दुकान नई खोलूँ, तो क्या नेकियों से मेरा पेट भर जाएगा ?

बशीर ख़ाँ के सवाल को मौलवी साहब ने जवाब मानकर बात वहीं ख़त्म कर दी थी, लेकिन बशीर ख़ाँ का गुस्सा बहुत देर में ठंडा हुआ था। इसीलिए वह कठमुल्लों से दामन बचाते थे। पहले-पहल लोगों ने बशीर ख़ाँ से यह भी पूछा था कि पास की मस्जिद की अज़ान सुनकर वह अपना सर तो बड़े अदब से ढाँक लेते हैं, मगर नमाज़ क्यों नहीं पढ़ते ? या फिर रमज़ान में उनकी दुकान पर इफ़्तार का तो इतना भारी इन्तज़ाम होता है, सब लड़के टोपियाँ पहने अदब से तोप चलने के इन्तज़ार में बैठे रहते हैं और बीचोंबीच ख़ुद बशीर ख़ाँ भी, लेकिन रोज़ा बशीर ख़ाँ एक नहीं रखते। ऐसा क्यों ? बशीर ख़ाँ को यह सारे सवाल ही बेमतलब लगे थे और उन्होंने सिर्फ़ एक ही जवाब दिया था कि मियाँ, मर्ज़ी है अपनी-अपनी !

बशीर ख़ाँ, मालिक मॉडर्न केनिंग आर्ट को अपने काम के अलावा अगर किसी दूसरी चीज़ में मज़ा आता है तो वह है मछली का शिकार। जुमे के दिन उनकी दुकान की छुट्‌टी होती है। इसलिए ज़ुमेरात की शाम ही वह आस-पास कहीं मछली के शिकार पर निकल जाते हैं। पानी के किनारे बैठकर उन्हें जाने कैसा सुकून मिलता है, जैसे उनकी ज़िन्दगी में फैला ख़ालीपन भर गया हो। अलग-थलग किसी नदी या तालाब के किनारे ख़ामोश बैठकर उन्हें लगता है ख़ुद से बातें कर रहे हों। पानी पर डोलता तिरना, उठती लहरें या फूटते बुलबुले—लगता है यह सब एक ज़बान है, जिसे वह शब्दों से बेहतर समझते हैं। हज़ारों सवाल उनके दिमाग़ में पानी के किनारे बैठकर ही आते, और आते ही जैसे ख़ुद-ब-ख़ुद उनका ज़वाब भी मिल जाता। गहरे अँधेरे और ख़ामोशी में, जबकि पानी भी अँधेरे का घोल लगने लगता है, उन्हें टिमटिमाते तारों का डोलना अक्सर अजीब लगता और कान दूर जंगलों में हो रही ज़रा-सी भी आहट सुन पा सकने लगते। और इसी घने अँधेरे में पानी की लहरों पर डोलता तिरना, एक सफ़ेद बेहक़ीक़त घास का टुकड़ा, जिसकी सुई बराबर हरकत भी बशीर ख़ाँ की आँखों से नहीं बच पाती। बशीर ख़ाँ को किसी चीज़ पर गर्व था तो यह कि उनके तिरने से लगनेवाली मछली कभी ग़लत घाव से छूटकर नहीं गई। बाक़ी मछली के शिकारी बशीर ख़ाँ को ख़ास इज़्ज़त देते हैं क्योंकि शायद ही कभी बशीर ख़ाँ शिकार से ख़ाली हाथ लौटे हों।

अगर कोई बशीर ख़ाँ से पूछता कि वह मछली का शिकार क्यों खेलते हैं ? मछली खाने को ? तो पूछने वाले की मूर्खता के बावज़ूद बशीर ख़ाँ उसे क्या

जवाब दे पाते ? कैसे समझाते कि क्या है जो धकेलकर उन्हें पानी के किनारे ले जाता है, और क्या है जो वह वहाँ से अपने साथ ले आते हैं ? मछली कौन उल्लू का पट्ठा खाना चाहता है !

एक बार होटल वाले मौलाना ने पूछा था—यार बशीर ख़ाँ, छुट्टी तो आप जुमे की ऐसी करते हो जैसे नमाज़ पढ़नी हो, और जाते हो मछली खेलने ? फिर इतवार की छुट्टी करा करो !

—काम करो मियाँ, अपना काम ! बशीर ख़ाँ ने अपनी झल्लाहट और गुस्सा, हमेशा की तरह मुस्कुराहट में छिपाते हुए कहा।—मैं नमाज़ पढ़ूँ, नईं पढ़ूँ, मेरी मग़फ़िरत तुम थोड़ी कराओगे ! इतवार की छुट्टी कर लों, तुम भी यार मौलाना !

थी ही बेतुकी बात। बशीर ख़ाँ के दिमाग़ में छुट्टी के नाम पर और कोई दिन आता ही नहीं। यह इतवार की छुट्टी उनके ख़्याल में हमारी गुलामी के ज़माने की यादगार है। हमारे दिमाग़ आज भी कहीं अंग्रेज़ों के गुलाम हैं, बशीर ख़ाँ को लगता है। और दिमाग़ी गुलामी से घटिया क्या हो सकता है !

दुकान में धूल जम गई थी—झाड़न उठाकर आस-पास पड़े फ़र्नीचर को बशीर ख़ाँ ने झटका। ज़्यादातर लोहे के फ्रेम की कुर्सियाँ थीं—किसी की पीठ की बुनाई झोल खा गई थी; किसी की सीट बैठ गई थी। लकड़ी का फ़र्नीचर अब बनवाता ही कौन है ? सब कम पैसे में टिकाऊ चीज़ ख़रीदना चाहते हैं। कभी भूले-भटके ही कोई लकड़ी का सोफ़ा हाथ लगता है, वरना जिसे देखो रेगज़ीन की अपहोल्स्ट्री करा रहा है—स्टील के फ्रेम पर। ले-देकर डाइनिंग चेयर्स ही अभी तक लकड़ी में ज़्यादा बन रही हैं, तो जब विरले कभी भैया मियाँ के यहाँ बनती हैं, तो उन्हें मिलती हैं। सारी फ़र्नीचर की बड़ी-बड़ी दुकानें उधर ठंडी सड़क पर लग गई हैं, जो जाने कहाँ-कहाँ के केनिंग करने वालों को बुलाकर शो-रूम में ही अपना काम करा लेते हैं। अपनी आसानी और कम-ख़र्च का हर एक को ख़्याल है ! अच्छे काम की ऐसी-तैसी, किसे पड़ी है कि फ्री-फ़ंड में बशीर ख़ाँ के मॉडर्न केनिंग आर्ट तक जाने-आने का किराया देता फिरे ! जो भी है, बहरहाल उन्हें अपने मुक़द्दर का मिल ही जाता है। और कुछ दिन की बात है। आख़िर कब तक लोग इन चटाई-चोरों से काम कराएँगे, जिनका कोई घर है न घाट। आख़िर ठिया भी तो कोई चीज़ होती है।

बशीर ख़ाँ को विश्वास है कि जल्द ही ठंडी सड़क के बड़े दुकानदारों का काम भी उन्हें ही मिलने लगेगा। फिर ज़्यादा लड़के उनके यहाँ काम करेंगे, और फिर एक बार जब डोर हाथ में आ जाएगी, मनचाहा पैसा मिलने लगेगा, तो साले

लड़के कहाँ भागकर जाएँगे। एक जाएगा तो दस नए मिल जाएँगे।

सामने बस आकर रुकी थी, और ताँगे, ठेलेवाले आस-पास आकर इकट्ठे हो गए थे। ऊपर से किसी ने दो बोरे फेंके थे और सड़क की धूल तितर-बितर हो गई थी। बोरों में हरी, पीपल की पत्ती थी। शायद बकरों के लिए...।

एक बार फिर से शाहू का ख़्याल उन्हें बेतरह बेचैन कर गया। हफ़्ते भर पहले तक यहीं सामने—! उसके सफ़ेद ऊनी शरीर पर उन्होंने मेंहदी के लहरिए बनाए थे : और मेंहदी रची भी कैसी थी, जैसी छोटी, मासूम-सी बच्ची की हथेली पर। जाने किस कम्बख़्त की नज़र थी जो शाहू को खा गई। दिन भर अच्छा-भला खेलता-खाता रहा था। ठंड होने लगी है, इसलिए उन्होंने ख़ासतौर से नहलाया भी धूप चढ़े पर भर-दोपहर में। भूरा, ठेलेवाला उनका हाथ बटाने के लिए उठकर आ गया, तो उसके ही मुँडेरी मारता रहा। पास दवा की दुकानवाले साईं ने तो बशीर ख़ाँ से कहा भी कि—बड़ी बशीर ख़ाँ, इस बार तो ईद की दावत तुम्हारे ही घर खाएँगे, और बशीर ख़ाँ ने हस्बे-आदत हँसकर साईं को दावत भी दे दी कि—हाँ, क्यों नईं साईं, पेला हक़ तो मोहल्लेवालों कई होता है। फिर जाने क्या हुआ कि शाम को शाहू को जो लगातार छींकें आना शुरू हुईं, तो बशीर ख़ाँ भी घबरा गए। लपककर दवावाले को हाल बताकर एक गोली भी उन्होंने शाहू को लाकर खिला दी कि सर्दी असर न कर पाए। होनी को कौन रोक सकता है ? रात को शाहू को उन्होंने अन्दर अपने कमरे में बाँधा, कम्बल और गर्म कपड़े भी उस पर डाले, लेकिन सुबह तक शाहू की हालत और भी बदतर हो गई। वह सर डाले ऊँघ रहा था, उठने का नाम ही नहीं लेता था। मुश्किल से उसे ठेले पर लादकर वह मवेशियों के अस्पताल ले गए, वहाँ से दवा ली, लेकिन तीसरे दिन तक शाहू—!

—अस्सलाम अलेकुम, रफ्फू ने पास आकर सलाम किया था और बशीर ख़ाँ की ठंडी साँस गले में ही घुट गई थी।

—कओ ख़ाँ, रफ्फू मियाँ,—बशीर ख़ाँ ने मुसाफ़ा करके अपना सीना सहलाते हुए पूछा—काँ रास्ता भूल आए ? काम-वाम कैसा चल रिया है ?

—अरे काये का काम बशीर भाई !—रफ्फू ने थूक की पिचकारी मारते हुए कहा।—करने को हो तो करो, याँ तो ये है के सुबा से बैठे शाम तक मक्खी मारते रओ ! पाँच मैने बरसात-बरसात करते निकाले, सोचते-सोचते कि अब धन्दा चमका, अब चमका, दिवाली भी आई—गई। मैं केता हूँ ऐसा कित्ते दिन चलेगा ? ऐं ? बड़े बादे किए थे ? ऐं ? क्या-क्या हरी घाँस दिखाई थी सालों ने ! लो आ गई अपनी हुकूमत, अब इसे भी देखो !

बशीर ख़ाँ मुस्कुराते हुए सुनते रहे। रफ्फू, असल से तो गुंडा था, नाम को

मार्केट में बढ़ई का काम भी करता था। यही किसी का दरवाज़ा ठोंक दिया, किसी की चौखट बना दी। पिछले चुनाव में उसने एक उम्मीदवार के लिए बढ़-चढ़कर काम किया था। बात शायद कुछ बनी नहीं, इसी का पछतावा है।

—सुनो यार बशीर भाई,—रफ्फ़ू ने बात का रुख़ एकदम बदलते हुए कहा।—यार, पता चला आपका वह क़ुरबानी का मेंढ़ा तो मर गया। (शाहू की बात इन शब्दों में सुनकर, बशीर ख़ाँ, मालिक मॉडर्न केनिंग आर्ट के दिल पर एक चोट-सी लगी।)—मैं, यार इसलिए आया था कि अबी हाट में एक अच्छा-सा पाड़ा मिल गया तो मैंने ख़रीद लिया। अब दो हिस्से तो उसमें मेरे हैं, तीन के लिए नीम वाली बाई ने का है। दो बच रए हैं, तो ऐसा करो, तुम ले लो। ये समझो बीस-बाईस तक का हिस्सा पड़ जाएगा। सस्ते निपट जाओगे।

शाहू की मौत से लेकर पाड़े में हिस्सेदारी की बात रफ्फ़ू यूँ एक ही साँस में कह जाएगा, बशीर ख़ाँ, मालिक मॉडर्न केनिंग आर्ट को यह गुमान भी नहीं था। शाहू ? पाड़ा ? छी-छी !!

—नईं यार, हमें नईं लेना हिस्सा-विस्सा ! बशीर ख़ाँ ने हाथ हिलाकर कहा।

—लो ! तुम तो लगा बुरा मान गए। तुम नईं लेते, और कोई ले लेगा। क्या कुछ और इन्तज़ाम कर लिया है ?

—काए का इन्तज़ाम कर लिया है ! बशीर ख़ाँ अपनी गुस्से में मिमियाती बारीक आवाज़ कंट्रोल नहीं कर पाए।—ऐसा क्या ज़रूरी है कि नईं बनता तो किसी का जानवर चुरा कर ही माड़ डालो। या कुछ नईं मिलता तो सुअर को क़ुरबान कर दो !

—यार तुम बात कैसी कर रये हो बशीर ख़ाँ ! रफ्फ़ू हाथ झाड़ता हुआ उठ खड़ा हुआ।—मैं क़ायदे की बात कर रिया हूँ और तुम्हें लगता है ततैया ने काट लिया।

—अरे मियाँ पेले क़ुरबानी का जज़्बा सीखो,—बशीर ख़ाँ का गुस्सा और बढ़ गया।—एक बो थे कि अल्ला के हुकुम पर अपनी औलाद क़ुरबान करने से नईं चूके, एक तुम हो कि दित्तेरी की, बोदा ! कम करो, अच्छा तो करो। अल्ला नीयत देखता है।

—अरे बड़ी औलाद-औलाद कर रये हो—रफ्फ़ू ने इस तरह चीख़ते हुए कहा कि आस-पास के सब लोगों ने भी सुना।—मालूम भी है औलाद क्या होती है ! पैदा नहीं किया चिड़िया का बच्चा और बात कर रये हो औलाद की !

रफ्फ़ू को गए देर हो चुकी थी और बशीर ख़ाँ चाहते थे किसी तरह दिन ढल जाए, और वह अपना मुँह छुपाए घर लौट जाएँ। रात भर बिस्तर में मुँह दिए लेटे रहें। लग रहा था जैसे वह सरिया जिसमें उनका जिस्म पिरा था, बीच

में से कहीं टूट गया था। इस तरह कि शायद फिर कभी न जुड़ सके।

—रफ्फू ने ग़लत क्या कहा था ? ग़लती तो बशीर ख़ाँ, मालिक मॉडर्न केनिंग आर्ट की ही थी। लग रहा था बीच बाज़ार उन्हें किसी ने नंगा कर दिया हो।—वह अब कहाँ के रहे ! क्या ख़ुदा अपने बन्दों की इतनी सी ग़लतियाँ भी माफ़ नहीं करता ? क्या शाहू की मौत ही उनके गुनाह की सज़ा में काफ़ी नहीं थी जो ऊपर से यह सब कुछ ? ठीक है, वह गुनहगार है। यह उनका गुनाह था कि ज्यों-ज्यों ईद पास आती गई, उनका दिल शाहू को क़ुरबान करने के ख़्याल से हटता गया ! शाहू जितनी मुहब्बत बशीर ख़ाँ से करता था—ऐसा पहले कभी किसी जानवर के साथ हुआ ही नहीं ! दिन-ब-दिन उनके दिल में यह ख़्याल पक्का होता गया था कि अल्लाह उन्हें माफ़ करेगा...लेकिन वह शाहू को किसी भी क़ीमत पर क़ुरबान नहीं कर पाएँगे...नहीं करेंगे !

—इसकी सज़ा के लिए क्या शाहू की मौत ही काफ़ी नहीं थी ? बशीर ख़ाँ, मालिक मॉडर्न केनिंग आर्ट ने अपना सर मफ़लर में कसकर लपेटे हुए, एक बार फिर ख़ुद से ही सवाल किया।

घेरा

—यू नो आई हेट ड्रिंकिंग एंड फार दैट हेट, यू टू !

(तुम जानती हो मुझे शराब से नफ़रत है और इसीलिए तुम से भी !)

कभी जमाल ने उससे कहा था और वह हँसकर बात टाल गई थी। रात के साढ़े बारह होने को आ रहे थे और इस समय वह शब्बो के बाजू में लेटा हुआ था। शब्बो इस समय शान्त थी और जमाल भी। कुछ पल पहले उन दोनों के बीच बीते समय ने शब्बो के भीतर कहीं किसी सूखी गहराई को भर दिया था और वह अपना दिमाग़ यूँ ही आवारा भटकता छोड़ देना चाहती थी। जमाल का कभी का कमेन्ट जाने उसके दिमाग़ में कहाँ से भटक आया था। वह ज़्यादातर उसके इस प्रकार के कमेन्ट्स सुने-अनसुने कर देती है। सिर्फ़ एक बार उसने भी जमाल से पूछ लिया था—

—हू हैज़ गिविन यू दि लिबर्टी टु बी अन-फ़ेथफुल टु योर ओन वाईफ़ ?

(तुम्हें अपनी पत्नी से बेवफाई की इजाज़त किसने दे दी है ?)

इतना ही जमाल को भड़काने के लिए क़ाफी था।

—डोंट यू थिंक (तुम्हें नहीं लगना चाहिए), उसने बेपनाह गुस्से में कहा था—यू आर रिसीविंग अ पार्ट ऑफ़ माई फ़ेथ फ़ॉर हर ! (उसके हिस्से का कुछ

प्यार तुम्हें मिल रहा है !) मेरी बीवी को मेरे बाज़ू में लेटकर सिसकियाँ नहीं भरनी पड़तीं।

बस वह आख़िरी बार था। और देखा जाए तो इस तरह का कमेन्ट सिवाए शब्बो को हर्ट करने के क्या कर सकता है ? रहीम साब, उसके पति के बाज़ू में लेटकर रात-रात जागना या सिसकियाँ भरना तो शब्बो का मुक़द्दर था। लेकिन जमाल का भी क्या किया जा सकता है ? उसे 'मेड-अप' औरतों से नफ़रत और शिकार से दीवानगी की हद तक इश्क़ है। रियासत के पुराने जागीरदार होने के नाते उसके ख़ानदान की आज भी शहर में एक ख़ास इज़्ज़त है। लेकिन यह क्या पागलपन हुआ कि शिकार पर ज्यों-ज्यों पाबन्दी बढ़ती जाती है, उतना ही उसका शौक़ भी ! उसकी जीप क्या, बिल्कुल अजायबघर है, राइफलों से लेकर शिकार किया जानवर, सब बहुत आसानी से छिपाए जा सकते हैं। रही बात मेक-अप किए औरतों की, तो वह अपनी पत्नी तक को मेक-अप नहीं करने देता। कपड़े क़ीमती-से-क़ीमती, लेकिन हुक्म था नो मेक-अप ! सो नो मेक-अप !! यही नहीं शब्बो के मेक-अप का भी उसने हमेशा मज़ाक़ उड़ाया था।

पास ट्रॉली से गिलास उठाकर शब्बो ने सिप् किया—रियली नथिंग टु बीट कॉनयॉक् ! अन्दर जैसे नशे के साथ ख़ुशबू भी फैलती जाती है। चमेली की महक, मोगरे की सुगन्ध, गुलाब की भीनी ख़ुशबू—इन सबसे अच्छी कोई ख़ुशबू। जमाल करवट से लेटा पिछली खिड़कियों के बाहर, जहाँ चाँदनी फैली थी, देख रहा था। आदमक़द काँच की खिड़कियों के पर्दे खिंचे हुए थे और अन्दर भी रोशनी के नाम पर बाहर फैली चाँदनी का अक्स ही था।

—इट्स हाई टाइम ! (बहुत समय हो गया !) जमाल ने एकदम चादर बराबर करके बैठते हुए, बेड-स्टेड के पास का स्विच ऑन कर दिया और कमरे में मरी हुई नीली रोशनी फैल गई। उसके साथ ही बेड-रूम का फ़र्नीचर और वार्ड-रोब्ज़ की आकृतियाँ उजागर हो गईं। विक्टोरियन स्टाइल की भारी वार्ड-रोब्ज़, राइटिंग-चेस्ट, दो आरामकुर्सियाँ, एक फुट-स्टूल, फ़र्श का क़ालीन सुरमई से नीला लगने लगा, और शब्बो और जमाल के शरीर ढाँपती चादर पर भी जैसे एकदम नील फैल गया। बाथ-रूम का दरवाज़ा, कोठी के अन्दरूनी दालान और पिछवाड़े कॉरिडोर में खुलते दरवाज़े, लगा सिपाहियों की तरह अपनी जगह तैनात हो गए, सफ़ेद दीवारों और छत के अन्दरूनी मामलों की पहरेदारी को।

—क्यों ? शब्बो ने उसकी कमर में हाथ डालकर रोकते हुए पूछा।

—इट्स गेटिंग टु बी वन (एक बजने वाला है), जमाल ने उबासी लेते हुए कहा—आते होंगे ! मुझे रोककर क्या फिर से उन्हें नींद की गोलियाँ खिलवाना चाहती हो ?

शब्बो खिलखिलाकर हँसी थी और खींचकर जमाल को बिस्तर पर वापस लिटा लिया था।

रहीम साब बस आते ही होंगे। रोज़ महल पर शराब पीते, पत्ते खेलते इतना-इतना समय बीता जाता है। और महल में अब है क्या ! बाहर की दीवारें मुद्दत से क़लई की मुहताज और अन्दर बैठकर जो कुछ है उसे भी बेच डालने के मंसूबे ! लेकिन रहीम साब ठहरे पुराने नमक-ख़्वार। अपना फर्ज़ निभाने में लगे हुए हैं। महलवालों के मामले हल करने के लिए, उन्हें मिनिस्टर्स और सिविल सर्वेन्ट्स से मिलवाने के लिए, वह एक तरह से पी.आर.ओ. बने हुए हैं। जब ज़रूरत समझी जाती है इसी कोठी पर दावतों का इन्तज़ाम होता है, जहाँ पुरानी रॉयल फेमिली और नए हुकूमत करनेवालों को एक-दूसरे को क़रीब से देखने और जानने का मौक़ा मिलता है और सौदेबाज़ी होती है। ज़्यादातर मामले बड़ी ख़ूबी से तय भी हो जाते हैं। वह ख़ुद होस्टेस की हैसियत से इन दावतों में रहीम साहब के शाना-ब-शाना होती है और तरह-तरह के लोगों से मिलकर, बात करके, उसे अच्छा लगता है। उन्हीं शामों को लगता है, जैसे कोठी फिर से ज़िन्दा हो उठी। ड्राइंग-रूम की ऊँची छत से लटकते झाड़ और फ़ानूस झिलमिला उठते हैं। मुद्दत से अपनी जगह, सफ़ेद कवर्स चढ़ा, क़ीमती आबनूस में तराशा, आरामदेह फ़र्नीचर जिसकी सीट्स मुर्दा जानवरों के क़ीमती लेदर की है, ज़िन्दा इन्सानों का स्पर्श और उनके शरीर की गुनगुनी हरारत महसूस करता है। म्यूज़िक और हँसी के फ़व्वारों की ज़िन्दा होली लौ दे उठती है। ख़ुशबू के परे माहौल का हिस्सा बन जाते हैं। और जब डाइनिंग हॉल में गोल टेबिल के इर्द-गिर्द बैठे लोगों को वह होस्टेस की हैसियत से सर्व कर रही होती है—जस्ट अ लिटिल मोर, मिस्टर खन्ना ! उसकी आवाज़, इफ़ यू मस्ट इंसिस्ट, मिसेज़ रहीम ! मिस्टर खन्ना की, उसकी आवाज़ और जिस्म सूँघते नथनों की फड़फड़ाहट। बस—वही पल ! नहीं तो इस बड़ी आलीशान कोठी में ज़िन्दगी के नाम पर क्या था ? बारह महीनों दिन ठिठुरे, समानता से भरे और उन जानवरों जितने जीवन्त, जो ड्राइंग-रूम, डाइनिंग-रूम, स्टडी, बल्कि जब वह शादी के बाद इस घर में आई थी तो रहीम साब के इस बेड-रूम तक में स्टफ़्फ़ किए हुए तरह-तरह के पोज़ेज़ में खड़े थे। कहीं टाइगर है, कहीं लेपर्ड, कहीं बारहसिंघे, चीतल और हिरन। उसे सबसे ज़्यादा नफ़रत उस भारी-भरकम पाइथन से थी जिसे पहली बार देखकर कोई भी डर से बेहोश हो सकता है। इन सब ट्राफ़ीज़ में नब्बे-फ़ीसदी रहीम साब के पापा का कारनामा थीं, जो बीते समय में हिज़ हाइनेस का दायाँ हाथ थे। हिज़ हाइनेस, मुहम्मद कलीम यानी—रहीम साब के पापा के मशवरे के बिना कोई बड़ा फ़ैसला नहीं करते थे। रियासत की सर्विसेज़ में उनका ओहदा सबसे ऊँचा था। रहीम

साब ? उनका शौक़ सिर्फ़ फिशिंग तक था और अपनी जवानी में वह इसे पूरा करने के लिए हर साल नेपाल जाया करते थे। अब ? शब्बो को सोचकर ही हँसी आ गई।—अब तो घर में स्टफ़्फ़ किए जानवरों और राइफ़िल्स में—जिन्हें रहीम साब बहुत क़रीने से अपनी स्टडी में सजाकर रखते हैं, कोई फ़र्क़ ही नहीं रहा ! बोथ आर ओनली पीसेज़ आफ़ डेकोरेशन ! (दोनों सिर्फ़ सजावट की चीज़ बन गईं हैं !) रहीम साब को शादी के बाद से आज तक उसने कभी शिकार पर जाते नहीं देखा।

—क्या पता शायद अभी तक वह आ भी चुके हों ? उनके ख़ास ख़ादिम, हामिद ने रिसीव करके बिस्तर तक पहुँचा दिया होगा। शब्बो के दिल में रहीम साब के लिए रत्ती बराबर भी ख़ौफ़ या परवाह नहीं बची थी। शादी करते समय ही शायद उसके दिमाग़ में यह बात बिल्कुल साफ़ थी कि यह एक सौदा है। आज वह इस कोठी, इसके बाहर फैले लम्बे-चौड़े बाग़ और बहुत सारी खेती की ज़मीन, जो सब उसे मेहर में मिले थे, की मालिक थी। ख़ुद रहीम साब अपने ही घर में मेहमान होकर रह गए थे। कई बार यहाँ तक हुआ है कि अन्दर कमरे में वह जमाल के साथ हुई है और रहीम साब किसी दूसरे मर्द की मौजूदगी महसूस करके वापस लौट गए हैं। एक ही धमकी थी उनके पास—सोने की गोलियाँ खा मरने की—तो यह ड्रामा भी अभी तक कितनी ही बार हो चुका है। हर बार शायद जान-बूझकर, मरने से कम गोलियों का डोज़ लेकर दो-तीन दिन पड़े सोते रहते हैं ! और फिर जमाल शब्बो के लिए रहीम मियाँ के अलावा पहला मर्द तो था नहीं। शादी के बाद बीते इन पाँच सालों में कितने लोग कोठी के पिछले दरवाज़े से आए और ख़ामोशी से चले गए।

शब्बो ने हल्की नीली रोशनी में ट्रॉली पर रखे गिलास की ओर देखा—गिलास का बाटम रोशनी में झिलमिला रहा था।

—कभी तो, उसने अपने गिलास में कॉनयॉक् डालते हुए कहा—अपनी नहीं तो दूसरों की ख़ातिर ही सही !

जमाल ने अपनी बाँह उसकी कमर में डालते हुए, सर गोद में रख दिया। उनके आस-पास घुन-घुन करके, तितर-बितर होती, एयर-कंडीशनर की आवाज़ थी और शब्बो को मज़बूती से जकड़े जमाल की बाँह। दीवार पर फैले लम्बे-चौड़े आयने में शब्बो ने अपनी इमेज को देखा, और उसकी उँगलियाँ गोदी में रखे जमाल के सर के बालों में दौड़ने लगीं।

शब्बो को अच्छी तरह याद था—रहीम साब से शादी के बाद पहली रात उसने यहीं, इसी कमरे में बिताई थी। और आज वह रहीम साब के साथ किसी भी तरह मिसबिहेव कर ले, वह पहली रात उसके दिमाग़ में एक अमिट छाप छोड़

गई थी। शायद उसे आने वाली ज़िन्दगी के लिए .खुद को पूरी तरह तैयार कर लेना चाहिए था, जो किसी प्रकार हो न पाया। आज अगर ठंडे दिमाग़ से सोचा जाए तो ग़लती शब्बो की थी या रहीम साब की ?

वैसे तो इस आने वाले सब कुछ का बीज, देखा जाए तो, बहुत पीछे छूटे अतीत में ही पड़ चुका था। तब, जब उसे भी ज़िम्मेदार नहीं ठहराया जा सकता। सौतेली माँ ? अब्बा ने जब अम्मा को तलाक़ दिया था, उस समय .खुद शब्बो की उम्र दो-ढाई साल से ज़्यादा नहीं थी। उसको तो घर में सौतेली माँ, बिया ही याद हैं। या फिर एक के बाद एक पैदा होती पाँच छोटी बहनें। उम्र के साथ-साथ उसे यह अन्दाज़ा होता गया कि उसके साथ जो बाक़ी बहनों से अलग सलूक किया जाता है, उसका कारण उसकी सगी माँ ही थीं, जिन्होंने अब्बा के तलाक़ के बाद ही, बग़ैर शादी किए कुँवर साहब के साथ रहना शुरू कर दिया था। इधर अब्बा ने अपने ही रुतबे के शाही ख़ानदान में बिया से शादी कर ली थी। बिया की उम्र अब्बा से कम ज़रूर थी—लेकिन अब्बा की हैसियत को उस ज़माने में रियासत के कितने ख़ानदान पहुँचते थे ? अब्बा को हिज़ हाइनेस का 'ब्लू आईड ब्वाय' कहा जाता था। धीरे-धीरे बिया अब्बा पर हावी होती गईं और एक-एक करके सारी ज़िम्मेदारियाँ .खुद सँभालने लगीं। अब्बा बिया के सामने दबकर रहने लगे। इधर कुछ दिनों बाद कुँवर साहब तो मर गए, लेकिन अम्मा उनके सोग में चूड़ियाँ तोड़े वैसे ही नहीं बैठी रहीं, थोड़े ही दिनों में उन्हें फिर कोई चाहनेवाला मिल गया।

इस हालत में बिया ने अम्मा से मिलने-जुलने पर भी कड़ी पाबन्दी लगा दी थी।

काफ़ी बड़े होने तक भी बहुत सारे कारण तो पूरी तरह समझ में आते नहीं थे, उसे सिर्फ़ यह लगता था कि जहाँ उसकी सौतेली बहनें कोठी में आने-जाने वाले लड़कों से खुलकर बात कर सकती थीं, उसे एक ख़ास नपे-तुले ढंग से ऐसा करने से रोका जाता था। बल्कि बिया और घर के दूसरे बुज़ुर्गों ने पहले ढके-छुपे और इसके बाद साफ़-साफ़ शब्दों में समझाया था कि उसे अपने अन्दर की औरत की हिफ़ाज़त किस तरह करनी है। घर आने वाले लोगों का रवैया उसके साथ दूसरा ही होता था। बिया ने तो उस स्कूल से भी, जहाँ को-एजूकेशन थी, उसका नाम कटवाने की ज़िद की थी, लेकिन जाने अब्बा कैसे अड़ गए थे। धीरे-धीरे नतीजा यह निकला कि उसे मर्दों से नफ़रत हो गई। हर लड़के या आदमी की नज़रें उसे एक ही मतलब से उठती लगतीं—वह मतलब जो अगर पूरा हो गया तो, जैसा बिया कहती हैं, कोई भी शौहर एक रात के बाद ही उसे घर से निकाल देगा।

और फिर जाने कैसे स्कूल के आख़िरी साल में वह सॉलोमन के क़रीब आती गई ! किसी लड़के की उँगलियों का स्पर्श...आज भी सोचकर उसके सारे शरीर में फुरेरी दौड़ जाती है। स्कूल के सूने कोने-कोचरों में वह सॉलोमन का इन्तज़ार करती और कुछ पल को बिया, अब्बा, अम्मा और सारी दुनिया को भूल जाती। सॉलोमन के हाथ जैसे दो वायर्स थे जिनसे उसमें पैदा हुई सारी बिजली, सारा करन्ट दौड़कर शरीर के बाहर निकल जाता और वह हलका महसूस करने लगती। और वह दिन...

...सारा क्लास शहर से बाहर पिकनिक पर गया हुआ था...कहीं झाड़ियों में सॉलोमन ने उसे जकड़ लिया था। ज़मीन पर बिछी सूखी नदी की रेत और बजरी...बाजू में लगा बड़ा-सा कोहे का दरख़्त जिसकी एक शाख़ दाहिनी ओर गिरकर सूख चुकी थी...कोहे की उधड़ी हुई छाल—नो, प्लीज़ सॉलोमन !—उसने ख़ुद को सॉलोमन की पकड़ से छुड़ाते हुए कहा था और फूट-फूटकर रोने लगी थी। जाने उसका रोना था या किसी के आ जाने का ख़तरा, सॉलोमन ने उसे छोड़ दिया था। फिर लाख कोशिश के बाद भी वह सॉलोमन को नहीं समझा पाई कि वह किस चीज़ की रक्षा करना चाहती थी। लेकिन जब सॉलोमन ने फिर उसे छूना चाहा तो बड़े आत्म-विश्वास से उसने उसका हाथ झटक दिया था। शाम घर लौटते वह बहुत ख़ुश थी। अपने अन्दर की औरत की हिफ़ाज़त करने में वह कामयाब रही थी।

—चलो, ऐसा करें, एक रात इसी तरह जमाल ने उसके पास लेटे हुए कहा था—हम दोनों कहीं भाग चलें !

—कितने दिन के लिए ? जैसे आप-ही-आप उसके मुँह से निकल गया।

—क्या मतलब ?

—मतलब कितने दिन तुम अपने बच्चों और बीवी से दूर रह सकोगे ?

जमाल हँसने लगा था।

—तुम तो सीरियस हो गईं, उसने हँसते हुए कहा—मैं तो, सिर्फ़ मज़ाक़ कर रहा था।

तब से आज तक उसने इस बात को कितनी ही बार सोचा है। जमाल अपनी जगह, मगर क्या वह भाग सकती है ? अगर कोई साथ भागने को मिल जाए तो भी ? यह कोठी, ये मोटरें, ये नौकर, आए दिन होती कोठी पर दावतें जहाँ शहर के तमाम बड़े लोग झुककर उससे मिलते हैं, एक ख़ास इज़्ज़त देते हैं ? यह सब जो उसका अपना है, क्या सिर्फ़ एक जवान आदमी छुड़ा सकता

है ? जमाल की तरह भले लोग आते-जाते रहें, रहीम साब से ख़ुद अलग होने का मतलब क़ानूनी तौर पर यह सब खोना होगा, जो आज उसका अपना है और जिसे पाने के लिए उसने इतना सब किया था। क्या होगा कोई दुनिया में ऐसा जो उसे यह सब छोड़ने पर मजबूर कर सके ? क्या रहीम साब से उसके सम्बन्ध ख़त्म हो सकते हैं ?

—क़सम ख़ुदा की ! उसने अपना मुँह पीटते हुए उस मोटे एल्बम से नज़रें हटानी चाही थीं—तौबा ! तौबा ! यह सब क्या जमा कर रखा है आपने ?

यह शादी की रात ही हुआ था जब रहीम साब ने पहली बार उसके सामने ड्रॉर्स का वह चेस्ट खोला था जिसमें एल्बम थे, छुट-पुट फ़ोटो, इंसान-जानवर, जाने क्या-क्या ! उस रात, उनके शराब पीने पर तो उसे ज़रा भी आश्चर्य नहीं हुआ था, क्योंकि ख़ुद अब्बा के साथ रहीम साब और कुछ दूसरे लोग जिस तरह स्टडी को लॉक करके घंटों अन्दर बैठे रहते थे, वह सारा घर जानता था। यह और बात है कि इस टॉपिक पर कभी कोई बात नहीं करता था। और, फिर रहीम साब तो थे ही बुनियादी तौर पर अब्बा के दोस्त और उम्र में भी, उनसे कुछ निकलते हुए ही। सोचकर हँसी आती है कि वर्षों वह रहीम साब को रहीम अंकल कहती रही थी ! जितनी हैरानी में उसके रहीम साब से शादी करने के फ़ैसले ने सबको डाला था, उस समय वे एल्बम्स और फ़ोटो उसे डाल गए। शादी से पहले ऐसे कुछ फ़ोटो उसने देखे ज़रूर थे, लेकिन जो इस समय सामने था, वह उसकी कल्पना-शक्ति के बाहर था। सिहराने के साथ ही वह तस्वीरें उसको भीतर तक सुलगा भी गईं।

—क्यों, डर गई ! रहीम साब ने उससे लिपटते हुए कहा था—अरे, यह तो कुछ भी नहीं, तुम्हारे अब्बा के ख़ज़ाने का तुम्हें क्या अन्दाज़ा होगा ! अरे, शाहकार हैं उनके पास तो शाहकार ! मेरी सारी अच्छी एल्बम्स उनके पास हैं। ठहरो, तुम्हें एक और मज़े की चीज़ बताएँ। उन्होंने गिलास में बची शराब ख़त्म करते हुए कहा—तुम भी लो ना, थोड़ा-सी ?

अभी तक जो हुआ, मात्र परिचय-सा था। उसे दिलचस्प लगा था। वह आगे भी जानना चाहने लगी। उसने हाँ कहा तो रहीम साब ने जिन उँडेलकर गिलास हाथों में थमा दिया। बेड-स्टैंड के सामने टँगे हुए स्क्रीन पर ख़ामोशी से बदलती तस्वीरें थीं—औरतें और मर्द—जो उसकी एड़ी से लेकर चोटी तक आग लगा गए। धीमी, मटमैली रोशनी में बेचैनी से करवटें बदलती वह बाजू में लेटे रहीम साब को देख रही थी—चेहरे पर मुस्कुराहट, हाथ में शराब का गिलास और बहुत धीरे-धीरे हिलते पैर। उसकी आग जैसी वहाँ कोई तपन, कोई गर्मी नहीं थी। जिन का मज़ा उसे बहुत अच्छा नहीं लगा, फिर भी वह पी गई। स्क्रीन निर्जीव

होने के बाद भी वह सारी तस्वीरें एक-एक स्लाइड की तरह उसके दिमाग़ में चकराती रहीं। वह चाह रही थी रहीम साब उसे जलाती आग बाँट लें। सब कुछ हुआ, लेकिन रहीम साब उसके अन्दर दहके अलाव को बुझाने में नाकाम रहे।

—उसके अन्दर की औरत ?

—आई नेवर थॉट यू वर सच किड ! (मैंने सोचा भी न था तुम छोटी-सी बच्ची हो !) उन्होंने ख़ुशी के बजाए हैरानी से कहा था—इट सीम्स सो सिली एण्ड इन्क्रेडिबिल। (मुझे यक़ीन ही नहीं आ रहा।)

सुबह होने तक, एक-एक पल, उसने जागते हुए काटा और रहीम साब बाज़ू में खर्राटे भरते सोते रहे।

उसी सुबह रहीम साब की उससे पहली लड़ाई हुई थी। फिर शादी के सिर्फ़ चार महीने बाद ही वह उस कमरे में शिफ़्ट हो गए थे जिसमें बाथ-रूम का दूसरा दरवाज़ा खुलता है। वह जिस तरह चाहती है, उन्हें दबाकर रखती है और वह उफ़् नहीं करते। दोनों के बीच जाने किस चीज़ की शर्त-सी बदी हुई है और कोई भी हारने पर रज़ामन्द नहीं लगता। रहीम साब के कमरे से तालाब का दृश्य बिल्कुल साफ़ दिखता है। तालाब का दृश्य ! मौत से पहले रहीम साब के पापा रात-रात जागकर तालाब को तकते रहते थे, अब ख़ुद रहीम साब की बारी है !!

यह शायद कोई ख़ानदानी बीमारी लगती है !

जमाल जा चुका था। टाइम-क्लॉक ने अभी-अभी तीन का समय बताया था। रहीम साब महल से आकर कभी के सो भी चुके होंगे। ख़ुद उस पर यह कैसी बेचैनी सवार है ?

व्हिस्की की बोतल खोलकर उसने एक लार्ज पैग बनाया, फ्रिज से सोडा निकालकर मिक्स किया और एक सिप लेने के बाद कमरे में टहलने लगी।—क्या और क्यों उसे परेशान कर रहा था ? आगे बढ़कर ड्रॉर्स खोलकर, उसने एक-एक करके सारे एल्बम्स निकाले और पन्ने पलटने लगी। सहसा एक एल्बम खोलते ही वह खिलखिलाकर हँस पड़ी।—सर पे सेहरा, कमख़ाब की शेरवानी, गले में फूलों के हार—दूल्हा बने रहीम साब बैठे थे ! और पास में वह ख़ुद, नाक में नथ पहने, दुल्हन !! उनकी शादी की तस्वीरों का एल्बम जाने इन एल्बम्स में कैसे मिल गया था !

कोई बात दिमाग़ में इस तरह अटक रही थी कि न तो वह उसे शब्दों में सोच पा रही थी और न ही उससे छुटकारा मिल रहा था। तस्वीर में दूल्हा बने रहीम साब कितने हास्यास्पद लग रहे थे। पचपन वर्ष की उम्र शायद दूल्हा बनने

के लिए होती भी नहीं। अगर शादी से पहले रहीम साब को वह यह विश्वास नहीं दिला देती कि वह उन पर मर-मिटी है, उसके जीवन में अब रहीम साब के अलावा किसी दूसरे पुरुष की कल्पना भी सम्भव नहीं, तो क्या उन-सा दुनिया देखा आदमी यों जग-हँसाई और दूल्हा बनकर अपना मज़ाक़ बनाने के लिए तैयार हो जाता ? शब्बो की शादी रहीम साब—यानी उससे तीन गुनी उम्र के मर्द के साथ ! किस तरह आस-पास के तमाम लोग चौंके थे। अब्बा तो किसी तरह राज़ी ही नहीं होते थे, यहाँ भी बिया की समझ ही काम आई और उन्होंने रहीम साब का ख़ानदान और हैसियत याद दिलाकर अब्बा को तैयार कर लिया। आदमी की उम्र ज़्यादा सही, दूसरी तमाम चीज़ें भी तो देखी जाती हैं। कल उस जैसी लड़की के लिए कैसे रिश्ते आएँ, कौन जानता है ! बहरहाल, अब्बा अगर बहुत .खुश नहीं हुए तो उन्होंने अपनी नाराज़गी पर भी काबू पा लिया। .खुद उसके अपने दिमाग़ में शादी का निर्णय लेते हुए यह काफ़ी साफ़ था कि वह क्या पाने और क्या खोने जा रही है।

—फिर अब ये उलझावे कैसे ?

—जमाल ?? हुँह ! जमाल जब तक है, आगे कोई और हो सकता है। यह सिर्फ़ इत्तिफ़ाक़ भी हो सकता है कि अभी तक उसकी आग को सबसे बेहतर जमाल ने बाँटा है। कल उससे अच्छा भी कोई हो सकता है।

—तो फिर रहीम साब के लिए दिन-ब-दिन दिल में गहरे बैठती यह नफ़रत क्यों ? उसने शादी जिस इज़्ज़त और आसानियों के लिए की थी, वह आज उसकी है। इस जायदाद और रुतबे की एक सीढ़ी के अलावा रहीम साब का उसके जीवन में कोई महत्त्व न था, न है। तो फिर यह दुःख और निराशा कैसी कि रहीम साब कभी उसके दूसरों से मिलने पर चीख़ते-चिल्लाते या मारपीट भी क्यों नहीं करते ? यह उम्मीद क्यों कि उन्हें, उसके व्यवहार से, और नहीं तो तकलीफ़ ही पहुँचे, वह गुस्सा ही करें ? क्या सचमुच उन दोनों के सम्बन्धों का स्रोत इस हद तक सूख चुका है कि आपस में एक ठंडी लापरवाही के अलावा कुछ नहीं बचा ? शुरू-शुरू में तो फिर भी कभी-कभी नींद की गोलियाँ खा मरने की धमकी होती थी, अब तो इस ओर से उन्होंने आँखें ही मूँद ली हैं। उन दोनों के सम्बन्ध इस तरह ख़त्म भी हो सकते हैं ? शब्बो के ताने-तिशने सुनते, ज़िल्लतें सहते, वह कोठी में मौजूद हैं। लगता है, उन दोनों के बीच शर्त यही बदी है कि कोठी छोड़कर कौन जाता है या तलाक़ के लिए पहले क़ानूनी कार्यवाही कौन करता है ! रहीम साब इस इन्तज़ार में हैं कि यह फ़ैसला .खुद शब्बो करे ताकि उन्हें अपनी जायदाद से हाथ न धोना पड़े; अगर वह .खुद तलाक़ देंगे तो यह कोठी और बहुत सारी जायदाद भी शब्बो को मेहर में देनी पड़ेगी। रहीम साब

केवल उस पल के इन्तज़ार में हैं जब शब्बो—!

—वह सचमुच यह कोठी छोड़ देगी, वही छोड़ेगी ! उसने एक ही घूँट में गिलास ख़ाली करते हुए सोचा। जमाल या किसी के भी साथ ! यह शर्त बेशक रहीम साब ही जीतें, ख़ुद उसके लिए यहाँ रह पाना सम्भव नहीं रहा। कोठी, मोटरें और दुनिया-जहान की इज़्ज़त उसे यहाँ रुकने पर मजबूर नहीं कर सकते। वह बहुत जल्दी यहाँ से भाग जाएगी।

एकदम आवाज़ें आने लगीं—बकौल रहीम साब के मनहूस आवाज़ें ! कोठी के पिछले लॉन पर बिल्ला-बिल्ली थे। अगर रहीम साब जागते होते तो 'हाश-हाश' करके इन्हें भगाने की कोशिश करते, लेकिन कोठी के एक हिस्से से भगाओ तो ये आवाज़ें किसी दूसरे हिस्से से आने लगतीं। जितनी देर तक आना होता, आती रहतीं।

शब्बो ने गाउन लपेटा और दरवाज़ा खोलकर पिछले कॉरीडोर में निकल आई। कंडीशनर के नपे-तुले टैम्प्रेचर के बजाय बाहर धीमी-धीमी हवा बह रही थी। लॉन में बिछी चाँदनी को घने, ऊँचे आम का साया अजीब ढंग से दो हिस्सों में बाँट रहा था। दूर तालाब में पिघला पारा हिल्कोरे ले रहा था। धुँधलके में एकदम शब्बो को लगा—कॉरीडोर में उससे कुछ दूरी पर कोई ख़ामोशी से लॉन में नज़रें गड़ाए खड़ा है—घास में दुबकी दो आकृतियों पर : एक बिल्कुल सफ़ेद और दूसरी, सफ़ेद पर काले गुल। आँखें फाड़कर देखने के बाद शब्बो ने ख़ुद को विश्वास दिलाने की कोशिश की कि उससे थोड़ी दूरी पर रहीम साब ही हैं। यों ख़ामोश ? और मनहूस आवाज़ें ? और 'हाश-हाश' ?? एकदम से उसका मन हुआ उनके पास जाए और जाकर कहे कि वह कोठी और जायदाद सब छोड़कर जा रही है। सोचते ही उसे थकान का एहसास हुआ और क़रीब के एक सतून से टिककर वह ख़ामोशी से लॉन की ओर तकने लगी।

दो आवाज़ें, एक-दूसरे के साथ अजीब लय में ऊँची-नीची हो रही थीं। चार कौंधती आँखें, दो फूलते-पिचकते शरीर—सफ़ेद आकृति का पेट बिल्कुल लॉन की दूब से सटा हुआ था और काले गुल वाली आकृति लगता था किसी भी पल छलाँग लगाकर सफ़ेद आकृति को दबोच लेगी। काले गुल वाले शरीर ने सफ़ेद जिस्म को अपनी नज़र के घेरे में क़ैद किया हुआ था। आवाज़ें पल-ब-पल ऊँची होती गईं—यहाँ तक कि सन्नाटा तार-तार हो गया और बिजली-सी लपक के साथ सफ़ेद आकृति काले गुल वाले की जकड़ में थी। कुछ पल एक-दूसरे की तिक्का बोटी—करने की कोशिश के बाद दोनों जिस्म अलग-अलग हो गए। सफ़ेद आकृति थोड़ी दूर जाकर रुक गई। आवाज़ें उभरने का सिलसिला फिर शुरू हो गया। दोनों आकृतियों के बीच एक फ़ासला, काले गुल वाले की नज़र का

घेरा, बना रहा। शब्बो को लगा अगर सफ़ेद शरीर की आकृति उस घेरे के बाहर निकल गई, तो फिर काले गुल वाले की पकड़ में नहीं आएगी। उस घेरे के अलावा सफ़ेद आकृति को दुनिया की कोई ताक़त नहीं रोक सकती।

सतून से सर टिकाए, शब्बो थकी आँखों से काले गुल की क़ैद में सफ़ेद आकृति को लॉन में यहाँ-वहाँ गुत्थम-गुत्था होते देखती रही। रहीम साब अपनी जगह खड़े थे और इस समय यह अन्दाज़ा लगाना मुश्किल था कि उनकी आँखें दूर फैले तालाब पर केन्द्रित हैं या लॉन में एक-दूसरे से बँधी उन दो आकृतियों पर।

शब्बो को खड़े-खड़े काफ़ी समय बीत गया था। लॉन पर उभरती-डूबती दोनों आवाज़ें आनी बन्द हो चुकी थीं, लेकिन लग रहा था आस-पास फैले विस्तार में अब भी आवाज़ें-ही-आवाज़ें हैं। ऐसी जिन्हें वह केवल सुन और महसूस कर सकती है, नाम नहीं दे सकती। ऐसी बेगिनती आवाज़ें।

रहीम साब अपनी जगह खड़े थे।

सहसा शब्बो को अजीब-सा लगा। रहीम साब और उसके बीच इस समय लगभग उतना ही फ़ासला था, जितना काले गुल और सफ़ेद आकृति के बीच; वही नज़र के घेरे की दूरी, जिसमें काले गुल वाले ने सफ़ेद आकृति को क़ैद किया हुआ था।

स. हरिश्चन्द्र के जीवन की वह शाम

स. हरिश्चन्द्र के जीवन में वह बहुत ज़्यादा ख़ुशी का दिन था। उन्होंने सरे-आम ही अलमारी का ताला खोलकर उन क़ीमती काँच के गिलासों को निकाला जो अभी तक ड्राइंग-रूम के डेकोरेशन के लिए ही इस्तेमाल होते रहे थे। साफ़-शफ़्फ़ाफ़, बेलजियन ग्लासेज़ जिनकी क़ीमत कोई क़द्रदान ही समझ सकता था।

—मिस्टर हरिश्चन्द्र—उन्हें आज से बारह साल पहले कही हुई नीलम इन्टरप्राइजेज़ के मालिक मिस्टर सूद की बात याद आई—ये गिलास मैंने एक महाराजा की नीलामी से ख़रीदे थे। इन पर शायद आप ही का नाम लिखा था, तो आपके हवाले कर रहा हूँ।

बारह साल से यह क़ीमती गिलास स. हरिश्चन्द्र ने यूँ सजा और छिपाकर रखे थे, जैसे ड्राइंग-रूम में ही लगी स. हरिश्चन्द्र और उनके शिकार किए शेर की तस्वीर, जिसे देखने वाले बिना पूछे यह मान लेते हैं कि उन्होंने अपने जीवन में कभी शेर मारा है। सच्चाई केवल इतनी थी कि स. हरिश्चन्द्र ने किसी और की बन्दूक़ और किसी और के मारे हुए शेर के साथ तस्वीर खिंचवाई थी। जिन्होंने पूछा था, उनसे स. हरिश्चन्द्र ने कुछ नहीं छिपाया...सब साफ़-साफ़ बता दिया। लेकिन पूछने वाले थे कितने ? ज़्यादा लोग तो तस्वीर देखकर ही उन्हें

बड़ा शिकारी, हद यह कि शेर-मार ख़ाँ समझकर चलते हैं और दबते हैं। यह स्थिति भी कितनी मज़े की होती है—सोचकर अनजाने ही स. हरिश्चन्द्र के चेहरे पर मुस्कुराहट फैल गई।

—अरे गुड़िया, उन्होंने बड़ी बिटिया को वाश-बेसिन से आवाज़ दी, बेटी ज़रा थोड़ा विम पाउडर तो लाके देना।

चारों बच्चियाँ आजकल परीक्षा की तैयारी में व्यस्त हैं। अपनी बेटियों पर स. हरिश्चन्द्र को गर्व है—हर लड़की अपनी क्लास में फ़र्स्ट आती है। फिर भी आज यह नई .ख़ुशी कुछ और ही थी। चौबीस वर्षीय विवाहित जीवन के बाद घर में लड़के का सुख स. हरिश्चन्द्र को बहुत भीतर तक गर्मा गया था और लग रहा था उनकी उम्र बहुत कम हो गई हो। बच्चियाँ घर में छोटे भैया के जन्म से .ख़ुद जितनी .ख़ुश थीं, सो तो थीं ही, उन्होंने अपने डैडी को भी कभी इतने सुख की मुद्रा में नहीं देखा था।

—अच्छा डैडी ! गुड़िया ने विम का डिब्बा रखते हुए स. हरिश्चन्द्र को अपनी अदा से छेड़ा था—आज फिर अंकिल लोग तमाशा करेंगे ! डैडी ! पहले मम्मी को तो घर आ जाने दिया होता...वह भी देखकर एन्जॉय करतीं।

स. हरिश्चन्द्र धीरे से हँसे थे। बेटे ! उन्होंने जोड़ा—तुम्हारा असल अंकिल तो वही होगा, जो आज आए और तमाशा दिखाए। और तमाशा क्या बेटी ! .ख़ुशी में लोग तरह-तरह की हरकतें करते हैं। शराब में क्या रखा है ? और मम्मी को तो बेटा, हॉस्पिटल में कम-से-कम हफ़्ता भर लगेगा। वैसे गुड्डू और तुम्हारी मम्मी सब बिल्कुल ठीक हैं। मैं हॉस्पिटल होता हुआ ही आ रहा हूँ। तुम कहो तो और फ़ोन करके फिर से मालूम किए लेते हैं।

गुड़िया के मना करने के बावज़ूद स. हरिश्चन्द्र ने हॉस्टिपल फ़ोन लगाकर ड्यूटी डॉक्टर से बात की और मिसेज़ हरिश्चन्द्र अथवा मास्टर हरिश्चन्द्र की नए सिरे से ख़ैरियत मालूम की। सब बिल्कुल ठीक था। फ़िक्र करने की कोई ज़रूरत नहीं थी।

इधर से निश्चिन्त होकर स. हरिश्चन्द्र ने सोफ़े के कुशन, क़ालीन, दरवाज़ों के पर्दे, ऐश-ट्रेज़, रिकॉर्ड-प्लेयर—पूरे कमरे का बहुत बारीक-बीनी से मुआयना किया और आख़िर को इस नतीजे पर पहुँचे कि कूलर के बाद भी बाहर खुले लॉन पर बैठना ही ज़्यादा उचित रहेगा। शुरू महीने की चाँदनी भी है और हवा भी आज ज़्यादा गर्म नहीं लगती। लॉन की बुरी हालत—मानो किसी ख़ूबसूरत कुत्ते को खुजली हो गई हो ! सोचकर उन्हें थोड़ा दुःख हुआ। और गमलों की बदहाली, सारे पौधे सूख गए हैं। पानी नहीं, चील का मूत हो गया कि ढूँढ़े नहीं मिलता ! पानी के लिए बड़ा टैंक बनवाना अब बहुत ज़रूरी हो गया है। इतने

दिन वह बेकार की चीज़ों को बहाना बनाकर इस ज़रूरी काम को टालते रहे। अब पहला काम यही करना होगा।

हॉस्पिटल से वापसी पर शाम के जश्न के मद्दे-नज़र स. हरिश्चन्द्र अच्छी-ख़ासी शॉपिंग़ ही कर लाए थे। सलाद के लिए ककड़ियाँ, टमाटर, सेब—जो आजकल बाज़ार में फटे पड़ रहे थे। नमकीन के ख़्याल से बेसनी मूँगफली, दाल-चूड़ा, तले चने और भूनने के लिए एक थैली पापड़—सबका इन्तज़ाम करते वह घर लौटे थे, यह जानते हुए भी कि घर में भी कुछ-न-कुछ रखा ही होगा।

—देना भई ज़रा, स. हरिश्चन्द्र ने मित्तल नमकीन भंडार वाले सेठ के सलाम के जवाब में कहा था—ज़रा अच्छा वाला ही देना।

—क्या बात है साब ? सेठ ने जाने उनके आव-भाव या व्यवहार से कैसे अन्दाज़ा कर लिया कि कुछ ख़ास बात थी—आज तो किसी जश्न की तैयारी लगती है।

स. हरिश्चन्द्र बहुत मासूमियत से खिलखिलाकर हँस दिए थे।—नहीं, भई, ऐसा क्या।

—मुबारक हो, हरिश्चन्द्र जी ! एकाएक एक परिचित ने सड़क पर ही स्कूटर रोककर आवाज़ लगाई थी।—साहबज़ादे बहादुर का जन्म मुबारक हो, और खरे नाम का वह परिचित आकर उनसे गले मिलने लगा था।

—शुक्रिया, शुक्रिया, स. हरिश्चन्द्र ने उससे हाथ मिलाते हुए कहा।—भई आपको कैसे ?

—अरे साहब, ख़बर है तो छुपेगी थोड़ी ! और हमारे योग्य कोई सेवा ?... खरे ने हाथ जोड़कर कहा था।

—हाँ यार, स. हरिश्चन्द्र ने दिमाग़ पर ज़ोर डालते हुए कहा—थी तो... ख़ैर फिर तुमको बताएँगे।

खरे चल दिया था, लेकिन मित्तल नमकीन भंडार वाले सेठ ने उनसे ख़रीदी चीज़ों के पैसे लेने से इनकार कर दिया था। स. हरिश्चन्द्र की .ख़ुशी उसकी .ख़ुशी थी और उनके घर का जश्न, उसके अपने घर जैसा। वह तो ख़ैर हुई जब आगे मार्किट से उन्होंने तलने के लिए डेढ़ किलो मछली ख़रीदी तो किसी ने रम्मा भोयन को भी यही समाचार नहीं सुना दिया, वरना मुफ़्त नहीं तो वह भी कुछ-न-कुछ पैसे कम ज़रूर कर देती। कैसे अच्छे लोग हैं बेचारे, सुख-दुःख दोनों में बराबरी के भागीदार, स. हरिश्चन्द्र ने .ख़ुद से ही कहा और .ख़ुद ही खिलखिलाकर हँस दिए। उन्हें जाने क्यों, वर्षों पहले कभी कॉलेज के दिनों की वह फ़ैन्सी-ड्रेस पार्टी याद आई, जिसमें यारों ने उन्हें कश्मीरी लड़की का लिबास पहनाकर मेक-अप किया था—उनकी बारीक मूँछों को वैसा ही छोड़कर ! जब स. हरिश्चन्द्र

ने अपना चेहरा आइने में देखा था तो खिलखिलाकर हँस पड़े थे—बिल्कुल इसी तरह।

नौकर को आवाज़ देकर उन्होंने घड़ी की ओर देखा—साढ़े छः होने को आए थे और तैयारी अभी कुछ हुई नहीं थी।

—चल बे बिल्ले ! उन्होंने नौकर के आने पर कहा। (स. हरिश्चन्द्र नौकरों के नाम .खुद रखते हैं जो ज़्यादातर जानवर या परिन्दे होते हैं। बिल्ले से पहले एक भैंसा था। उससे पहले बिज्जू, और काफ़ी पहले एक बगुला करके हुआ करता था।)—देख यह मछली है। क्या समझा ? अबे, तू बिल्ला है तो भी मछली कच्ची तो खाएगा नहीं, इसे फ्रिज में रख दे ! और फुर्ती से ज़रा बाहर लॉन में छिड़काव कर। और दीदी को रोशनाई, पेन्सिल ला दी थी बाज़ार से ? शाबाश ! चल, जल्दी कर।

यारों के आने से पहले स. हरिश्चन्द्र चाहते थे, एक तफ़्सीली 'बाथ' लेना। 'बाथ' के बाद बात बनती है इन दिनों।

न जाने कितने वर्षों बाद स. हरिश्चन्द्र को लग रहा था कि वह सुकून से हैं। शॉवर पूरा खोलकर वह उसके नीचे बैठ गए। अभी-अभी नल आया था इसलिए पानी ठंडा और ताज़ा था, उनके गर्मी खाए शरीर को प्यार से सहलाता। उन्होंने शॉवर से सर बाहर करके एक नज़र बाथ-रूम में दौड़ाई। नहाने का चीनी वाला टब, फ़र्श और दीवार पर लगे सफ़ेद टाइल्स, गीज़र, वाश-बेसिन, इंगलिश स्टाइल का डब्लू-सी, सब कुछ था उनके सुख और दुनिया की जलन और परेशानी का। उनके घर, उनके रहन-सहन, उनकी बच्चियों की अच्छे स्कूलों में शिक्षा, उनके घर में लगे टेलीफ़ोन, अच्छे पर्दे, फ़र्नीचर, कूलर, स्कूटर को देखकर, कुढ़नेवाले-ही-कुढ़नेवाले थे। सबसे बड़ा इल्ज़ाम जो स. हरिश्चन्द्र पर लगाया जाता है, और जिसे लेकर महकमे में इन्क्वायरी चल रही है, उनका प्रोमोशन रोक दिया गया है, वह यही है कि अपनी सीमित आमदनी में वह शहर की सबसे क़ीमती कॉलोनी में इतना क़ीमती मकान क्योंकर बनवा पाए।—बनवा लिया, उन्होंने अपने आफ़ीसर से कहा था।—जब तक आप यह साबित न कर दें कि कोई गड़बड़ की गई, मेरे कुछ करने का है ही नहीं। करिए आप साबित कहाँ गड़बड़ है !

यही तो है दुनिया का कि किसी को सुख-चैन से नहीं देख सकती। तब सब .खुश थे जब वह किराए के मकान में रहते थे। किराया कितने सौ, यह कौन पूछने जाता है ! और क़ानून उनका बिगाड़ क्या लेगा ? वह पागल हुए हैं जो

ऐसा कुछ करें जो बाद को फन्दे की तरह अपने ही गले आ पड़े ! आज यह कॉलोनी इतनी क़ीमती हो गई—तब का हिसाब लगाओ जब स. हरिश्चन्द्र ने यहाँ प्लॉट लिया था—कुत्ते भी इधर आने से कतराते थे !

स. हरिश्चन्द्र ने एक ठंडी साँस ली जिसका मतलब था कि जो है सो है, जो होगा देखा जाएगा। वैसे इन्क्वायरी जैसी चीज़ स. हरिश्चन्द्र के जीवन में कोई नई बात नहीं थी। अव्वल तो उनका महकमा ही एक ऐसी गठरी समझा जाता है जिसमें सारी ख़ून चूसने वाली जुएँ पलती-परवरिश पाती हैं। दूसरे, एक आम आदमी की नज़र में ऐसा आफ़ीसर जो पकड़ में आ गया हो, हमदर्दी का पात्र होता है। इस महकमे की ख़ूबी ही यह बयान की जाती है कि जो जितना बड़ा घाघ है, क़ानून की पकड़ से उतना ही दूर है। जो जितना कमाएगा, वह ख़ुद को उतना ही बदहाल दिखाने की कोशिश करेगा। अगर स. हरिश्चन्द्र के मन में कोई कपट होता तो क्या वह इतना खुलकर खेले होते। सारे प्रदेश में उनके सारे अफ़सर उनसे ख़ुश हैं, सिवाय इस एक कूढ़-दिमाग़ के जो जाने कौन से जन्म की दुश्मनी निकालने पर तुला है ! और स. हरिश्चन्द्र ने कुल मिलाकर उस साले का बिगाड़ा क्या है ?

बिगाड़ने के नाम पर स. हरिश्चन्द्र ने इस दुनिया में किसी का भी क्या बिगाड़ा है ? बहुत ईमानदारी और बारीकी के साथ अगर देखा जाए तो उनसे जितनी भी बन पड़ी, धन्धा करनेवालों की मदद ही की है, परेशान नहीं किया। जो कोई भी बुरे वक़्तों में उनके पास रोता-पीटता आया, उन्होंने अपने सम्बन्ध, असर-रसूख़ इस्तेमाल करके उसे बरबाद होने से बचाया है। एक समय था जब वह महकमे के उड़न-दस्ते में थे और उड़न-दस्ते की मार कौन व्यापारी नहीं समझता ? जहाँ दस्ते की जीप जाकर रुक जाए, बाज़ार वीरान होने लगते हैं, व्यापारी दुकानें बन्द करके भागने लगते हैं ! यहाँ तक हुआ है कि लोगों को हार्ट-अटेक हो गए हैं। लेकिन स. हरिश्चन्द्र के ज़माने को याद करके लोग आज भी उन्हें दुआएँ देते हैं। और यह सारे शहर में इतनी इज़्ज़त, लोगों का उठ-उठकर मिलना, बग़ैर माँगे चीज़ें घर पहुँचा देना, यह क्या यूँ ही है ? क्या उनके डिपार्टमेंट से सम्बन्धित सारे लोगों की शहर में इतनी ही इज़्ज़त है ? बाक़ी लोगों का डर हो सकता है, इज़्ज़त नहीं !

नहाकर, तौलिए से बदन सुखाते, स. हरिश्चन्द्र अपने बेड-रूम में निकल आए। पलंग ! पलंग पर जाकर उनकी नज़रें टिक गईं। सिरहाने लगा सनमाइका जगह-जगह से उधड़ गया था। कब तक साथ देता, उन्होंने मन-ही-मन सोचा। जिसने नज़राना दिया उसे भी तो अपना पेट पालना रहा होगा।

स. हरिश्चन्द्र को याद है—यह पलंग एक सिन्धी फ़र्नीचर वाले ने उनके

उड़न-दस्ते के ज़माने में साहब को .खुश करने को दिया था। यह पलंग और छः कुर्सी का डाइनिंग-सेट, बेचारा बिना माँगे ही दे गया। अड़दब में था, न देता तो क्या करता !

बहरहाल, स. हरिश्चन्द्र ने अलमारी खोलकर तेहमद-कुर्ता निकालते हुए सोचा, गुड़िया की मम्मी और गुड्डू के हॉस्पिटल से घर जाने से पहले-पहले इस कमरे में एक नया पलंग आना है। और इस सिलसिले में क्या किया जा सकता है, वह कल ही देखेंगे।

एकाएक आज बाज़ार में उन्हें खरे से हुई भेंट याद आई और मामला सुलझ गया। खरे का फ़र्नीचर का ही काम है और आजकल उसका केस भी स. हरिश्चन्द्र के ही पास है। उन्होंने सुकून की साँस ली।

स. हरिश्चन्द्र बाहर लॉन पर बिछी कुर्सी में तेहमद-कुर्ता पहने पसरे पड़े थे। सारी तैयारी हो चुकी थी। सलाद काटकर, प्लेटों में सजा हुआ, फ्रिज़ में ठंडा हो रहा था, गिलास धुले-पुँछे अन्दर ट्रे में जमे रखे थे। किसी-न-किसी को अभी तक आना चाहिए था—आठ बजने जा रहे थे। थोड़ी देर बाद सही। उनकी आज ऑफ़िस से छुट्टी सही। बाक़ी ने तो दिन भर सर-मारी की होगी। बेचारे घर जाएँगे। और फिर यहाँ आना ! उनका घर न तो पुराने शहर से इतना पास था न ही उनके साथियों में हर एक के पास अपनी सवारी थी।

—आप तो—उनके दफ़्तर का एक जूनियर, सिद्दीक़ी कभी-कभी उनसे मज़ाक़ करते हुए कहता—नाम से ही राजा हो—राजा हरिश्चन्द्र ! रहा मुक़द्दर तो वह भी राजाओं-सा लिखा लाए !

—अरे यार ये स. हरिश्चन्द्र क्या ? किसी साथी ने पूछा था।

—स. हरिश्चन्द्र नहीं तो क्या ? उन्होंने हँसते हुए कहा था—अमा वही, सत्यवादी हरिश्चन्द्र, इतना भी नहीं समझते ?

और इस बात को सुनकर लोग दिनों हँसा किए थे। सारे महकमे में एक लतीफ़ा-सा बन गया था जिसके बीच उन्होंने चुप रहना ही बेहतर समझा। हँसने पर तुले लोगों को यह बताना उन्हें कहीं से भी उचित नहीं लगा कि उनके नाम से पहले जो स. लगा था वह सचमुच सत्यवादी के ही लिए था। जाने कैसा बेतुका नाम रखा था उनके माँ-बाप ने ! सत्यवादी हरिश्चन्द्र !! इससे कहीं बेहतर तो स. हरिश्चन्द्र ही लगता है।

रही बात राजा होने की तो, वह अच्छी तरह जानते हैं कि इसमें मुक़द्दर को कम और .खुद उनकी मेहनत को ज़्यादा दख़ल है। उन्होंने ज़िन्दगी में हर तरह की मेहनत की है—हाथ-पैरों से लेकर दिमाग़ तक की। और हर तरह की ज़िल्लत भी बर्दाश्त की है। इस महकमे में भी सालहा-साल उन्हें बीवी-बच्चों से

दूर दूसरे शहरों में गुज़ारने पड़े हैं क्योंकि बीवी की नौकरी और बच्चों का स्कूल हर तबादले पर नहीं छोड़ा जा सकता। फिर अब हर तरह की .ख़ुशी उन्हें क्यों न मिले ? एक भारी कमी बेटा न होने की थी जिस पर दुश्मन कहते थे—मान लो हरिश्चन्द्र जी ! मारने वाले से जिलाने वाला बड़ा है। अब कहाँ ले जाओगे इस काली माया को, यहीं दान करना पड़ेगा !! सो आज उन लोगों का मुँह भी बन्द हुआ और उन्हें अपना ज़ाँनशीन भी मिला। गुड़िया की माँ ने जब आज शाम उनसे कहा था—चन्दा, लड़का बिल्कुल तुम पर गया है, तो वह भीतर तक गुदगुदा गए थे। लड़का हो, बाप जैसा हो, फिर और कोई क्या चाहेगा ?

घर के बाहर कोई थ्री-व्हीलर आकर रुका था और सिंह और सिद्दीक़ी बाहर आए थे। स. हरिश्चन्द्र ने बैठे-बैठे हाथ हिलाया और अपनी कुर्सी से उठकर खड़े हो गए। सिंह ने ऑटोवाले को किराया दिया और सिद्दीक़ी और सिंह दोनों लदे-फँदे अन्दर आ गए।

—यह सब क्या ले आए ? स. हरिश्चन्द्र ने सिद्दीक़ी के हाथों में बड़ा पुट्ठे का डिब्बा देखकर कहा था।

—कुछ नहीं महाराज ! सिद्दीक़ी उन्हें महाराज ही कहकर बुलाता है—रावी ऐश-ही-ऐश लिखता है ! यह बियर की बोतलें हैं। आज के जश्न को चार चाँद लगाने के लिए।

—और यह चार बोतलें व्हिस्की, आलीजाह का गला तर करने के लिए। सिंह ने अदब से कहा था और फिर स. हरिश्चन्द्र के साथ वह दोनों ठहाका लगाकर हँस दिए थे।

—तुम लोग तो कमाल कर दिए यार !—स. हरिश्चन्द्र ने भाव-विभोर आवाज़ में कहा था—हमें दुकान लगानी है क्या ? अरे बिल्ले, उन्होंने नौकर को आवाज़ दी।—ज़रा यह बोतलें अन्दर ले जा और बियर की बोतलें—समझता है ना बियर की बोतल ?—वह फ्रिज में भर दे। और, उन्होंने सिंह और सिद्दीक़ी को सम्बोधित किया।—क्या ख़बर है ? बहुत देर कर दी यार तुम लोगों ने ? हम तो समझे किसी मोटी मुर्ग़ी के हाथ लग गए आज ! हम अकेले शुरू ही करने जा रहे थे। और माथुर, जैन—यह लोग भी अभी नहीं आए ?

—आएँगे, आएँगे, साले जाएँगे कहाँ ! सिंह ने कहा था—आज तो बॉस, सुपुत्र की .ख़ुशी में हो जाए !

स. हरिश्चन्द्र ने नज़र दौड़ाई थी कि कोई बच्ची तो नहीं सुन रही, फिर हँसकर कहा था—हो जाए ! हमने कब ना कही ? आज ही सही। वैसे सिद्दीक़ी

से पूछ लो। इनका मोहल्ला लगता है। यही आना-कानी करेंगे।

—राम, राम, राम !!! सिद्दीक़ी ने कान पकड़कर कहा था।—वह अपना शौक़ नहीं। एक घरवाली ही काफ़ी है।

—अरे यार ! कभी चल भी तो, सिंह ने हँसकर कहा था !—सब बीवी-वीवी भूल जाएगा !

—अच्छा सिंह ! स. हरिश्चन्द्र ने टाँग पकड़ने वाले स्वर में कहा—अच्छे उड़ रहे हो !

—अरे नहीं प्रभु ! सिंह फ़ौरन ही फैल गया।—अरे बॉस, महीनों से उधर भटका भी नहीं हूँ।

—वैसे सुना है आजकल हर संडे..., स. हरिश्चन्द्र ने नपे-तुले लहजे में कहा—सहगल के साथ बैठ रहे हो ? कितने एक हज़ार बनाए ?

—अरे बना चुका मैं उससे ! सिंह ने थोड़े से सकपकाए अन्दाज़ में कहा।—अरे वह साला बड़ा सुअर की आँख है !

सहगल शहर का बड़ा ट्रांसपोर्ट का व्यापारी था और एक बार स. हरिश्चन्द्र से पत्तों पर उलझ लिया था। बात कुछ यूँ अड़ी थी कि उसे सुलझाने के लिए अपने तमाम बड़प्पन के बाद भी उसने स. हरिश्चन्द्र से माफ़ी माँगना ही बेहतर समझा। वैसे सहगल के साथ जुआ खेलने का मतलब ही बड़ा जुआ था, जहाँ उलट-फेर पन्द्रह-बीस हज़ार की होना कोई बड़ी चीज़ नहीं।

देखते-ही-देखते यारों की महफ़िल जमने लगी। माथुर आया था, मलिक साहब, शर्माजी, गुप्ता साहब, जैन और बरमानी सब पहुँच लिए थे। दफ़्तर का स. हरिश्चन्द्र का मुँह लगा चपरासी राजा पहुँच गया था और मछली तलने का मसला हल हो गया था। छिटकी हुई हल्की चाँदनी में ग्यारस के डोल की तरह सजी-सँवरी ड्रिंक्स ट्रॉली स. हरिश्चन्द्र धकेलते लॉन तक लाए थे और यारों ने—क्या बात है बॉस—आज जीवन सफल होता लगता है, आदि, आदि के नारे लगाकर उनका स्वागत किया था। गिलासों में शराब उड़ेली गई, बर्फ़ के टुकड़े मिलाए गए और शर्मा जी तथा मलिक साहब जैसे वेजीटेरियन पीनेवालों के लिए बियर के ढक्कन उड़ाए गए थे।

—चियर्स ! स. हरिश्चन्द्र के सीनियर, गुप्ता साहब ने गिलास उठाकर सबको दावत दी—कुँवर महाराज के जन्म और उनकी लम्बी आयु के लिए !

—श्री सत्यवादी हरिश्चन्द्र महाराज और सतयुग के लिए !

—श्री सत्यवादी हरिश्चन्द्र महाराज की—सिंह ने हाँक लगाई।

—जय ! सारे यारों ने एक आवाज़ होकर कहा और लम्बे घूँट हल्क से उतारे।

इसे कहते हैं ज़श्न ! स. हरिश्चन्द्र भीतर-ही-भीतर किसी कालीन की तरह खुलते जा रहे थे। सलाद थी, नमकीन थी, तली हुई फ़िश थी, शराब थी, यार थे और पीने का बहाना था। पहला पेग पलक मूँदते ख़त्म हुआ था।

—लेकिन हरिश बाबू,—सिंह ने थोड़ा खुलते हुए कहा—आपका रौब भी मानना ही पड़ेगा !

—क्यों भई ? स. हरिश्चन्द्र ने खिलखिलाकर हँसते हुए पूछा।

—आप पूछ रहे हैं क्यों ! सिद्दीक़ी ने जोश में कहा—अरे हम जहाँ-जहाँ शराब लेने गए, जैसे ही दुकानदार को जश्न का कारण पता चला, पैसे लेने से साफ़ इनकार ! और-ता-और एक दुकान पर अपना सहगल शराब ख़रीदता मिल गया। जब उसे पता चला तो शाम के लिए यह बियर, उसी की नज़र है।

—मगर साला ख़ुद आया नहीं मुबारकी देने !—स. हरिश्चन्द्र ने चबाकर कहा था।

—हरिश्चन्द्र महाराज की—जय !—ग़दर में उनकी कही अनसुनी हो गई।

शराब उम्मीद से भी तेज़ चल रही थी। डिपार्टमेंट की बात निकल आई।

—इस महीने समझो तीन धन्ना सेठों का पत्ता कट रहा है ! बरमानी ने मछली चबाते हुए कहा।

—ठीक है। सालों का मुक़द्दर ही ख़राब है !! माथुर ने लापरवाही से कहा।—हिसाब ठीक नहीं रख सकते तो तमीज़दारी तो मत भूलो। यह तो होने से रहा कि साले, तुम कद्दू खा भी लो और बचा भी लो।

—और हम कब रोकते हैं, खाने या बचाने से ? गुप्ता जी ने जोड़ा था।—भई हमारी हैसियत क्या है ?

—अपनी हैसियत तो छोड़िए आप बॉस, शर्माजी ने कहा—उन लोगों से तो कोई राजा—यह अपने चपरासी की ही हैसियत पूछकर देखे ! सालों की हवा बन्द हो जाती है।

फिर डिपार्टमेंट में आए एक नए साथी की बात निकल आई जो कुछ ही दिन पहले तबादला होकर यहाँ आया था।

—बहुत चीज़ है वह बॉस ! सिद्दीक़ी ने कहा—आए को चार महीने हुए हैं, मगर साले की पाँचों घी में हैं।

—हम जानते हैं, गुप्ताजी ने ऊँची आवाज़ में कहा।—तुम लोग भी जानते हो कि उनका अंगरक्षक कौन है ! जो न करें थोड़ा है।

इस नए आने वाले के सम्बन्ध ऊपर तक निकलते थे और वह था भी अनुसूचित जाति से। इसी कारण उसके बारे में लोग बात करने से भी कतराते थे।

स. हरिश्चन्द्र को लग रहा था सब बहुत तेज़ शराब पी रहे हैं। देखते-ही-देखते दो व्हिस्की की बोतलें निपट गई थीं और कुछ लोग व्हिस्की पीते-पीते बियर पर स्विच कर गए थे। यह ग़लत था। स. हरिश्चन्द्र को अन्दाज़ा है कि इतनी तेज़ शराब पीने के साथ कोई घपला ज़रूर होता है। दूसरे अन्दर परीक्षा की तैयारी कर रही बच्चियों का ख़्याल रह-रहकर स. हरिश्चन्द्र का ध्यान बाँट रहा था। वैसे बच्चियाँ समझदार हैं और फिर इस तरह की महफ़िल घर पर पहली बार तो हो नहीं रही। ख़ासकर बड़ी बेटी, गुड़िया छोटी बहनों को भी सँभाल लेगी।

एक लम्बा घूँट लेने पर स. हरिश्चन्द्र को मजबूर किया गया और उनके गिलास में और शराब डाल दी गई।—पियो ! यारों में से कोई बोला था।—आज तो तुम जीत में हो, जितनी पियो कम है।

—अच्छा हरिश्चन्द्र, गुप्ताजी की आवाज़ स. हरिश्चन्द्र के कान से टकराई। (उस आवाज़ में थोड़ी अफ़सराना शान थी। गोया गुप्ताजी टुन हो गए।)—यार सर्विस-टाइम के हिसाब—मेरा मतलब, सीनियार्टी में तो तुम मुझसे भी आगे हो, और जिस दिन यह इनक्वायरी निपट गई, ओहदे में भी बराबर हो जाओगे। यार ! महकमे को अपनी जगह छोड़ो, एक-दो गुर की बातें ज़रा हमें भी बताओ, कि इतनी बढ़िया नहीं तो इससे घटिया ही, एक-आध राजधानी की नींव हम भी डाल सकें ! गुप्ताजी का इशारा उनकी जायदाद की ओर था—बात ख़त्म होने से पहले ही स. हरिश्चन्द्र इतना समझ गए थे।

—कुछ नहीं सर—उन्होंने अदब से कहा।—कड़ी मेहनत, ईमानदारी और सच्चाई।

एक ज़ोर का ठहाका पड़ा था और फिर से और शराब उनके गिलास में डाल दी गई थी।

यार सचमुच बहकने लगे थे या स. हरिश्चन्द्र का दिमाग़ ठीक काम नहीं कर पा रहा था—अन्दाज़ा लगाना मुश्क़िल था। गुप्ताजी किसी बनिए की बात कर रहे थे जिसे बरबाद कर डालने का फ़ैसला उन्होंने किया है। फिर सबके कहने पर सिद्दीक़ी कोई गीत गाने लगा था। मगर इन सब चीज़ों से दूर स. हरिश्चन्द्र का दिमाग़ सिद्दीक़ी की उस बात में उलझा हुआ था कि सहगल ने आज शाम के लिए, राह चलते-चलते चौबीस बोतल बियर की व्यवस्था कर दी।—क्यों ? स. हरिश्चन्द्र अन्दर-ही-अन्दर कुढ़ और झुँझला रहे थे।—जिसे ख़ुद आना तो अलग, टेलीफ़ोन करके मुबारकी देना गवारा नहीं, उसका यह एहसान भी क्यों ? साले का केस अभी पूरी तरह निबटा नहीं है, स. हरिश्चन्द्र उसे देख लेंगे ! दुनिया जानती है कि स. हरिश्चन्द्र ने आज तक किसी से कुछ माँगा नहीं,

उनका हक़ समझकर जो दे गया, वह दूसरी बात है। और फिर यह अवसर तो ऐसा था जहाँ दो शब्द कहना ज़्यादा महत्त्व रखता है। नालियों में बहे ऐसी बियर ! ऐसी न जाने कितनी बोतलें वह जहाँ से चाहें उठवा सकते हैं ! अगली पेशी पर ही साले को देखा जाएगा ! कोई मजबूरी है अच्छे बर्ताव की, जब दिल में अच्छाई नहीं ?

इस समय सिंह कोई गन्दी कविता की पंक्तियाँ पढ़ रहा था और सब लोग वाह-वाह कर रहे थे। शराब पर चलते हाथ ढीले हो गए थे और कुछ लोग उबासियाँ भी लेने लगे थे। सिगरेट कम पड़ गई थी तो राजा को नुक्कड़ तक दौड़ाया गया था।

स. हरिश्चन्द्र अपने दिमाग़ को जितना भी मुक्त करते वह और उलझता जा रहा था। क्या है यह सब ? सारी शराब मानों डुगडुगी बनकर उनके कानों में बजने लगी।—जिस कॉलोनी में वह रहते हैं, आस-पास या दूर से कोई भी उन्हें बधाई देने क्यों नहीं आया ? और कितने घर तो ऐसे बिज़नेसवालों, उद्योगपतियों के हैं, जिनकी कितनी बार स. हरिश्चन्द्र ने अपनी हद से बढ़कर मदद की थी। क्यों यह लोग ऐसे मौक़ों पर न उन्हें अपने घर बुलाते, न ख़ुद उनके घर आते ? बेईमानी ? बेईमान स. हरिश्चन्द्र और इन लोगों में कौन था ? स. हरिश्चन्द्र ने किसी का कुछ नहीं बिगाड़ा। शासकीय कर देने पर राज़ी लोगों को कभी मना नहीं किया। फिर यह ऊँच-नीच की दीवार कैसी है ? ठीक है सालो ! अपना-अपना समय है ! मौक़ा आने पर हम भी निपट लेंगे।

—तवाइफ़ का शबाब समझ लो, यह अपनी तीसमार-खानी ! एक पंजाबी से एक बार स. हरिश्चन्द्र की ठन गई थी तो उसने उनका मख़ौल करते हुए कहा था।—जाते-जाते आने की ख़बर आती है।

—इस बड़ी कॉलोनी में अगर स. हरिश्चन्द्र की मिसाल एक तवाइफ़ थी, तो फिर कौन तवाइफ़ नहीं था ?

एकाएक स. हरिश्चन्द्र को लगा वह बेवक़ूफ़ी की बातें सोच रहे हैं और वह खिलखिलाकर हँस पड़े।

—चाँदनी अच्छी-सी फैल चुकी है, उन्होंने गिलास में शराब डालते हुए सोचा, और आस-पास हो रही बातचीत पर कान लगाने की कोशिश करने लगे।

अँधेरे में

वह बिस्तर में उठकर बैठ गया।

मुट्ठियों में हल्के-हल्के पसीना रिसने लगा था। बाज़ू में रेहाना बेख़बर, बिट्टू को सीने से चिपकाए सो रही थी।

कानों में उँगलियाँ ठूँसकर उसने ख़ुद को समझाया कि सब ठीक है। कहीं कुछ नहीं। लेकिन दूर से आती मक्खियों की भनभनाहट, चींटियों के रेंगने की सरसराहट, हवा में टिड्डी दल की उड़ती-सी मनहूस ख़ामोशी—कुछ समझ न आने, सिहराने वाली आवाज़ें। कान बन्द करने से कुछ नहीं होता। उसकी आज़माई सारी कोशिशें नाकाम हो चुकी हैं।

उसका दिल उछल रहा था और रगों में दौड़ते हुए ख़ून की धमस कनपटियों में महसूस हो रही थी। किसी भी पल एक धमाका होगा और ख़ून-ही-ख़ून फैल जाएगा—गहरा लाल, धीरे-धीरे कत्थे की तरह जमता उसका ख़ून। उसके पैर ठंडे हो आए थे। बाहर आवाज़ों का कोरस ऊँचा होता जा रहा था। मच्छरों, धुएँ, हवा में उड़ते करोड़ों जिन्नातों-सी आवाज़ें। लग रहा था सड़क पर हज़ारहा क़दम एक साथ पड़ रहे हों। करोड़-हा-करोड़ लोग मिलकर खुसर-पुसर कर रहे हों। गुस्से की धार रात के सन्नाटे को तार-तार किए दे रही थी। उसका शरीर काँपने

लगा—पसीने में नहाया, थर-थर।

—सुनो ! उसने रेहाना को झँझोड़ा—उठो ! .ख़ुदा के लिए ! सुनो तो कैसी आवाज़ें हैं ? बताओ ?—सुन रही हो ? यह चीख़-पुकार, शोर-गुल, कैसा कोहराम मचा है ?

ये नज़रें ! रेहाना की यह नज़रें। वह उसे पागल समझने लगी है। उस पर कम्बल डाल रही है, पानी के साथ दवा की गोली खिला रही है, उसके ठंडे शरीर को गर्माने की कोशिश कर रही है। उसने कुछ नहीं सुना।

...आवाज़ें धीरे-धीरे दूर जा रही हैं। बिट्टू नींद में चौंककर रोने लगी है...शायद वह सुनती हो यह आवाज़ें ?...उसने सपने में सब-कुछ देख लिया हो ?...बिट्टू अब बड़ी होती जा रही है...रेहाना कहती है—इस साल उसे स्कूल में एडमिट कराना है...बिट्टू के लिए रंगीन किताबें...बड़े-बड़े अक्षर...ए फ़ॉर एपिल...बड़ा ख़ूबसूरत लाल-लाल एपिल...उसकी बहुत सारी किताबें, ढेर-से खिलौने...पटरी पर चलती रेलगाड़ी...चाबी की मोटर...बहुत से रंग-बिरंगे कपड़े ...बिट्टू रेहाना के साथ रोटी पकाती है...छोटी-छोटी गोल-गोल लोइयाँ...अभी भी उसके हाथ आटे में सने हैं...रेहाना के पास से सीली धुआँ देती लकड़ियों-सी बू आती है...ख़ाँसी का दौरा रह-रहकर उठता है...

हर तरफ़ ख़ामोशी छा गई है।

कुछ समय पहले से यह होने लगा है। पहली बार जब उसने इन आवाज़ों को सुना वह एक साधारण दिन की रात थी। थका-हारा, शाम को वह ऑफ़िस से घर लौटा था। सारा दिन ऑफ़िस में उसे याद आता रहा था कि आने वाले जाड़ों के लिए उसके पास एक गर्म कोट का होना कितना ज़रूरी है। और अपने गर्म कोट की प्रतिध्वनि में उसे रेहाना के लिए गर्म शॉल और बिट्टू के लिए कपड़े सुनाई देते रहे। यह सोचने का सिलसिला इतना तकलीफ़देह निकला कि सारा दिन वह अपने 'आज' के पीछे छूटा 'कल' याद करता रहा, उसने .ख़ुद क्या चाहा था और हो क्या रहा है। दिन भर इस 'चाहा था' और 'हो रहा है' के खेल ने उसे बुरी तरह थका डाला। जब बोझिल क़दमों से उसने घर का ज़ीना चढ़ा तो एकदम सारे शक विश्वास में बदल गए। विश्वास कि अब कुछ नहीं हो सकता। सब जैसा भी है, ऐसा ही रहेगा—गर्म कोट या शॉल या फिर बिट्टू के कपड़े। तीनों एक साथ कभी न हो पाएँगे।

कुर्सी में किसी कटे दरख़्त-सा गिरकर, वह दीवार पर लगी उस पेंटिंग को ताक़ता रहा, जिसमें मोटे कत्थई तने, हरे कच पत्तों का लिबास पहने खड़े थे।

दूर-दूर तक जंगल में खड़े दरख़्तों का सिलसिला था और कहीं नीचे कोने में एक अजनबी हस्ताक्षर और पन्द्रह साल पुरानी एक तारीख़। ग़ौर से देखने पर, वह हस्ताक्षर उसके अपने थे। बीती तारीख़ से वह अपने अतीत में लौट गया। पन्द्रह साल पहले—कॉलेज...अब्बा...अम्मा...किताबें...पेंटिंग...सकून की नींद...कुछ करने की चाह और उम्मीद। जब रेहाना ने उसके हाथ में टूटी कोर की चाय की प्याली थमाई थी, वह एक लम्बे थका डालने वाले सफ़र से लौटा था।

रेहाना प्याली थमाकर अपने कामों में व्यस्त हो गई और वह सोचता रहा कि आख़िर वह उस पर कभी झुँझलाती या नाराज़ क्यों नहीं होती ? कोई फ़र्माइश क्यों नहीं करती ? क्या इसलिए कि वह समझती है वह उसे पूरा नहीं कर पाएगा ? क्या वह इतना ही गया-बीता हो गया ?—खाँसी का इलाज तो करा नहीं पाते, फ़र्माइश पूरी करोगे ! उसने इलाज से कब इनकार किया है ? सब रेहाना की ही लापरवाही का नतीजा है ! क्या सचमुच ? और बिट्टू ? उसके छोटे होते कपड़े और टूटे खिलौने ? क्या उसकी भी फ़र्माइश का ही इन्तज़ार है ?

वह घर से भागकर सड़कों पर घूमता रहा। दो दोस्त मिल गए तो बहुत दिन बाद कलारी पर जाकर बहुत-सी शराब पी डाली। दोनों दोस्त किसी बड़ी तबदीली, किसी इन्क़लाब की बात कर रहे थे, जो देश में आ चुका है। थोड़े दिनों में नाइन्साफ़ी और बेईमानी ख़त्म हो जाएगी। सब बराबरी और इज़्ज़त के साथ ज़िन्दा रह सकेंगे। वह कलारी में पी रहे लोगों के चेहरों पर उस इन्क़लाब के निशान खोजता रहा और फिर घर आकर बिना कुछ खाए सो गया।

पहले वह यही समझा कि भूख की बेचैनी से जागा है, लेकिन धीरे-धीरे कान उन आवाज़ों पर जाकर ठहर गए। लगा शहर में कहीं बलवा हो रहा है, दुकानें लुट गई हैं, लोग हाहाकार कर रहे हैं। क्या फिर कोई नया फ़साद ? वह डर गया और डरकर रेहाना को जगाया। रेहाना ने कान लगाकर सुनने की कोशिश की।

—सुनो ! वह बता रहा था—नारों की आवाज़ें...कोई चीख़ रहा है—लगता है जुलूस निकल रहा है—बहुत सारे लोग शोर मचाते सड़क पर बढ़ रहे हैं ! सुना ?

रेहाना को कुछ सुनाई नहीं दिया था और फिर थोड़ी देर बाद वह आवाज़ें आनी बन्द हो गई थीं। कोई डर उसके भीतर तक बैठ गया था और रात जाने कब तक जागने के बाद वह मुश्किल से सो पाया था।

अगले दिन की भाग-दौड़ में वह बीती रात को भूल गया। उस शाम जब वह बिस्तर पर लेटा तो दिमाग़ में एक ख़ालीपन था, जिसमें कुछ देर बाद अँधेरा घुलकर उसे सुला गया। और तब उसने फिर सुना—शोर, हंगामा, बेचैनी...

ज़लज़ले से पहले की सनसनाहट...ज़मीन को कूटने की धमस...और फिर वह घबराकर बैठ गया ! आवाज़ें पिछले दिन से ज़्यादा साफ़ और ऊँची थीं। उसने फिर बीवी को जगाया और वह बहुत कोशिश के बाद भी फिर कुछ नहीं सुन पाई। रेहाना ने उसके सर में तेल डालकर मालिश करनी चाही और वह बुरी तरह झल्ला गया। कल अख़बारों में देखना, शहर में किसी बड़े फ़साद की ख़बर होगी, लोग इन डरावनी आवाज़ों की बात करेंगे, मुहल्लेवाले एक-दूसरे की ख़ैरियत मालूम करेंगे !

बीवी उसकी ओर पीठ करके सो गई और वह रात भर जागता रहा। आवाज़ें बन्द हो जाने के बाद भी नींद उसे नहीं आ पाई।

सुबह के अख़बारों में न किसी फ़साद की ख़बर थी, न ही किसी मुहल्ले-वाले ने आकर उसकी ख़ैरियत पूछी।

—क्या वह पागल होता जा रहा है ? दिन-ब-दिन यह सवाल उसे ज़्यादा परेशान करने लगा। हर रात वह उन आवाज़ों को सुनता है, जो रोज़-ब-रोज़ ऊँची होती जा रही हैं। लेकिन न उन्हें रेहाना सुन पाती, न शहर में कोई चर्चा करता। क्या सचमुच यह सब उसके दिमाग़ की पैदावार है ? शहर तो जैसा था वैसा ही है, वैसे ही लोग भी हैं। फिर उसकी रातों में यह शोर और बेचैनी कैसे भर गई है ? या ऐसा तो नहीं कि कुछ दूसरे भी इन आवाज़ों को सुनते हों, मगर कहने की हिम्मत न होती हो ? यह सोचकर कि लोग उन्हें पागल समझेंगे ? उसे विश्वास हो गया कि कुछ लोग ज़रूर उसकी तरह आवाज़ों को सुनते हैं और रात भर जागते हैं। चेहरे देखकर उसने अन्दाज़ा लगाने की कोशिश की और अपना राज़ उनके सामने रखना चाहा।

—जाने कैसी आवाज़ें हैं ! उसने कहा—जैसे तेज़ आँधी और तूफ़ान, जो सब कुछ ख़त्म कर देगा, सब मिटा देगा।

—बहुत जुल्म हो चुका, एक थके हुए यार ने उसके कन्धे पर हाथ रखकर कहा—जो भी है, इसी लायक़ है कि मिट जाए।

—यह वह गुस्सा है जो पिसते हुए अवाम के दिलों में ज़ालिमों के ख़िलाफ़ जमा हो रहा है—एक-दूसरे ने कहा—हम चैन की नींद सो भी कैसे सकते हैं ?

—मैं तो बचपन से ही ये आवाज़ें सुनता आया हूँ—किसी तीसरे ने कहा।—अब तो कान इनके भी आदी हो गए। किसी तरह नींद आ ही जाती है।

उसने समझाना चाहा कि मुहावरा नहीं, वह सचमुच के शोर और ग़दर की बात कर रहा है। रोज़ रात में फ़साद और ख़ून-ख़राबा हो रहा है, जिसकी ख़बर

लेने से ये अख़बार वाले शायद डरते हैं। वह कैसे समझाए कि उन आवाज़ों को सुनकर क्या असर होता है ! फिर सबके बीच बैठे-बैठे ही उसकी कँपकँपी बन गई।

उसी के बाद बीवी के अलावा दोस्त भी उसे अजीब नज़रों से देखने लगे और पागल होने का सवाल उसे ज़्यादा परेशान करने लगा।

अपने इलाज के लिए उसने कई तरीक़े आज़माए। पहले-पहले तो तकिया कान के ऊपर रखकर सोने की कोशिश की और लगा फ़ायदा हो रहा है। आवाज़ें आती तो रहतीं, उतना परेशान नहीं करतीं। फिर लगा वह .ख़ुद को धोखा दे रहा है। इस तरह क्या सचमुच वह सो जाता है ? हाथ-पैर ठंडे नहीं होते ? दिल ज़ोर-ज़ोर से नहीं धड़कता ? बीवी को दिखाने वह लेटा रात भर रहे, क्या सो भी जाता है ?

फिर उसने कई बार दूसरी तरकीबें आज़माईं। जैसे ज़ोर-ज़ोर से क़ुरान की आयतें पढ़ना, गाना गाने की कोशिश करना, ट्रांजिस्टर की आवाज़ ऊँची कर देना। और फिर अन्त में रेहाना उसे मज़बूर करके डॉक्टर के पास भी ले ही गई।

—डॉक्टर साब—उसने समझाने की कोशिश करते हुए कहा—मुझे रात को अजीब-सी आवाज़ें सुनाई देती हैं। सारी-सारी रात सो नहीं पाता।

रेहाना डॉक्टर को तफ़सील बताने लगी थी और उसे डॉक्टर पर एकदम गुस्सा आने लगा था। क्या सचमुच वह बीमार है ? वह सारी आवाज़ें उसकी अपनी सोची हुई हैं ? क्या सच्चाई सिर्फ़ इतनी है कि उस पर कोई दौरा पड़ता है और वह समझता है कि जाग रहा है ? उसे ग़ुस्सा आ रहा था कि डॉक्टर के यहाँ आने के नाटक में उसने क्यों हिस्सा लिया। बीवी की ज़िद को किसी तरह टाला भी तो जा सकता था।

फिर बीवी की ज़िद पर ही उसने डॉक्टर की दवा खाना भी शुरू कर दी। हुआ कुछ नहीं। दवाओं के नशे में वह थोड़ा सुन्न ज़रूर हो जाता, लेकिन वह आवाज़ें और शोर दिन-ब-दिन बढ़ता ही गया।

और उस रात उसने वह कर डाला जो पहले सोचना भी मुश्किल था।

असल में जब से ये आवाज़ें आना शुरू हुई थीं, उसने कमरे के रोशनदान पुट्ठा ठोंककर बन्द कर दिए थे। दरवाज़ों और खिड़कियों की छोटी-छोटी दरजें लेई और काग़ज़ से ढाँप दी थीं। हद यह कि कमरे की छोटी नाली भी, वह लेटने से पहले कपड़े ठूँसकर इस उम्मीद में बन्द कर देता कि इस तरह से आवाज़ें कम

हो सकें। और एक बार जब रेहाना ने खिड़की से बाहर झाँकने की कोशिश की तो उसने सख़्ती से मना कर दिया था। उसे यक़ीन था कि अगर बाहर देख लिया तो या तो अन्धा हो जाएगा या गूँगा। कोई ताक़त उसे बाहर देखने से रोकती थी।

लेकिन उस रात आवाज़ें सुनते ही वह चौकन्ना होकर बैठ गया। तब ही रेहाना ने करवट ली और करवट लेकर सो गई। धीरे-धीरे वह आदी हो गई है। उसका रातों को इस तरह जागना रेहाना की नज़रों में उसकी अपनी खाँसी जैसा हो गया है, जो किसी तरह ठीक नहीं होती। पहले वह जैसे परेशान हो जाती थी, अब नहीं होती।

बाहर आवाज़ें-ही-आवाज़ें थीं। कोई ख़त्म न होता जुलूस निकल रहा था। झाड़ियों में साँप रेंग रहे थे, आसमान गरज रहा था। बाहर उठते हज़ारों क़दमों की आवाज़ें साफ़ सुनाई दे रही थीं। वह बारूद में दहकती करोड़ों आँखें महसूस कर सकता था। बेचैन, बेक़रार लोगों की क़तारें किसी तरफ़ बढ़ रही थीं। लोग चिल्ला रहे थे, लेकिन बस, एक शोर उसके कानों से टकरा रहा था और वह कुछ नहीं समझ पा रहा था।

उसने देखा—रेहाना और बिट्टू बेख़बरी से सो रहे थे। उसका दिल उछल रहा था। काँपते क़दमों वह बिस्तर से उठा और खिड़की की चटख़नी गिरा दी।

बाहर लोगों की भीड़ थी ! अँधेरे में चीख़ते-चिल्लाते, नारे लगाते, मुट्ठियाँ हवा में उछालते, हाथों में झंडे थामे, हज़ारों नाराज़ लोग चले जा रहे थे। फटेहाल कमज़ोर लोग जिनकी आँखों में भट्ठियाँ सुलग रही थीं। आँखें-ही-आँखें, हाथ-ही-हाथ, पैर-ही-पैर थे। कुछ पल को वह पथरा गया।

—उठो ! उसने चीख़कर रेहाना को जगाया।—अब अपनी आँखों से देखो, क्या हो रहा है ! अब झुठलाओ मुझको ! देखो, खिड़की से झाँककर देखो !

वह आँधी में किसी पत्ते की तरह काँप रहा था। रेहाना हड़बड़ाकर जागी थी और वह उसे खींचकर खिड़की तक लाया था—मैं न कहता था ?—उसकी आवाज़ में जोश था—रातों-रात कुछ हो रहा है, जिसकी ख़बर किसी अख़बार में नहीं छपती ! नाराज़ लोग सड़कों पर निकल आए हैं।

रेहाना ने खिड़की से बाहर झाँककर लाचारी से उसकी ओर देखा। शायद आज फिर वह दवा खाना भूल गया, वह जम्हाई लेते हुए कह रही थी, दवा नहीं तो कितनी बार समझाया, चारों क़ुल पढ़कर दम कर लिया कीजिए।

वह गुस्से से काँप रहा था। रेहाना ने खिड़की के पट बन्द कर दिए और उसका हाथ खींचकर बिस्तर पर ले आई थी।

बाहर आवाज़ें थीं। वह बिस्तर में रेहाना के सीने से लगा गुस्से से काँप रहा था।

अगली रात वह आवाज़ों के इन्तज़ार में जागता रहा। जब आवाज़ें आईं तो उसने अलविदाई नज़रों से सोती हुई बिट्टू और रेहाना को देखकर दरवाज़ा खोला और नारे लगाते हुज़ूम में शामिल हो गया। हुज़ूम में उसे अजीब-अजीब लोग नज़र आए—ऐसे जो उसकी समझ में मर चुके थे। मर चुके थे या मारे जा चुके थे ? किसी ने उसके हाथों में भी एक झंडा थमा दिया।

फिर वह लौटकर नहीं गया।

पुल-पुख़्ता

बादलों को देखकर जो लोग यह अन्दाज़ा लगा लेते हैं कि वे बरसेंगे या नहीं, उनसे मुझे हमेशा जलन और हसद हुआ है। मैंने बादलों के रंग, आकार या उनकी रफ़्तार देखकर जितने भी अन्दाज़े लगाए, लगभग सब ग़लत साबित हुए। ऐसा नहीं कि अन्दाज़ा लगाने में हमेशा ही मैंने जल्दी की हो—बीसियों बार आकाश में दौड़ते इन काले घोड़ों को बहुत ग़ौर से देखने और पकड़ने की कोशिश के बाद भी मैं किसी सही नतीज़े पर नहीं पहुँच पाया। मेरी नज़रों में पानी से अटे हुए काले बादल जिन्हें बरसना था, आसमान पर किसी हमलावर फ़ौज की तरह आकर जमे हैं और फिर बहुत देर तक जमे रहने के बाद, यूँ ही रुई की तरह धुनककर साफ़ हो गए हैं। या यूँ ही, बादल का कोई प्याला-सा भटका हुआ टुकड़ा, आ अटका है और देखते-ही-देखते अँधेरी छा गई है, गरज-चमक के साथ पानी बरसना शुरू हुआ है, और फिर कई-कई दिन नहीं थमा। बादलों में जाने ऐसा क्या है जिसे मेरी आँखें नहीं देख पातीं, कुछ दूसरे देख लेते हैं।

—नीचे कौन-कौन हैं ? जावेद ने एकदम करवट लेकर मुझसे पूछा था। उसके सीने पर वह किताब थी जिसे वह अभी तक पढ़ता रहा था।

—भाई मियाँ हैं, सलीम है और सिद्दीक़ी साहब।—मेरे कान इस समय दूर कहीं आँगन में टपकती ओलती की आवाज़ों पर लगे हुए थे—आवाज़ें जो अब धीरे-धीरे कमज़ोर पड़ती जा रही थीं।

—पानी तो बन्द हो गया। अब्बा क्या सो गए ? जावेद ने सिगरेट सुलगाते हुए आँखें झपकाकर मेरी ओर देखते हुए पूछा था।

अब्बा के कमरे में अँधेरा और ख़ामोशी थी। मैंने मेज़ पर रखी घड़ी की ओर देखा—एकदम हवा का एक दर्राता हुआ झोंका आया और पिछले कमरे के रोशनदान बज उठे। और बहुत दूर कहीं बहते पानी की आवाज़ें।

घड़ी चाबी न दिए जाने के कारण बन्द हो चुकी थी।

—मुझे ख़ुद हैरत है। अपने कान दूर की आवाज़ों से हटाने की कोशिश करते हुए मैंने कहा—रोज़ तो वह बारह-एक बजे से पहले...

अब्बा के कमरे में ख़ामोशी थी। आस-पास का सारा मुहल्ला ख़ाली था, क्योंकि हम लोग एक टूटते पुल के बहाव पर बसी बस्ती में बैठे थे। वह पुल जो पानी के सारे ज़ोर को जाने कब से अपनी बाँहों में जकड़े खड़ा था, एकदम ज़्यादती के साथ हो आई बरसात के आगे कमज़ोर पड़ गया था। उसमें बड़े-बड़े रख़ने पड़ गए थे जिन्हें उलाँघकर पानी कभी भी हम सबको बहाकर ले जा सकता था। लाउड-स्पीकर्स पर ऐलान किया गया था और फिर देखते-ही-देखते अँधेरा होने से पहले-पहले सारा मुहल्ला ख़ाली हो गया था। हमारे घर के आस-पास फैले मकानों से अपना-अपना सामान लेकर लोग सुरक्षित स्थानों पर चले गए थे और इस समय सिर्फ़ हवा की सरसराहट और दूर पुल के निकास के पानी के बहने की आवाज़ें सुनाई दे रही थीं। होटल सरे-शाम वीरान हो गए थे। पास के सिनेमा के न्यान साइन शाम से जले ही नहीं थे और हर तरफ़ सन्नाटा था।

—लेकिन अब्बा ? हर रात अब्बा के मामूल में से यह भी था कि वह बिस्तर पर लेटकर क़ुरान की आयतों को किरात से पढ़ा करते थे। उनके कमरे की रोशनी गुल हो जाती लेकिन वे आवाज़ें और वे दुआएँ जिनका लहजा हर शाम अलग-अलग होता था, बहुत रात गए तक सुनाई देती रहती थीं। कभी उनमें ख़ुशी होती थी, कभी मायूसी और कभी थकन। फिर धीरे से किसी वक़्त वे आवाज़ें बन्द हो जाती थीं और वह सो जाते थे। फिर आज ! आज जबकि रह-रहकर मेरी ज़बान बचपन में रटी हुई चन्द दुआओं पर लौट रही है, अब्बा ख़ामोश हैं ? मैंने उनके कमरे में झाँककर देखा था—उनकी मच्छरदानी बिस्तर में दबी हुई थी और वह सो चुके थे।

—अगर पुल सचमुच टूट ही गया तो !—मकान, दुकान, कारख़ाना—हमारा तो सब कुछ यहीं था। सामने दीवार पर लगा काबा-शरीफ का कतबा जिसमें

रात की रोशनियों में वह नहाया खड़ा था, मस्जिद-नब्वी—जिसके हरे गुम्बद काँच के फ़्रेम के पीछे बिल्कुल ख़ामोश थे, अलमारियों में तरतीब से जमे मुरादाबादी बर्तन, सुनहरी तश्तें, काँच के ख़ाली जग और गिलास, चीनी के डोंगे...

—तुम और देख लो—सरे-शाम जब मैं घर पहुँचा था तो अब्बा ने मुझसे कहा था—दुल्हन के क़ीमती कपड़े और ज़ेवर। तुम्हारी अम्मा और बच्चों को भी वहीं भेज दिया है—तुम्हारी ससुराल। पुल—पुख़्ता ही ठहरा—पलभर को रुककर, हँसकर उन्होंने कहा था।—क्या पता, सचमुच ही टूट जाए !

...और हम लोग ?

इसका जवाब अब्बा ने भाई मियाँ और सलीम की मौजूदगी में दिया था। उन्होंने कहा था कि हम लोग भी किसी सुरक्षित जगह—अपने मामू या किसी दोस्त के घर चले जाएँ। घर को इस तरह सुनसान नहीं छोड़ा जा सकता। ऐसे मौक़ों पर चोर-उचक्कों की ओर उड़कर लगती है। घर की हिफ़ाज़त के लिए वह ख़ुद घर पर ही रहेंगे। मैंने पहले भाई मियाँ और फिर तल्ख़ी के साथ सलीम की ओर देखा था—क्या ये लोग अब्बा को घर पर छोड़कर कहीं चलने पर राज़ी हो जाएँगे—?

—लेकिन यार, साले ने कमाल किया है ! जावेद ने करवट लेकर किताब को नीचे रखते हुए कहा—ईवन इफ़ इट इज़ फ़िक्शन, इट इज़ वंडरफुल ! व्हाट गट्स मैन ! (अगर यह काल्पनिक है तो भी जवाब नहीं ! क्या हिम्मत है !) अभी-अभी वहाँ का ख़त्म किया है—वह यह जो लैपर्स के पास जाता है, और वो लोग इसे बोट बनाकर देते हैं। बस वहाँ से भाग रहा है।

जावेद अपनी किताब में डूबा हुआ था। 'पैपिलान'—याने तितली। एक बेगुनाह क़ैदी जो ज़िन्दा रहने के लिए हज़ारहा जेलों की दीवारें फाँदकर फ़रार होता रहता है। उस समय जावेद की तफ़सील से मुझे उलझन हो रही थी। किस तरह ! क्या मैं एक सैकिंड को भी यह भूल सकता हूँ कि मेरे सिरहाने का पुल भसक रहा है ! उस तरफ़ सारा ट्रैफिक बन्द किया जा चुका है, और इस समय मिलिट्री बड़ी-बड़ी सर्च-लाइट्स की रोशनी में पुल की छूटती बाँहों को अलग होने से रोकने की कोशिशों में लगी हुई है ! अब ! या अब !! हवा के किसी भी तेज़ झोंके के साथ !

मैंने फुरेरी लेकर जावेद की ओर देखा—उँगलियों में दबी जलती सिगरेट, सीधी टाँग पर मोड़कर रखी हुई दूसरी टाँग, वह किताब के अगले पन्नों में खो चुका था।

—मैं ज़रा पुल तक होकर आता हूँ, सोफ़े पर बिछे बिस्तर से उठते हुए मैंने कहा था। जावेद ने किताब से नज़र नहीं उठाई थी।

बाहर दालान में बरसाती ओढ़ते हुए एक बार फिर मैंने अब्बा के कमरे का ऐरा लिया। वह शायद सचमुच सो चुके थे।

—हमें हमेशा यह समझाया कि ज़िन्दा रहने के लिए अपनी आँखें खुली रखो, और ख़ुद मौत के मुँह में कैसे आँखें मूँदे पड़े हैं ! इस तरह मौत के साए में घर पर रात बिताने का फ़ैसला—कुछ तुक है ! चोर हमारी ज़िन्दगी से बड़ी क्या चीज़ चुरा सकते थे ! कहा जाता है—बेटा काम करो। 'मेहनत', 'ईमानदारी', 'हलाल की कमाई' और 'अल्लाह का डर' ! और ख़ुद जब किसी फ़ैसले का मौक़ा आता है तो क्या हो जाता है ! इस तरह मौत के मुँह में पड़े रहने से बड़ी बुज़दिली क्या हो सकती ! किसी भी वक़्त सायरन बज सकता है—पुल टूटने और हमारे डूबने का। यह, या इनका अपने ख़ुदा में अक़ीदा, क्या कुछ बहने से रोक लेगा ! मुसल्ला और मक्के-मदीने की बेगिनती तस्वीरें जो उन्होंने अपने कमरे में निहायत फूहड़पन से थोपी हुई हैं !—अल्लाह को याद करो ! आज याद करने का दिन है तो किस इत्मीनान से सो रहे हैं ! एक उम्र के बाद शायद सब ही ऐसे हो जाते हैं। क्या ज़रूरत थी हमें इनका हुक्म मानने की ? हम लोग चाहते तो उन्हें घर छोड़ने के लिए मजबूर भी कर सकते थे।

घर के बाहर की वीरानी ज्यों-की-त्यों थी। फुहार में ज़ल्द ही मेरे चश्मे के काँच धुँधला गए और सड़क के किनारे लगे बिजली के बल्ब जैसे फुलझड़ियों में तबदील हो गए। सारे वज़ूद में फैली कड़वाहट एक पल में सिमटकर जैसे मेरी जुबान पर इकट्ठी हो गई थी।

—वह सब आज शाम कहाँ थे जिनके साथ ज़िन्दगी के बड़े हिस्से बीतते हैं ? हर शाम के साथी ! आज न कोई पनाह देने के लिए आया न यह पूछने कि तुम कहाँ हो, कैसे हो। सारा शहर तो नहीं डूब रहा, लोग इस रात भी बन्द कमरों में टाँगे पसारे बरसात की ठंड का मज़ा ले रहे होंगे। शायद अब्बा ने ही कहा था किसी वक़्त—। तब नहीं, लेकिन अब लगता है आदमी सचमुच बढ़ता वहीं है जहाँ उसकी जड़ें हों। आज से छः महीने पहले, मेरी शादी के मौक़े पर अब्बा के इन मक्के-मदीने के कतबों को मेरे कमरे में लगवाने पर मैंने और छोटे भाई सलीम ने ऐतराज़ किया था। मुझे मज़हब और इन तस्वीरों से लेना-देना ? मेरी बात सुनकर अब्बा पहले तो नाराज़ हो गए थे, और फिर हम लोगों के हथियार डाल देने पर कतबे कमरे में लगवाते हुए उन्होंने कहा था—यही कि इन्सान बढ़ता अपनी ही जड़ों पर है। किसी ख़ूबसूरत, मज़बूत लेकिन दूसरे दरख़्त की जड़ें हमारी अपनी कभी नहीं हो सकतीं।

उस समय कड़वे घूँट की तरह निगली वह बात लगा बिल्कुल ही ग़लत नहीं थी।

पुल के नीचे का लम्बा-चौड़ा पार्क इस समय भी पूरी तरह डूबा हुआ था और निकास के गिरते पानी की आवाज़ ऐसी लग रही थी जैसे किसी केतली में पानी उबल रहा हो। पुल पर बड़ी-बड़ी हेड-लाइट्स दूर से ही चमकती नज़र आ रही थीं। दाहिनी ओर अस्पताल की ऊँची बिल्डिंग झाड़ियों और ऊँचे-ऊँचे दरख़्तों के बीच ग़ुम हो गई थी। पूरा रास्ता बिल्कुल वीरान था और हवा के तेज़ झोंकों में मुझे सर की टोपी सँभालनी पड़ रही थी...

—कोई पच्चीस साल पहले, सुबह-दम, फ़जर की नमाज़ के बाद मैं अब्बा की उँगली पकड़कर पुल-पुख़्ता तक रोज़ टहलने आया करता था—निकास से गिरता हुआ, झरने की-सी शक्ल का पानी, और दूसरी तरफ़ ठहरा हुआ छोटा तालाब—वहीं पुल पर फ़ारसी में पत्थर पे ख़ुदी एक तख़्ती लगी थी जिसे पढ़वाकर मैंने अब्बा से मालूम किया था कि पुल किसने बनवाया, कब बनवाया, और अब्बा समझाते रहे थे कि यह पुल बहुत पुराना था, पुराना और मज़बूत; ख़ुद अब्बा ने अपने बचपन से इसे ऐसा ही देखा था।

—तालाब कितना गहरा होगा ? मैंने पल भर को तालाब की उठती लहरों से नज़रें हटाकर अब्बा के चेहरे की तरफ़ देखा था—उनकी घनी काली दाढ़ी और सर पर लगी काले मख़मल की टोपी।

—बहुत गहरा—अब्बा ने समझाया था।—अगर दस हाथी भी एक की पीठ पर एक खड़े कर दें तो डूब जाएँ।

तब मुझे डर लगा था। हम बहुत ऊपर खड़े थे और हमारा घर और अब्बा का लकड़ी का कारख़ाना बहुत नीचे कहीं था।

—अगर कभी यह पुल टूट जाए तो ? मैंने अब्बा की उँगली हिलाकर पूछा था और अब्बा हँसने लगे थे।—यह पुल टूट नहीं सकता बेटा, उन्होंने मुझे बताया था।—बहुत मज़बूत है। बुज़ुर्गों के ज़माने से ऐसा ही है।

पच्चीस साल बीत गए, लेकिन उस सुबह के बाद पुल-पुख़्ता के टूट सकने का ख़्याल कभी मेरे दिमाग़ में नहीं आया। आज शाम तक, जब मैं घर पहुँचा...

दो दिन और रात की लगातार बरसात के बाद जब पानी तीसरे रोज़ भी नहीं खुला तो मैं गिरते पानी में ही घूमने के ख़्याल से घर से निकल गया था। बरसात को मैं हमेशा रूमानियत के चश्मे से ही देखता रहा हूँ। बरसात—यानी हरियाली, झरने, पिकनिकें। अब जबकि यह सब ख़त्म ही हो गया है, बरसात, फिर भी मुझे उतनी ही रूमानी लगती है। इस तरह निकल भागने का एक कारण बीवी का घर पर न होना भी था।

सारे शहर में मैं तालाबों के किनारों और ऊँचे पहाड़ों से बहते नालों को

देखता रहा था। दोपहर तक तेज़ बरसात हल्की फुहार में बदल गई थी और तालाबों के किनारों पर तमाशा देखने वालों की भीड़ें जमा होने लगी थीं; पानी के क़रीब बना हुआ कोई पुराना महल ढह गया था, कहीं दूसरी जगह कोई मस्जिद शहीद हो गई थी। ये सब हर साल शहर की बरसात का मामूल था; लेकिन इस साल पानी कुछ ज़्यादा ही गिरा था। जगह-जगह डूब में आ जाने वाले इलाक़े ख़ाली कराए जा रहे थे। शाम के साढ़े पाँच बजे किसी ने मुझे पुकारा था।

—तुम यहाँ फिर रहे हो ?—शफ़ीक़ भाई ने पास आते हुए कहा था—वहाँ ग़दर मचा हुआ है। पुल-पुख़्ता में क्रेक आ गए हैं। उधर के सब लोगों को मकान ख़ाली करने का हुक्म दिया गया है।

तेज़ी से घर की तरफ़ लौटते हुए, मैंने पुल-पुख़्ता में पड़े हुए बड़े-बड़े रख़नों को अपनी आँखों से देखा था। लहरों में बला का ज़ोर था और पानी फ़सील उलाँघकर सड़क के ऊपर तक आ रहा था। घाटी उतरते ही सन्नाटा साथ हो लिया। रास्ते का होटल बन्द था। आगे घर के दरवाज़े पर भाई मियाँ, उनके दोस्त सिद्दीक़ी साहब और अब्बा खड़े हुए आपस में कुछ बात कर रहे थे। मुजरिमों की तरह निगाह नीची किए, सलाम करता हुआ मैं घर में दाख़िल हुआ। आँगन में ओलती के टपकने की आवाज़ के अलावा सब कुछ ख़ामोश था। अम्मा, भाभी और बच्चे जा चुके थे। एकदम सामने सलीम पड़ गया।

—आ गए ! उसके लहज़े में तन्ज़ था। मैं शर्मिन्दा-सा उसकी ओर देखने लगा।—हम तो—उसने आगे कहा था—तालाब में बाँस डलवाने वाले थे !

—मुझे क्या ख़्वाब दिखा था ! मैं पहले झल्लाया था फिर ग़ुस्से से बेक़ाबू हो गया।—बदतमीज़ी से बात की है तो मुँह...!

एकदम भाई मियाँ और सिद्दीक़ी साहब भी अन्दर आ गए, और मैं ग़ुस्से में ख़ुद को ही गालियाँ देता, ज़ीना चढ़ता ऊपर अपने कमरे की ओर चला गया। ठीक है, सलीम से छोटे-बड़े के अलावा मेरे सम्बन्ध दोस्ताना भी हैं, लेकिन यह बदतमीज़ी ! मेरा जिस्म जलने लगा था...

पुल के इस सिरे को कोलतार के ख़ाली ड्रम रखकर बन्द कर दिया गया था और आस-पास के गाढ़े अँधेरे के बीच रोशनियों में नहाया पुल बिल्कुल वीरान पड़ा था।

—तो मेरा ख़्याल कि मिलिट्री पुल की हिफ़ाज़त कर रही है, ग़लत था ! एकदम तल्ख़ी, ग़ुस्सा और डर मेरे शरीर की रगों में तेज़ी से गर्दिश करने लगे। लेकिन शाम को...? शाम को जब मैंने देखा था तो सैकड़ों लोग पुल की देखभाल में लगे हुए थे ? ट्रकों में लादकर सीमेंट की बोरियाँ लाई जा रही थीं, कई क्रेन जैसी दिखने वाली मशीनें थीं और बहुत सारे सर पर हेलमेट लगाए सोचते से लोग जो टूटते

पुल की मरहम-पट्टी में लगे हुए थे।—तो फिर ? दिन डूबते ही क्या सबकी ड्यूटियाँ ख़त्म हो गईं ? अगर पुल रात में टूटा तो ज़िम्मेदार कोई नहीं होगा ?

—सब साली सोची-समझी पॉलिसी है ! यकायक एक ख़्याल दिमाग़ में बिजली की तरह कौंध गया।—मास्टर प्लान ! इस पूरे इलाक़े को जहाँ वैसे भी ज़्यादातर ग़रीब मुसलमान रहते हैं, ख़ाली कराने का इससे अच्छा क्या बहाना हो सकता है ! पानी सब कुछ बहाकर ले जाएगा और कल कोई सरकारी अफ़सर हमें किसी दूसरे इलाक़े में प्लॉट एलाट कर देगा ! कुछ नेता इस बात पर अफ़सोस का बयान दे देंगे कि हमारा सब कुछ, घर-धन्धा—सैलाब की नज़र हो गया। लकड़ी के कारख़ाने जो शहर से बाहर निकालने की कोशिशें हो रही हैं वह भी कामयाब हो जाएगी और मास्टर प्लान भी ! लकड़ी का कारोबार मुसलमानों के हाथों में जो है ! मेरा दिल जैसे मेरी कनपटियों में धड़कने लगा था—सब बराबर हैं ! झूठ साले !! सबके लिए एक से अवसर हैं ! फिर जब ऐसा कोई वक़्त आ पड़ता है तो सारी बराबरी को क्या हो जाता है ?

इस समय कोलतार के ख़ाली ड्रमों पर कुछ सिपाही अपनी बरसातियों में लिपटे-लिपटाए बैठे थे और उनके हाथों में मजमा और भीड़ मार भगाने वाली लकड़ी की लाठियाँ थीं। लहरों का ज़ोर शाम के मुक़ाबले में कम पड़ चुका था और इस समय पानी फ़सील उलाँघकर पुल पर नहीं आ रहा था। एक सिपाही ने लम्बी जम्हाई लेकर अपनी मोटी आवाज़ में गाने की कोशिश की थी—मैं नहीं बोलना जा ! मैं नईं बोलना..., और दूसरे ने उसे गाली देकर चुप हो जाने को कहा था। मैं थके क़दमों पुल की घाटी उतरता फिर घर की ओर मुड़ गया।

—रेलवे स्टेशन, कपड़ा-मिल, गवर्नमेंट के अपने कई दफ़्तर और कारख़ाने—यह सब भी तो इसी पुल की डूब में आते हैं ? और हॉस्पिटल ? तो फिर ???

फुहार में पूरी तरह धुँधलाए चश्मे को उतारकर मैंने हाथ में ले लिया।

—क्यों ख़ाँ, कमरे में पहुँचते ही जावेद ने मेरी ओर देखकर कहा था। बाज़ू में दीवान पर बीच से खुली किताब—वह माचिस की तीली से दाँत कुरेद रहा था।—क्या हाल है ? उसने पूछा।

—ठीक है, कहते हुए अँधेरे के बीच सर्च-लाइट्स की रोशनियों में नहाया वीरान और टूटा हुआ पुल मेरी आँखों में घूम गया था।—तुम भी कहाँ आ फँसे !

—क्या मतलब ! जावेद ने जैसे मुझे बताया कि कोई मतलब नहीं।

—डूबने को चौबीस घंटे साथ रहने वालों में से तो कोई मिला नहीं, फिर जावेद क्यों ? वह तो कुछ दिनों के लिए बाहर से शहर आया है और ठहरा भी एक ऐसे होटल में है जो पुल की डूब में नहीं आता। शाम को जब मैं कुछ सामान पहुँचाने अपनी ससुराल गया था तो वहाँ किसी ने बताया था कि बाहर मुझे जावेद बुला

रहे हैं। आधा शहर रात के घने अँधेरे में डूबा था, क्योंकि जगह-जगह बिजली के पोल्स टूट या उखड़ गए थे। फिर जावेद नहीं माना था; उसने होटल के कमरे से किताब उठाई थी और मेरे साथ हो लिया था। मैं सारे रास्ते सलीम की बदतमीज़ी के बारे में उसे बताता रहा और वह ख़ामोशी से सुनता रहा। मैंने कहा कि मेरे लिए तो पुल टूट भी चुका, लोग डूब भी चुके ! और उसने कहीं से उसी किताब 'पैपिलान' का ज़िक्र निकाल लिया था और उसके बारे में मुझे बताने लगा था; एक क़ैदी जो बेगुनाह है, आज़ाद होने के लिए क्या-क्या करता है।

—एंड माइंड यू ! (यह याद रखो !) उसने कहा था—यह फ़िक्शन नहीं, इट इज़ एन आटोबायोग्राफ़ी। (यह काल्पनिक नहीं, आत्मकथा है।)

जावेद अभी भी माचिस की तीली से दाँत कुरेद रहा था।

—अब्बा तो नहीं जागे थे ? मैंने एकदम बेचैन होकर पूछा।

—अच्छी नींद है यार उनकी ! जावेद ने गर्दन हिलाते हुए कहा—तुम तो कहते थे उन्हें कभी-कभी रात-रात भर नींद नहीं आती ? घोड़े बेचकर सो रहे हैं !

हवा के झोंके रह-रहकर किसी भयानक परिन्दे की तरह फड़फड़ाकर गुज़र जाते। पानी लगभग बन्द हो चुका था।

—तीन दिन की इस मूसलाधार बरसात में शहर के जाने कितने घरों की बुनियादें फूलकर भुरभुरी हो गई होंगी। इस समय की ये गुस्सीली हवा जो भीगे पत्तों में से गुज़रते इस तरह सरसरा रही है, जैसे कोई अपने आपको ही कोसे-पीटे, जाने किन-किन खपरैलों को उनकी दीवारों से ढकेलकर गिरा देगी। कितने ही घर कल गिरी हुई दीवारों और छतों में दबे हुए मिलेंगे। ख़ुद हमारा अपना घर ? पुल न भी टूटे तो ये हवाओं का ज़ोर ही क्या उसे डगमगा देने के लिए काफ़ी नहीं ? इसी सीमेंट की प्लास्टर के पीछे कहीं गारे-मिट्टी से चुनी हुई ईंटें हैं, कम ख़ुदी बुनियादें हैं। बुनियादें एक-मंज़िला मकान की ख़ुदी थीं, लेकिन फिर ज़्यादा जगह के लिए ऊपर की छत पर भी कमरे बन गए। कभी अकेले बैठकर मैं दीवारों में पड़ आई बारीक दरारों को देखता हूँ, बरसात में छत से रिस आए पानी को देखता हूँ; हर बार जब घर की पुताई होती है, ये दरारें ग़ायब हो जाती हैं। फिर जैसे-जैसे समय बीतता है, पहले तो हल्की बारीक काली लाइनें उभरती हैं, फिर दिन-ब-दिन ज़्यादा चौड़ी होती, डराती-सी लगती हैं।

एकदम कहीं दूर से क़रीब आती आवाज़ों ने पहले मुझे पथराया, फिर मैं उछलकर खड़ा हो गया। पुल टूट गया ! सालहा-साल से बँधा पानी अब बेक़ाबू हमारी ओर दौड़ रहा है !!

मैं साफ़ सुन सकने के लिए पागलों की तरह पिछले कमरे में भागा। आवाज़

हवाओं के साथ हमारे पीछे से आगे की ओर निकल गई।

—शायद..., मैंने जावेद को अपने ही पास खड़ा महसूस करके ख़ुद पर क़ाबू पाते हुए कहना चाहा; मेरी आँखें अब भी रोशनदान पर ही लगी हुई थीं।—शायद किसी घर की छत के टीन उड़ गए।

रात के दो सिरे थे—पुल-पुख़्ता की तरह। और जगह-जगह उसमें शिगाफ़ पड़े हुए थे। हमारा ज़िन्दा रहना पुल और रात के रख़्नों पर था। अगर हम जागते रहे तो शायद फिर भी बच जाएँ।

जावेद ने बीच का एक पन्ना मोड़कर किताब टेबिल पर रख दी थी और जम्हाई लेकर मेरी ओर देख रहा था।—क्या सोओगे ? मैंने लेटे-लेटे ही उससे पूछा।

—क्या बजा होगा ? उसने सुस्ती में डूबी आवाज़ में सवाल किया।

मेरे हाथ की ऑटोमेटिक घड़ी जो छः महीने पहले शादी पर मेरी सास ने मुझे सलामी में दी थी, आज दोपहर, पहले तो पानी भर जाने से धुँधली हो गई थी, फिर चार बजे के बाद मेरे बहुत झटके देने पर भी वह नहीं चल पाई। काँच पर जमे ओस जैसे पानी के पीछे उसका काला डायल भी खो गया था। मैं समय देखने के ख़्याल से नीचे अम्मा के कमरे के लिए उतरा। अब पानी की फुहार भी ख़त्म हो चुकी थी, सिर्फ़ मकान के पुराने कच्चे हिस्से में बाँसों के ठाठ पर मिट्टी के ढेले धीरे-धीरे रिस रहे थे और थोड़ी-थोड़ी देर बाद ओलती से टपकती बूँदों की आवाज़ सुनाई दे जाती थी...

...मेरे बचपन में—जब पूरा घर कच्चा था, बरसात में रातों को ये आवाज़ें इसी तरह सुनाई देतीं और मैं अम्मा से कहता बरसात हो रही है, अम्मा अध-सोई आवाज़ में बताती पानी तो बन्द हो चुका, ओलती टपक रही है, चलो सो जाओ, सुबह जल्दी उठना है...। घर के साथ-ही-साथ घरवाले भी कितने बदल गए। अम्मा के सर के लम्बे काले बाल और अब्बा की दाढ़ी इतने समय में जैसे बर्फ़ से ढक गई है। जिन अब्बा के सामने जाते हुए या बात करते हुए हमारे औसान ख़ता होते थे, अब हमारी हर बात सुन लेते हैं, मान भी लेते हैं। लगता है हर होने वाली चीज़ उनके पिछले तजुर्बों में से ही एक है। कुछ नया नहीं हो रहा; कुछ भी ऐसा नहीं जो उन्हें बेचैन या हैरान कर दे...

नीचे भाई मियाँ और उनके दोस्त सिद्दीक़ी साहब नींद में होने के बावजूद जाग रहे थे। भाई मियाँ हाथ में कोई मैगज़ीन लिए लेटे थे और सिद्दीक़ी साहब कारख़ाने की चाबियों के गुच्छे से खेल रहे थे।

—मेरी बीवी तो ठीक है। शादी हुए अभी छः महीने ही हुए हैं, लेकिन भाभी ? अम्मा ? क्या पचास साल साथ रहने के बाद आदमी को इस तरह अकेले छोड़कर जाया जा सकता है ? अम्मा यूँ अब्बा को छोड़कर जा सकती हैं ? और भाभी ? रिश्ता, ख़ून—ये सब उस पुल से कमज़ोर हैं, जो सालों से हमारे पीछे पानी को रोके खड़ा है ? क्या हम तीनों भाई भी सिर्फ़ अब्बा की मुहब्बत में ही यहाँ रुके हैं ? सलीम ! सलीम से मैं ये सब बातें कर सकता था, मगर आज उसने वह रिश्ता ख़त्म कर दिया।

ढाई बज चुका था—सामने आलमारी पर रखी घड़ी का रेडियम चमक रहा था। पिछले कमरे में भी रोशनी थी, जिसका मतलब है सलीम जाग रहा है। इस समय...अकेला..?

मैं वापस मुड़ गया।

पूरा समय जागने और सोने के बीच गुज़रा। कमरे में लाइट्स जलती रहीं और जावेद दूसरी तरफ़ करवट लिये, अपना पेट घुटनों में दबाए पड़ा रहा। या क्या पता वह सो ही गया हो। मेरे कान हवाओं के साथ भटकते रहे। पलक झपकते-झपकते हवा से बज उठा कोई रोशनदान, ख़िड़की या दरवाज़ा मुझे चौंका जाता। दिन भर की थकान, रगों का तनाव और सो न पा सकना—मैं बिल्कुल टूट-फूट-सा गया था। लगा बस बहुत हो चुका। बहुत बर्दाश्त कर लिया। अब तो यह पुल टूट ही जाए !

मुसलसल चीख़ते सायरन की आवाज़ से मैं जागा था। रोशनी फैल चुकी थी। लपककर मैंने चप्पलों में पैर डाले और झँझोड़कर जावेद को जगा दिया।—उठो, मैंने चीख़ते हुए कहा था—पुल टूट गया ! सायरन बज रहा है !

भागता हुआ मैं अब्बा के कमरे में गया था। उनका बिस्तर ख़ाली था। बाथ-रूम से आवाज़ें आने लगी थीं। मैंने देखा कोई टीन का डिब्बा, जिसमें रंग घोलकर अपने ख़ाली समय में वह घर के खिड़की-दरवाज़े पोता करते हैं, नल के नीचे धो और साफ़ कर रहे हैं। चिल्लाकर मैंने उन्हें सायरन बजने की ख़बर दी और भागता हुआ बाहर निकल गया।

बाहर सड़क पर चहल-पहल थी। मेरी समझ में कुछ नहीं आया ! तेज़-तेज़ चलता हुआ मैं पुल-पुख़्ता की ओर बढ़ा। सड़क पर लोग आ-जा रहे थे, स्कूटर-टैम्पो गुज़र रहे थे। फिर यह सायरन ? आगे पुल-पुख़्ता पर फिर से काम शुरू हो चुका था। मज़दूर, इंजीनियर्स सब काम पर लगे हुए थे। पार्क में भरा हुआ पानी भी अब कम हो चुका था। सिर्फ़ निकास का पानी उसी ज़ोर-शोर से गिर रहा था; लेकिन इस समय दिन के उजाले में उसकी आवाज़ भी इतनी डरावनी नहीं लग रही थी।

लौटते हुए

अब सोचने पर सब कितना अजीब और बेमतलब लगता है। और पता नहीं कुछ हुआ भी था या...। अब उसे ऐसा लगने भी लगा है। यही कि वह कभी-कभी बातें सोच लेता है और समझता है वह सचमुच हुई हैं। वह उनको सच साबित करने के लिए लोगों से लड़ तक सकता है।

ग़ौर किया जाए तो बात थी ऐसी कौन-सा अजूबा ? क्या दूसरे लोगों के साथ ऐसा कभी होता ही नहीं होगा ? ये जो इतने सारे लोग सड़कों पर सीने फुलाए फिरते हैं, क्या सब उतने ही मज़बूत और निडर हैं जितने नज़र आते हैं ? और उन सबके सीने ठोस हैं ? फिर क्या वह ख़ुद सड़क पर चलता हुआ इन लोगों से किसी तरह कमज़ोर नज़र आता है ? लेकिन ख़ुद अपने बारे में वह जानता है कि जब भी उसने ज़मीन को नापते हुए इस तरह क़दम उठाए हैं, जैसे उसके पीछे ज़मीन क़ालीन की तरह लिपटती जा रही है, तभी वह इतना कमज़ोर रहा है कि अगर कोई फूँक भी देता तो वह न केवल डगमगाता, उसी जगह ढेर हो जाता। लेकिन उसे लगता है, ज़िन्दगी में जो भी फ़ासले उसने तै किए हैं वे इन्हीं लम्हों में हैं। उलझकर भटक जाना इसकी आदत बन गई है। बात शुरू कहीं से होती है और फिर किन-किन चीज़ों की भीड़ में खो जाती है।

कल रात भी कुछ ऐसा ही हुआ था।

उसे आठ बजे सिंह साहब के यहाँ पहुँचना था। उनके यहाँ किसी तरह की कोई पार्टी थी—जैसी अक्सर होती रहती है। शहर के बड़े-बड़े लोग, सरकारी नौकर, नेता सबका मज़मा रहता है। कभी मुशायरा, कभी मुजरा, कभी क़व्वाली, कभी बस यूँ ही। जब से सिंह साहब से उसकी भेंट हुई थी, चन्द मिनट बातचीत हुई थी, तब से ही—ही वाज़ ए मस्ट। (उसका होना ज़रूरी था।) हर पार्टी में आने के लिए सिंह साहब ऑफ़िस में ही पर्सनली उसे फ़ोन पर इन्वाइट करते। जवाब ज़ाहिर है—यस सर, श्यौर सर, आई'ल बी इन टाइम, थैंक्यू सर ! वह सिंह साहब की आँखों का तारा था, और उन जैसे मर्तबे के आफ़ीसर की आँख का तारा होना कुछ मतलब रखता था।

घर से वह स्कूटर पर चला था। थोड़ी देर में स्कूटर रास्ते में एक अनजान मैकेनिक के यहाँ रख, स्वदेशी मशीनों को कोसता हुआ वह पैदल हो गया था। मौसम अच्छा था। हवा चल रही थी और आसमान में जिस तरह की रोशनी थी, उससे उसने अन्दाज़ा लगाया था कि पूर्णमासी का चाँद रहा होगा। आठ बजने में थोड़ी देर थी इसलिए वह पैदल ही चलता गया।

थोड़ी देर चलने के बाद वह उस लम्बी वीरान सड़क पर पहुँचा। जिस पर आगे सिंह साहब की कोठी थी। लम्बी वीरान सड़क, जाना-पहचाना-सा अँधेरा और अँधेरे के कालेपन में आब-सी पैदा करती चाँदनी। सूखे पत्ते हवा के ज़ोर से सरसराते हुए उसके आगे निकले जा रहे थे। सड़क से दूर एक तरफ़ खोए-खोए-से मकान थे, दूसरी तरफ़ काफ़ी दूर पर घाटी के नीचे तालाब। सब ठीक था और वह सिगरेट के कश खींचता हुआ आगे बढ़ा जा रहा था। किसी ख़्याल के साथ वह एक सूने से वृक्ष के नीचे रुका—किसी के घर पहुँचकर फ़ौरन टॉयलेट की आवश्यकता !

तभी जाने क्या हुआ कि उसकी नज़रें अँधेरे में उभरते से पत्थर के उस टीले पर टिक गईं। गुज़रे सालों में बेगिनती बार वह इस सड़क पर आया था और इस टीले के पास से ऐसे गुज़र गया था जैसे सड़क पर फैली दूसरी तमाम चीज़ें। उसने देखा—मोटे दरख़्त का केवल तना रह गया था। शाख़ें, पत्तियाँ कुछ भी चाँदनी को झेलने के लिए नहीं बची थीं। उसकी उँगलियों में जलती सिगरेट वैसे ही दबी रही।

—हाथी की क़बर, उसे याद आया—यह हाथी की क़बर थी। और एकदम वह छोटा हो गया। स्कूल से लंच ऑवर में वह और सुनील अपने खाने के डब्बे लेकर अक्सर यहाँ आ जाते थे। पत्थरों के चिकने तख़्ते, उन पर बिखरे दरख़्त के सूखे पत्ते और पत्थरों की दराज़ों में उगकर सूखी हुई घास। सुनील का लंच

बॉक्स, बाइल्ड-ऐग्ज़...

उसके क़दम आप-ही-आप बोझिल हो गए। कुछ बातें शायद कभी भी समझ में नहीं आतीं। या शायद एक बार न समझने पर हम कभी उन्हें समझने की कोशिश ही नहीं करना चाहते। भला हाथी की क़बर क्यों ! और क़बर कहाँ, यह तो अच्छा-ख़ासा मज़ार था !—वह धीरे-धीरे क़दम उठा रहा था। एकदम उसके आस-पास का सब कुछ फिर से बदल गया। वह वापस फिर उसी सड़क पर आ गया, जिस पर थोड़ी देर पहले था। पुरानी बचपन वाली सड़क एकदम चौड़ी हो गई थी, वीराने में जगह-जगह मकान बन गए थे, पुराने मकानों को नए ढंग से बनाने की कोशिश की गई थी, तालाब उससे बहुत दूर चला गया था, चिड़ियाँ, फ़ाख़्ताएँ, मैनाएँ उड़ गई थीं, दरख़्त कट गए थे, ज़मीन की बेशुमार झाड़ियाँ और घास...कितनी बार उसने ख़ुद जलते देखी थीं। और धुआँ, दूर-दूर तक फैलता धुआँ।

फिर उसका दिल, एक बार, इस बुरी तरह धड़का कि पल भर को उसके क़दम रुक गए। उसे कभी-कभी लगता है वह हार्ट-अटैक से मरेगा, एक दिन इसी तरह !

इस सड़क पर कुछ और आगे वह रहती है ! उसके क़दम और भारी हो गए। उसे क्यों याद आ गया, एक पल उसने ख़ुद पर झुँझलाने की कोशिश की। और अब तो तुम्हारी बीवी है ! बच्चे हैं !—उसके भी तो हैं,—उसने अनजाने ही ऊँची आवाज़ में ख़ुद से कहा, और फिर चौंककर अपने चारो तरफ़ देखा था।

—वह भी कितना ज़लील है !—एकदम शर्म उसके ख़ून में मिलकर शरीर में दौड़ने लगी।—कभी-कभी आदमी कितना गिर जाता है ! उसने कितनी बार रो-रोकर यह दुआ माँगी थी कि उसका पति...उसे कुछ हो जाए ! वह...! और फिर उसके बाद...दुनिया का हर रास्ता उसे उस तक ही ले जाता था। यह दुआ उसने उसी बेबसी से माँगी थी जिसके साथ बचपन में वह गिरते पानी में धूप निकलने की दुआ माँगता था...डोर और माँझे की चरख़ी और पतंग थामे, काले बादलों से अटे आकाश की ओर देखते हुए जो थकन और हार का एहसास उसे होता था, वह धीरे-धीरे उन तमाम बीते सालों के ऊपर फैलता चला गया था।

—सब मूर्खता थी ! कम उम्र, कम तजुरबा ! उसने अपने आपको समझाया। और तभी, अजीब तरह से डरते हुए, उसने सोचा कि वह दुआ, वह उसे पूरी तरह भूला नहीं है ! आज भी वह उस दुआ को फिर से माँग सकता है। पता नहीं क्या है उसमें ? आज भी राह चलते हुए अगर वह कभी उसे नज़र आ जाती है तो सब कुछ गड़बड़ होने लगता है, वह छुपने के लिए जगह ढूँढ़ने लगता है। फिर उसे ख़ुद पर ही गुस्सा आ जाता है।—कुछ मिलाकर ऐसा नया क्या है ?

उसने मायूस होकर सोचा।—शायद हर आदमी की ही कोई एक ऐसी प्रेमिका होती है, जिसे वह हासिल नहीं कर पाता। मजबूरियाँ, दुःख, और फिर अजनबियों के बीच बैठकर वह उसकी बात करता है। या तब जब शराब पीने के बाद वह एकदम ख़ुद को बहादुर महसूस करने लगे। और ज़्यादातर यह औरत प्रेम करने वाले के दिमाग़ की पैदा की हुई होती है ! एकदम पाक-साफ़, मुलायम या कठोर, दुःख-दर्द देने वाली। वह समझता है, अच्छी तरह जानता है कि यह सब जीवन से फ़रार ढूँढ़ने के तरीक़े हैं, लेकिन फिर भी !—और तुम तो बेटा—उसने मन-ही-मन ख़ुद को डाँटा—तुम तो उन लोगों में भी नहीं फिट होते। तुम्हारा प्रेम तो आदर्श भी नहीं कहा जा सकता। तुम तो कितनी ही बार जब अपनी पत्नी के साथ होते हो, तब भी उसी की कल्पना करते हो !

अँधेरा उसी तरह फैला हुआ था। ज़मीन पर फैली हुई डामर की वह सड़क, जो चाँदनी से चमकदार नज़र आ रही थी, बहुत ही सुविधा के साथ एक से दो में बँट गई। दाईं तरफ़ थोड़ा-सा तिरछा होकर एक रास्ता मुड़ गया था, दूसरे पर घाटी उतरने के बाद तालाब था...आगे कुछ और चलकर उसका घर।

इस सड़क पर बीते वर्षों में वह कितनी ही बार आया था और दाहिने मुड़ गया था। दफ़्तर, सीनियर आफ़ीसर, सिंह साहब। कुछ लोगों को जाने, आप-ही-आप, हमसे कैसी हमदर्दी हो जाती है। क्यों कोई दूसरा आपके लिए आपके बड़ों से लड़े ! आपके लिए ढाल बन जाए ? सिंह साहब न होते तो वह ख़ुद आज कहाँ होता ?

वह एक आदत की तरह दाहिने मुड़ा था। कुछ क़दम चलता गया और फिर जाने क्या हुआ ! जिस समय वह वापस मुड़ा, उसे सौ फ़ीसदी विश्वास है उसका दिमाग़ बिल्कुल ख़ाली था। अब सोचने पर लगता है जैसे...बस एक बेमतलब हरकत थी जो आप-ही-आप हो गई ! वह वापस मुड़ा और घाटी उतरते-उतरते सिंह साहब को बिल्कुल भूल गया। दरख़्तों की शाख़ों पर हवा में झूमते पत्तों की सरसराहट उसके कानों को फिर से एकदम साफ़ सुनाई देने लगी थी।

तालाब की लहरें सुनो ! कभी उसने पूछा था, उससे !—सुनो, कभी ग़ौर किया है यह लहरें कहाँ से आती हैं...?—तब भी चाँदनी थी, दरख़्तों के पत्ते हवा में इसी तरह सरसरा रहे थे। वह हँसने लगी थी। शायद सचमुच उस पल वह मूर्ख लगा था—आज भी ख़ुद उसका अपना सवाल उसके भीतर कहीं अटका है। बस सन्दर्भ सब बदल गए हैं, और अपने मूर्ख लगने के डर से अब वह यह सवाल किसी से कर भी नहीं पाएगा। लेकिन सवाल आज भी ज्यों-का-त्यों, वैसा ही है। सालों उसे याद नहीं आता। हो सकता है, आज के बाद उसकी मौत तक न याद आए, लेकिन वह मरेगा तो...।

कोई चीज़ उसे उसकी ओर खींचे लिए जा रही थी। उसे लग रहा था--नहीं, अभी सब कुछ नहीं बदला। वह आज भी बरामदे के जँगले पर झुकी उसका इन्तज़ार कर रही होगी। उसे प्यार करेगी। वह चाँदनी में इसी तालाब के किनारे घूमेंगे, बातें करेंगे। वह समय जो उसने उसके साथ बिताया है—और वह क्षण...शायद वह अगर थोड़ा और समझदार होता तो इतने पास आने के बाद तो कोई भी...और फिर सम्बन्ध तो सम्बन्ध होते हैं...उनकी हदें तो नहीं बनाई जा सकतीं...वह सारी बेवक़ूफ़ी ख़ुद उसकी अपनी थी...अगर उसे थोड़ा-सा तजुरबा होता तो...अगर अब...

उसके क़दम एकदम जैसे जम से गए। सामने उसका घर आ गया था ! कम्पाउंड में एक जीप खड़ी थी—उसे मालूम था, उसके पति की। कुछ क्षण वह वैसे ही खड़ा रहा।

—शहर चलोगे ?—सामने से आता ऑटो-रिक्शा उसके पास रुका और ड्राइवर ने पूछा। उसने झल्लाकर इनकार किया था।

हवा की तेज़ी कम हो गई थी, पत्तों की सरसराहट लगभग ग़ायब। उसने देखा, आकाश पर एक बड़ा-सा बादलों का घेरा चाँद की ओर बढ़ रहा था। थोड़ी देर में अँधेरा हो जाएगा।

उसने घड़ी की ओर देखा—आठ पैंतीस। अब भी वह अगर तेज़ी करे तो सिंह साहब की पार्टी अटेंड कर सकता है।

दूसरे ही पल वह घाटी चढ़कर सिंह साहब के घर की ओर वापस जा रहा था।

रमज़ान में मौत

असद मियाँ की आँखें बन्द थीं। एक पल के लिए मैंने सोचा, वापिस चला जाऊँ। दूसरे ही पल असद मियाँ आँखें खोले देख रहे थे। उन आँखों में कोहरा भरी सुबह-सी रोशनी थी।

—ख़ुदा के लिए अयाज़...सीना दर्द से टूटा जा रहा है।

सुहेला भाभी आइने के सामने खड़ी हुई डैबिंग करके चेहरे के धब्बे मिटा रही थीं। कमरे में जलते हुए बल्ब की रोशनी धीरे-धीरे बाहर फैलते अँधेरे के साथ उभरने लगी थीं। सूरज डूबने में कुछ ही देर थी।

—जमील ! अरे, जमील ! सुहेला भाभी ने आवाज़ दी।

असद मियाँ के पलंग की चादर सफ़ेद थी। पलंग के नीचे दो फटी हुई चप्पलों में उलझी हुई एक सलाबची थी, जिसे शायद वह पिछले कई घंटों से लगातार इस्तेमाल करते रहे थे। उनके पैर गन्दे और एड़ियों की खाल चटख़ी हुई थी। बिस्तर पर चादर का वह हिस्सा जहाँ उनके पैर थे, दाग़दार हो चुका था।

—ज़फ़र भाई आ रहे हैं, मैंने असद मियाँ से आँखें बचाते हुए कहना चाहा, लेकिन फिर मैंने देखा आँखें तो वो ख़ुद ही बन्द कर चुके थे। सुहेला भाभी ने

मज़ाक़ उड़ाती हुई-सी नज़रों से मेरी तरफ़ देखा और फिर आवाज़ देने लगीं—जमील...अरे, कहाँ ग़ारत हो गया ?

—अरे, आ रहा हूँ। कहीं बाहर से आवाज़ आई।

दूर आसमान में चमक-सी फैली। एक सकते के बाद धमाका हुआ।

असद मियाँ की आँखों के पपोटे हलके से हिले, लेकिन आँखें बन्द ही रहीं।

...दो...तीन...चार तोपें चल रही थीं। इफ़्तार का वक़्त हो गया था।

—लेकिन यार तोपें ही क्यों ? ये तो बिल्कुल ऐसा लगता है, जैसे किसी को सलामी दी जा रही हो। सायरन भी तो बजाया जा सकता है ? एक बार मेरे दोस्त ने मुझसे पूछा था और मैं हँसकर रह गया था।

—अगर ख़ुद साफ़ नहीं रह सकते तो दूसरों को तो चैन से करने दें ! ख़ुद के पलंग पर नहीं लेट सके, सारी चादर का सत्यानाश कर दिया ! सुहेला भाभी ख़ुद को एक ख़ूबसूरत सिंगार मेज़ में लगे आइने में देखते हुए बुदबुदा रही थीं—और अगर चाँद दिख गया तो कल ईद है। कोई धुली चादर भी न होगी।

मैंने देखा, आइना बिल्कुल बेदाग़ था, लेकिन लकड़ी के बने मेज़ के फ़्रेम की पॉलिश जगह-जगह से उड़ गई थी और कई जगह पड़े हुए गड्ढों से लकड़ी का अपना रंग झाँकने लगा था। आइने के नीचे बेगिनती शीशियाँ रखी हुई थीं—कॉस्मेटिक्स, परफ्यूम्स और स्प्रेज़ की सुन्दर शीशियाँ जिनमें से, मैंने अन्दाज़ा लगाया, ज़्यादातर ख़ाली होंगी।

जमील तेज़ी से कमरे में दाख़िल हुआ। हाथ उठाकर उसने सलाम किया। फिर अजीब तरह से मुस्कुराकर अपने बाप असद मियाँ की तरफ़ देखने लगा।

—क्या कह रही थीं, अम्मी ?—फिर जैसे मुझसे छुपाते हुए असद मियाँ की तरफ़ इशारा करके उसने आँखों-ही-आँखों में कोई सवाल अपनी माँ से पूछा।

सुहेला भाभी ने होंठ सिकोड़कर गर्दन हिला दी।

—बुलाने के लिए तुम्हें घंटों आवाज़ें देनी पड़ती हैं। उनके लहज़े में तेज़ी थी।

—मुझे क्या मालूम, आप आ गईं ? बग़ैर कहे तो चली गई थीं। जमील ने दूँबदूँ जवाब दिया।

—चाँद दिखा ?

—ऊँहुँ।

—देखो, तुम कहीं जाना मत। अभी थोड़ी देर बाद तुम्हें मेरे साथ चलना है।

—अम्मी ! जमील ने शिकायती स्वर में कहा—शन्नो और दूसरे लड़के मेरा इन्तज़ार कर रहे हैं। मुझे उनके साथ जाना है।

—जाना-वाना कहीं नहीं है, आप मेरा इन्तज़ार कीजिए। कहते हुए सुहेला भाभी भीतरी कमरे में चली गईं।

केवल असद मियाँ के साँस लेने की आवाज़। ज़फ़र मियाँ अभी तक नहीं आए थे। क्या वह आएँगे ?

—यार ! तुम चलो, मैंने इफ़्तार पर कुछ दोस्तों को बुलाया है। असद मियाँ के तीसरे बुलावे पर उन्होंने मुझसे कहा था। मैं शहनाज़ आपा के पास बैठा ईद के शीर-ख़ुर्मा की लिस्ट बना रहा था।—तुम चलो, मैं आता हूँ।

असद मियाँ के सिरहाने कैलेंडर के पन्ने कई महीनों से नहीं बदले गए थे। कमरे के एक हिस्से में काली अपहोलस्ट्री के गहरे सोफ़े बिछे हुए थे। कोने में लम्बे-से बुकशेल्फ़ पर तरतीब और बेतरतीबी के साथ बहुत-सी किताबें थीं—इन्साइक्लोपीडियाज़, बिज़नेस डायरेक्ट्रीज़, दाईं तरफ़ दीवार पर एक बिदकते घोड़े की पेंटिंग टँगी हुई थी। सेंटर टेबल के नीचे का क़ालीन फट चुका था। वैसे भी क़ालीन का डिज़ाइन ज़्यादा इस्तेमाल की वजह से डल हो गया था। केवल कुछ उड़े-उड़े-से रंग थे जिनमें बुनियादी यक्सानियत शायद धूल की शिदत्त की वजह से थी।

—ज़फ़र नहीं आए अब तक ? असद मियाँ की झिलमिलाती-सी आँखें मेरी तरफ़ देख रही थीं।

—कुछ दोस्तों को खाने पर बुलाया है, आते ही होंगे। मैंने धीरे से कहा—कब से तबीयत ख़राब है ?

—ऐं ...? तबीयत...? चार-पाँच दिन से ख़राब है। सीने में सख़्त दर्द है, दिल बिल्कुल बैठा जा रहा है, उनकी साँस ऊपर-नीचे हो रही थी।

—तमाशाबाज़ी है ! निरी ऐक्टिंग ! और सारे मर्ज़ों की एक ही दवा है—पैथिडीन ! असद मियाँ के दूसरे बुलावे पर ज़फ़र मियाँ ने झुँझलाकर कहा था।—कुछ और काम भी करने हैं ! चाँद दिख गया तो कल ईद है। मज़ाक़ बना लिया है उन्होंने तो।—फिर घड़ी खोलकर यूँ ही झटका देने के बाद वह उसे कान से लगाकर सुनने लगे थे। उस समय मुझे गाँव से आए कोई एक घंटा हुआ था।

—किसी डॉक्टर को दिखाया ? मैंने असद मियाँ की कलाई थामते हुए पूछा।

सब कुछ फिर से ख़ामोशी में डूब गया। असद मियाँ छत की तरफ़ मुस्कुराती-सी नज़रों से देख रहे थे। उनकी निगाहें जाने या अनजाने छत के उसी हिस्से पर टिकी थीं जहाँ पंखा लगाने का हुक था। बिजली की फिटिंग वहाँ तक बाक़ायदगी से जाकर एकदम दो नंगे वायरों की आँखों से झाँकने लगी थी।

—तुम मेरा एक काम कर दो। उनकी आवाज़ और आँखें पहली बार मेरी

ओर मुड़ी।

—जी।

—मेरी तबीयत ठीक नहीं है, और मैंने कल से इन्जेक्शन भी नहीं लिया है। कल दोपहर से। शायद उससे तबीयत कुछ बेहतर हो जाए। उनके स्वर में बला की मिन्नत थी—तीन इन्जेक्शन पैथिडीन के। मदन के यहाँ मिल जाएँगे।

मैंने धीरे से ठंडी साँस ली। असद मियाँ बिना पलकें झपकाए उन्हीं मिन्नत भरी नज़रों से मेरी ओर देख रहे थे। उसी समय हाथ में काले चमड़े का बैग थामे, प्याज़ी रंग की साड़ी पहने सुहेला भाभी कमरे में दाख़िल हुईं।

—मुझे ज़रा बाहर जाना है। जैसे उन्होंने अपने-आपसे कहा—ये जमील कहाँ चला गया ? फिर बिना किसी जवाब की प्रतीक्षा किए वह पर्दा उठाकर बाहर निकल गई।

असद मियाँ उसी तरह मेरी तरफ़ देख रहे थे।

सीढ़ियाँ उतरते-उतरते मैं न चाहते हुए ज़फ़र मियाँ के घर की ओर मुड़ गया। फ़लक मंज़िल के बाहरी हिस्से में ज़फ़र मियाँ और इसके पीछे उनकी छोटी बहन शाहिदा रहती थी। पिछले टुकड़े में सबसे बड़े भाई असद मियाँ का ख़ानदान था। घूमकर मैं ज़फ़र मियाँ के कमरे में पहुँचा।

शहनाज़ आपा तन्नू को उसका ईद का जूता दिखा रही थीं।

—मामूँ आ गए। देखिए मामूँ, अब्बू हमारा नया जूता लाए। तन्नू बहुत ख़ुश था।

—और बेटा, मामूँ को नहीं बताया कि तुमने शेर कैसे मारा था ? और तुम्हारी बन्दूक़ कहाँ है ?

ज़फ़र मियाँ बाहर के कमरे से अन्दर आ गए थे। तन्नू नक़ल करके बता रहा था कि झाड़ी में से 'हाऊँ' करता कैसे शेर निकला और कैसे उसने अपनी कॉर्क वाली बन्दूक़ से उसे ढेर कर दिया। फिर दीवान पर बिछी शेर की खाल की तरफ़ इशारा करके उसने ठेठ शिकारियों वाले लहज़े में कहा—उसी की खाल है। ज़फ़र मियाँ हँस-हँसकर लोटे जा रहे थे।

—भई खाना तैयार हो गया ? रियाज़ का तो रोज़ा था, सूख गए होंगे। उन्होंने शहनाज़ आपा से कहा और दोनों बावर्चीख़ाने की तरफ़ चले गए।

तन्नू अपनी बन्दूक़ लटकाए शायद दादी माँ को शेर का शिकार सुनाने चला गया और मैं अकेला दीवान पर बैठा रह गया। कमरे के दो कोनों में रखे लैम्प्स के शेड्स में से रोशनी छन-छनकर अँधेरे में घुल रही थी और कुछ मिलाकर ऐसा लग रहा था कि सूरज निकलने के थोड़े पहले या डूबने के बिल्कुल बाद का समय हो। बीच में महोगनी के सिरहाने की ख़ूबसूरत दोहरी मसहरी थी जिसके लिए

ऊपर छत में मच्छरदानी के स्ट्रिंग्स लटक रहे थे। बाजू में दीवार से लगी हुई गहरे काले रंग की वार्डरोब्ज़ थी और उसके बाद लगभग कोने में लैम्प के पास ड्रेसिंग टेबिल। बिल्कुल वैसी ही जैसी असद मियाँ के घर में थी। इसमें पॉलिश की चमक अब भी बाक़ी थी। दूसरी तरफ़ जूते रखने का स्टैंड या जिसमें बहुत से ज़नाने और मर्दाने जूते रखे हुए थे। पलंग से अटेच्ड, सिरहाने एक छोटा-सा बुक-रैक था जिसमें क़ायदे से किताबें जमी हुई थीं। पूरे कमरे में ब्लड-रैड और ब्लैक के मिले-जुले पैटर्न का क़ालीन बिछा हुआ था।

नहीं। ज़फ़र मियाँ भूल नहीं सकते थे। फिर क्या जानकर वह असद मियाँ के ज़िक्र को टाल गए थे ? पन्द्रह दिन पहले भी जब मैं गाँव से आया था, असद मियाँ की तबीयत ख़राब चल रही थी। बल्कि रमज़ान से पहले तो एक दिन उनकी हालत नाज़ुक हो गई थी। तब मैंने ज़फ़र मियाँ से कहा था—किसी डॉक्टर को दिखा दें ?

—तुम भी यार कमाल करते हो ! हर तीसरे दिन किस डॉक्टर को दिखाया जा सकता है ? फिर कुछ बीमारी हो तब ना। सड़क पर कोई पहचानवाला मिल जाए तो टाँग में चोट लगने से फ्रेक्चर तक की कहानी उसे सुना देते हैं। दवा के पैसे माँग लेते हैं और जाकर वही पैथिडीन ! किसी जान-पहचानवाले के यहाँ अगर मुर्ग़ियाँ पली हैं तो जाकर कहेंगे बच्चों ने बहुत दिन से अंडे नहीं खाए हैं। जो कुछ मिल गया सिन्धी को बेच देंगे और फिर वही पैथिडीन ! जीना हराम कर दिया है। इन्शोरेन्सवालों से जो कुछ मकान का किराया मिलता है, वह भी इन्हीं घपलों में उड़ाते हैं। ज़मील चोरी के अलावा अब सट्टे से भी शौक़ करने लगे हैं। इधर भाभी की हरकतें देखो ! नसरीन भी उन्हीं के रास्ते पर जा रही है। पता नहीं किन-किन हरामज़ादों के साथ खुली हुई जीपों में घूमती-फिरती है। यही सब दोनों छोटी बेटियाँ भी करेंगी। वह तो बहुत ग़नीमत है कि सारा और समीना की शादियाँ हो गईं। मियाँ, हमने तो उधर फटकना भी छोड़ दिया। अम्मी की ज़िन्दगी तो हराम हो ही गई। तुम ख़ुद सुनते रहते हो, दुनिया की कौन-सी ज़लालत बची है जो अब फ़लक मंज़िल के नाम से न जोड़ी जा सके ! और फिर मेरी अपनी प्रॉब्लम्स हैं। आख़िर कब तक ! ज़फ़र मियाँ के चेहरे पर ऐसा तास्सुर था जैसे उनके अनजाने ही मैंने उन्हें किसी भद्दे मज़ाक़ में घसीट लिया हो।

और असद मियाँ की माँ ?

—बदनसीब है ! माँ ने फूट-फूटकर रोते हुए कहा था—ज़िन्दगी और मौत दोनों की तरफ़ से बदनसीब ! जैसे जिया है वैसे ही मरेगा ! रमज़ान के मुबारक महीने में तो उस गुनाहगार को मौत तक नसीब नहीं हो सकती ! और फिर, जैसे कुछ सोचकर, वह चुप हो गई थीं और बहुत देर तक कुछ भी नहीं बोली थीं।

मैं ज़फ़र मियाँ से कुछ कहे बग़ैर कमरे और फिर फ़लक मंज़िल के बाहर आ गया।

खुली सड़क पर हल्की-सी खुनकी का एहसास हो रहा था। बहुत आगे स्ट्रीट लैम्प जल रहा था और वहाँ तक घुप अँधेरा था। मेन रोड तक पहुँचने के लिए मुझे काफ़ी पैदल चलना था। पीछे से आते हुए स्कूटर की रोशनी और आवाज़ से सड़क पर छाया हुआ अँधेरा जैसे धड़का, फिर ख़ामोशी और अँधेरा एक-दूसरे में घुलकर दूर तक फैलते चले गए।

—ज़िन्दगी में लेन-देन के कुछ क़ानून शायद लिखे ही नहीं गए। यह भी क्या कि जो कुछ हमें तर्के-विर्से में मिल जाए, हम उसे अपना समझ, ज़रब देने के तरीक़े ढूँढ़ने लगें। ये न लिखे गए क़ानून उन लोगों के लिए हैं, जो सिर्फ़ उस चीज़ को छूते हैं जिस पर अपना हक़ तसलीम करते हों, जो उन्होंने दाव पर लगाकर वसूल की हो। बाक़ी सब तो ज़माने की तरफ़ से लादा गया बोझ है।—एक बार काफ़ी ज़्यादा शराब पीने के बाद मेरे सामने असद मियाँ ने लोगों से कहा था। उस रात जुए में वह कोई बीस हज़ार रुपया हारे थे। तब ज़फ़र मियाँ और शहनाज़ आपा की शादी को दो साल हुए थे और मैं अलीगढ़ से छुट्टियों में कुछ दिन के लिए शहनाज़ आपा के पास ठहरा हुआ था। मुझे पता नहीं क्यों असद मियाँ अच्छे लगते थे। मेरे उनसे ज़्यादा मेल-मिलाप को देखते हुए शहनाज़ आपा ने समझाया था कि मैं उनके पास न जाया करूँ, क्योंकि वहाँ लोग जुआ खेलने और शराब पीने के लिए इकट्ठे होते थे।

फिर धीरे-धीरे सब सामने आ गया था। असद मियाँ ने फ़लक मंज़िल तीन अलग-अलग पार्टियों को रहन रख दी थी—इन्शोरेन्स कम्पनी और कुछ दूसरे मालदार सेठों को। देखते-ही-देखते डिक्रियाँ आने लगी थीं और फ़लक मंज़िल के एक बड़े हिस्से को फ़्लैटों में तब्दील करके किराए पर उठा दिया गया था, उधार वालों की किस्तें चुकाने के लिए। असद मियाँ की माँ ने पहले काफ़ी बर्दाश्त किया क्योंकि असद मियाँ वैसे भी उनके सबसे लाड़ले बेटे थे।—नवाबों से ज़्यादा लाड़ से पाला है मैंने इसे, आँखों में आँसू भरकर वह कहा करती थीं। लेकिन फिर उन्होंने इस बात को लेकर मुक़दमा दायर कर दिया था कि ज़ायदाद क्योंकि उनके नाम थी, इसलिए उनके जीते-जी उसे रहन रखने का हक़ असद मियाँ को नहीं था। हाइकोर्ट में मुक़दमा चल रहा था और उम्मीद थी कि असद मियाँ के हिस्से को छोड़कर ज़फ़र मियाँ और शाहिदा को उनका हक़ मिल जाएगा।

शाहिदा के ख़्याल से मेरे मुँह में कड़वाहट फैल गई। अलीगढ़ जाने से पहले मैं शाहिदा के बहुत क़रीब आ गया था और मेरी आने वाली ज़िन्दगी के ज़्यादातर

प्लानों में मैंने शाहिदा को भी शामिल समझ लिया था।

—प्लान ! जैसे मैंने ख़ुद से ही कहा। दो साल की मेहनत के बावजूद मैं प्रि-मेडिकल में इतने मार्क्स नहीं ला पाया कि किसी मेडिकल कॉलिज में दाख़िला पा सकूँ। जब तीन साल बाद मैं मुस्तक़िल तौर पर शहर लौटा तो शाहिदा, घर में बच्चों को पढ़ाने वाले मास्टर साजिद से शादी कर चुकी थी। साजिद एक ग़रीब घर का लड़का था और ख़ानदान के उन तेज़ी से बिगड़ते हालात में शायद शाहिदा को वही एक सहारा नज़र आया था। बहरहाल, इस बात को भी अब पाँच साल हो चुके थे। शाहिदा और साजिद का एक बच्चा था और अब असद और ज़फ़र मियाँ की माँ भी अपनी बेटी और दामाद के साथ ही रहती थीं।

सड़क के अगले मोड़ का बल्ब भी किसी ने फोड़ दिया था। अँधेरा उसी तरह छाया हुआ था। सिर्फ़ पास की कोठी की हल्की-सी रोशनी नज़र आ रही थी और कुत्ते के भौंकने की आवाज़। मेरे क़दम धीरे-धीरे उठते रहे।

सबसे ज़्यादा हैरत मुझे असद मियाँ के उस अन्दाज़ पर होती थी, जिसके साथ उन्होंने पिछले आठ सालों में हर स्टेज पर हालात को स्वीकार किया था। एक ख़ास लापरवाही और बेनियाज़ी उनके अन्दाज़ में थी। माँ से कोई बात मनवाने में नाकाम होने से लेकर जुए में कोई बड़ी रक़म हारने और उसके बाद अब अपने एक ज़माने के यार-दोस्तों के, एक रुपए तक के इनकार को उन्होंने उसी नानकेलन्स के साथ क़बूल किया था। एक ज़माने में जो तास्सुर उनके चेहरे पर, खाने में कोई नापसन्द चीज़ देखकर होता था, आज वही किसी भी दोस्त या अजनबी की झिड़की, व्यंग्य या मज़ाक़ सुनने के बाद। ज़फ़र मियाँ ने हालात से लड़ने के लिए हाथ-पैर मारे थे। अब उनके दोस्तों की महफ़िलें कम हो गई थीं, तफ़रीहें कम हो गई थीं, यहाँ तक कि कभी-कभी तो ब्यूक में पेट्रोल डलवाना भी मुश्किल हो जाता था। शहनाज़ आपा अच्छे कल की ख़्वाहिश में लॉट्रियों के टिकट ख़रीदती रहती थीं, लेकिन फिर भी उनकी बदहाली एक ख़ास स्टेज तक आकर रुक गई थी। शाहिदा भी एक हरी-भरी बेल की तरह अपने सबसे क़रीब की दीवार का सहारा लेने पर मजबूर हो गई थी। लेकिन असद मियाँ बिना किसी तब्दीली के, वक़्त के साथ-साथ नीचे बैठते गए थे। जैसे उनकी नज़रों में जो कुछ हो रहा था, सिर्फ़ वही हो सकता था। शहर के विभिन्न हिस्सों में न जाने कितने लोगों से उन्होंने झूठ बोलकर पैसे लिए थे। किसी को नायाब कारतूस लाके देने को, तो किसी को कोई और ज़रूरी चीज़ दिलाने के बहाने, किसी से बीमारी, किसी से भूख का बहाना, लेकिन किसी शर्म का तआस्सुर उनके चेहरे पर कभी नहीं रहा था। यहाँ तक कि पिछले दिनों तो वह पीर-फ़क़ीरों के मज़ारों पर बैठने लगे थे—नज़र और चढ़ावे मिल जाने की उम्मीद में। जमील

चोरी करना सीख गया था, लेकिन उसके चोरी करने पर असद मियाँ ने कभी कोई ऐतराज़ नहीं किया था। सारा घर उनको भूलकर, उनकी तबीयत की तरफ़ से आँखें बन्द करके ईद की तैयारियों में लगा हुआ था। ज़फ़र मियाँ के यहाँ एक हफ़्ते से घर की लिपाई-पुताई चल रही थी। शाहिदा और ज़फ़र मियाँ के यहाँ बच्चों के कपड़े सिए जा रहे थे। शीर-ख़ुर्मे के लिए सूखे नारियल घिसे जा रहे थे, बादाम-पिस्ते काट-धोकर सुखाए जा रहे थे। गरज़ यह कि हर आदमी अपनी जगह मशगूल था और असद मियाँ जैसे उन सबकी मजबूरी को समझते थे।

असद मियाँ को इन सब लोगों—बहन, भाई, माँ और दोस्तों के बीच देखकर पता नहीं क्यों मुझे हमेशा ऐसा लगता था, और जैसे सिर्फ़ एक असद मियाँ ही अपने मुक़ाम पर थे, और सारी दुनिया बदल गई थी।

फ़लक मंज़िल का बाहरी हिस्सा गहरे अँधेरे में डूबा हुआ था। कम्पाउंड-वॉल में जगह-जगह रख़ने पड़ गए थे और कई जगह आसानी के ख़्याल से लोगों ने दाख़िले के लिए दीवार तोड़ डाली थी। दाख़िले के दरवाज़े की जगह दोनों तरफ़ सिर्फ़ सीमेंट के पिलर्स रह गए थे। सामने पोर्च में ज़फ़र मियाँ की ब्यूक खड़ी हुई थी। दाईं तरफ़ शाहिदा और साजिद का हिस्सा था, जिसके बाहर एक साइकिल खड़ी हुई थी। इसके ऊपर और आगे दूर तक फ़लक मंज़िल का हिस्सा और ज़मीन किराए पर उठा दी गई थी। अपने वकील दोस्तों के मशवरे और मदद से ज़फ़र मियाँ ज़मीन का कुछ हिस्सा मार्टगेज से बचाने में कामयाब हो गए थे। इस हिस्से पर शहनाज़ आपा ने अपना ज़ेवर गिरवी रखकर एक छोटा-सा फ़्लैट बनवा दिया था, जिसमें किराए पर कोई मिलिट्री के मेजर रहते थे। दाईं तरफ़ कम्पाउंड में घास-ही-घास थी, जो बीच में बने ख़ूबसूरत हौज़ और फ़व्वारे को जैसे निगल गई थी।

पोर्च से गुज़रकर घूमने के बाद फ़लक मंज़िल का वह हिस्सा था जहाँ असद मियाँ रहते थे। उनके कमरे की हल्की-हल्की रोशनी मुझे दूर से ही नज़र आ रही थी। दूर, सामने लगभग पचास फीट नीचे, लहरें मारता हुआ तालाब था। कमरे के बाहर लगे यूक्लिप्टस के नीचे खड़े होकर बरसात की ख़ामोश, तेज़ हवा की रातों में मैंने अक्सर पानी की लहरों और यूक्लिप्टस की पत्तियों की थरथराहट को सुना था। इस वक़्त दोनों चीज़ें चुप थीं।

सीढ़ियाँ चढ़ने से पहले एक लम्हे के लिए मैं रुका। दूर, दाईं तरफ़ दरख़्तों और जंगली घास में घिरे लकड़ी के अध-टूटे शेड्स नज़र आ रहे थे। उस हिस्से में जहाँ की छत गिर चुकी थी या टीन की छत उतारकर बेची जा चुकी थी, किसी ऊपरी कमरे की रोशनी एक आरा-मशीन पर पड़ रही थी जो नामालूम कैसे

अपनी जगह लगी रह गई थी। ऐसा लग रहा था कि कोई झुकी कमर की शबीह पनाह ढूँढ़ने के लिए वहाँ जा छुपी हो या वहाँ से पनाह पाने के लिए सर उठाए खड़ी हो। मेरी आँखों में वर्कशॉप का पुराना नक़्शा घूम गया। असद मियाँ के बाप अपने ज़माने में सूबे के सबसे बड़े लकड़ी के व्यापारी और फ़र्नीचर डीलर थे। एक ही वक्त में कोई डेढ़ सौ कारीगर उनके शेड में काम किया करते थे।

दरवाज़ा खुला हुआ था। असद मियाँ की बेचैन निगाहें मुझ पर ठहर गईं। वह बिस्तर पर उठकर बैठ गए थे। एक पल के लिए वह कुछ सोचते से रहे फिर झपटकर उन्होंने इन्जेक्शन मेरे हाथ से ले लिये।

—लगाएगा कौन ?—मैंने थोड़ी हिम्मत करके पूछा।

जवाब में असद मियाँ मुस्कुराते हुए बिस्तर से उठे। खड़े होने की कोशिश में पहले तो वह डगमगाए फिर सँभलकर नंगे पैर ही अन्दर के कमरे में चले गए। थोड़ी देर बार वह सीरेंज हाथ में लिये वापस आए और देखते-ही-देखते वह तीनों इन्जेक्शन उन्हीं के हाथों, उनके ख़ून में दाख़िल हो गए। पसीने की नन्हीं-नन्हीं बूँदें उनके माथे पर जगमगाने लगी थीं और उनके मुँह से 'सी-सी' की आवाज़ निकल रही थी। थोड़ी देर आँखें बन्द किए, गर्दन अकड़ाए वह बिल्कुल ख़ामोश बैठे रहे, फिर जब उन्होंने आँखें खोलीं तो उनमें दर्द और तकलीफ़ का तआस्सुर ख़त्म हो चुका था।

मुझे एकदम लगा जैसे मैं किसी चीज़ का इन्तज़ार कर रहा हूँ। किसी ऐसी चीज़ का जो मैं चाहता था कि न हो लेकिन फिर भी जिसका इन्तज़ार था। असद मियाँ के अगले सवाल का। वह सवाल जो मुझे मालूम था। जो मैं चाहता था वह न करे; लेकिन जो वह करने वाले थे।

—यार क्या किसी के पास तीन सौ बोर के कारतूस मिल सकते हैं ? आबिद मियाँ को चाहिए। सुना है पीस-कोर में कोई आदमी बेच रहा है ?

इसके बाद थोड़ी देर के लिए ख़ामोशी रही। असद मियाँ अब बिस्तर पर लेटकर मेरी तरफ़ करवट ले चुके थे। मैंने जैसे पहली बार देखा कि असद मियाँ के सर पर बाल बहुत कम रह गए थे। उनके सर की खाल बालों में से तक़रीबन साफ़ नज़र आने लगी थी। और फिर बालों का रंग—न सफ़ेद न काला। बिल्कुल राख का-सा रंग हो गया था।

—और तुम्हारी खेती के क्या हाल हैं ? मुझे लगा जैसे लहज़े में कुछ छिपा हुआ था, मज़ाक़, तन्ज़ या कुछ और, लेकिन क्या मैं समझ नहीं पाया ?

—ठीक है, ट्रैक्टर चल रहा है। मैंने ज़रूरतन जवाब दिया।

—मेरा मशवरा मानो तो यह है कि तुम अब भी संजीदगी के साथ पढ़ डालो। क्या रखा है इस तरह खेती-वेती में। आज तो बहन है, कल भानजे बड़े

हो जाएँगे तो क्या करोगे ? यह सब कुछ तुम्हारे बस का नहीं है। अभी तो सब ख़ुश हैं कि बहनोई की मौत के बाद भाई, बहन और भानजों के लिए कितना कर रहा है, लेकिन धीरे-धीरे सब बदल जाएगा...अरे हाँ ! यह तो बताओ—क्या तुमने कभी किसी जिन को देखा है ?

—जी ? मुझे यक़ीन नहीं आया।

—जिन—मेरा मतलब जिन्नातों से है। लोग नमाज़ें-वज़ीफ़े पढ़कर जिनों को अपने क़ब्ज़े में कर लेते हैं। क्या कहते हैं उन्हें ?—मवक्किल ! मवक्किल जिसके क़ब्ज़े में हो उसकी हर ख़्वाहिश पूरी करता है। हर काम करता है। किसी भी तरह का। आज एक साहब कह रहे थे कि उन्होंने एक ज़माने में जिनों को देखने और क़ब्जे में करने के लिए बड़े जतन किए। वीरानों में जा-जाकर इबादतें कीं। उजाड़ और गैरआबाद मस्जिदों में अज़ानें दीं, लेकिन उन्हें कभी कोई जिन इन्सानी शक़्ल में नज़र नहीं आ सका। हाँ, एक साँप के रूप में ज़रूर नज़र आया। कोई डेढ़ बालिश्त लम्बा, बहुत ही ख़ूबसूरत लाल रंग का। वैसे ख़ुदा मालूम उन्हें यह कैसे पता चला कि वह जिन ही था, कभी तुम्हारा दिल भी चाहता है जिनों को देखने के लिए ?

—जी नहीं, मुझे झुरझुरी-सी आ रही थी।

—एक ज़माने में शहर में एक पहुँची हुई औरत थी। सुना है उनके क़ब्ज़े में मवक्किल था। जाहिर है वह उनकी हर ख़्वाहिश पूरी कर सकता था; लेकिन बेचारी मरी बहुत ग़रीबी में। क्या पता, कभी क़ब्ज़े में आए तो पता चले ! और असद मियाँ हँसने लगे—तुम गाँव कब वापस जाओगे—उन्होंने पूछा।

—बासी ईद को या उसके अगले दिन।

—खेतों के लिए खाद का कोई इन्तज़ाम हुआ ?

—अभी तक तो नहीं।

—ओह, हाँ...वो फ़र्टीलायज़र्स कार्पोरेशन के शर्माजी मेरी पहचान के हैं, एकदम असद मियाँ मेरे चेहरे के बजाय कहीं और देखने लगे थे, जैसे उनकी आँखें मुझसे बचना चाह रही थीं—मैंने यूँ हीं बताया। तुम चाहो तो मैं खाद दिलवा..., और उन्होंने जुमला पूरा नहीं किया।

अब असद मियाँ छत की तरफ़ देखने लगे थे। फिर एक ठंडी साँस लेकर वह बड़ी थकी आवाज़ में बोले—बस, अब तुम जाओ। मैं बिल्कुल ठीक हूँ।

उनकी आँखें झिलमिला गईं।

सन्नाटे में लहरों की आवाज़ और यूक्लिप्टस की पत्तियों की थरथराहट शुरू हो गई थी।

सब लोग अपने-आपको जैसे उस हादसे के लिए तैयार कर चुके थे। कमरे में पूरी फ़लक मंज़िल जमा थी।

असद मियाँ के हलक़ से अजीब-सी आवाज़ें निकल रही थीं और उनका मुँह फटकर खुल गया था। गर्दन और माथे की रगें खिंचकर उभर आई थीं और चेहरे पर नीलाहट दौड़ने लगी थी...बिल्कुल वैसी ही नीलाहट जैसी बर्फ़ में दबे गोश्त में पैदा हो जाती है। सुहेला भाभी उसी प्याज़ी साड़ी में उनका सर अपनी गोद में रखे बैठी थीं और उनके चेहरे पर एक अजीब-सी वीरानी घिर आई थी। उनकी ख़ूबसूरत साड़ी में असद मियाँ का मैला चेहरा बड़ा बेमेल लग रहा था।

—यासीन शरीफ़ पढ़ो मियाँ ! सैयदानी बुआ ने ज़फ़र मियाँ से कहा और ज़फ़र मियाँ झपटकर भागे। कुछ ही लम्हे बाद वह पंचसूरा हाथ में लिये कमरे में लौटे। टोपी लगाने से उनके चेहरे पर एक अजीब से सीधेपन या बेवक़ूफ़ी का तआस्सुर पैदा हो गया था। चश्मे के पीछे उनकी आँखों में बेचैनी थी। असद मियाँ के सिरहाने बैठकर वह धीमी-धीमी आवाज़ में यासीन शुरू कर चुके थे—मौत की तकलीफ़ को कम करने के लिए। कहीं से किसी की हिचकियों की आवाज़ उभर रही थी। मैंने देखा—असद मियाँ की माँ अपना सर उनके पैरों में रखे रो रही थीं।

पल भर के लिए मानो सब कुछ रुक गया। असद मियाँ का जिस्म बेहरकत हो गया था—पर सुहेला भाभी की चीख़ से पहले ही असद मियाँ ने आँखें खोल दीं, फिर बड़े मासूमाना अन्दाज़ में उन्होंने अपने चारों तरफ़ इकट्ठी भीड़ पर नज़र डाली।

ज़फ़र मियाँ यासीन शरीफ़ पढ़ना बन्द कर चुके थे। सुहेला भाभी के चेहरे पर वही तंज़िया-सी मुस्कुराहट फिर खेलने लगी थी। वह एक चमचे से असद मियाँ के हलक़ में पानी टपका रही थीं। मैंने घड़ी की तरफ़ देखा। रात के साढ़े बारह बज चुके थे।

—कुछ बोलो बेटा ?—कैसी तबीयत है ?—क्या हो गया था ? असद मियाँ की माँ कह रही थीं। उनकी आवाज़ ऐसी लग रही थी जैसे किसी ग्रामोफ़ोन रिकॉर्ड को कम स्पीड पर बजा दिया गया हो। आँखों से आँसू बहे जा रहे थे, जिन्हें वह दुपट्टे के पल्ले से पोंछ रही थीं। उनके एक ज़माने के नरम और नाज़ुक हाथों में दूर से ही नज़र आ जाने वाला खुरदरापन आ गया था।

ज़फ़र मियाँ खड़े हुए सर पर टोपी के ऐंगिल को लगातार बदल रहे थे। पंचसूरा अब भी उनके हाथ में ही दबा हुआ था। फिर सुहेला भाभी ने असद मियाँ का सर तकियों पर रख दिया। असद मियाँ की निगाहें चारों तरफ़ गर्दिश कर रही थीं। सब कुछ गहरी ख़ामोशी में डूब गया था। सिर्फ़ असद मियाँ की

माँ की सिसकियाँ थीं, जो धीरे-धीरे कम होती जा रही थीं।

असद मियाँ थोड़ी कोशिश के बाद तकियों के सहारे बैठ गए। उनके चेहरे की मुस्कुराहट हर पल गहरी होती जा रही थी। कमरे में कोई अपनी जगह से हिला तक नहीं। अचानक अपने कमज़ोर ज़िस्म के बावजूद असद मियाँ ने ख़नकती-सी आवाज़ में कहा—नहीं-नहीं, मैं बिल्कुल ठीक हूँ। घबराइए मत, कुछ नहीं होगा। कम-से-कम रमज़ान की कल शाम तक तो नहीं, आप यक़ीन कीजिए। ख़ुदा मालूम असद मियाँ किससे कह रहे थे, लेकिन उनकी उस मुस्कुराहट में मुझे लगा हज़ारों क़हक़हे घिर आए थे।

फिर धीरे-धीरे लोग असद मियाँ के कमरे से रुख़्सत होने लगे। थोड़ी देर बाद मैं अकेला वहाँ रह गया। सुहेला भाभी शायद अन्दर कपड़े बदल रही थीं और बच्चे सोने के लिए लेट चुके थे। मैं ख़ामोश बैठा ज़मीन पर बिछे क़ालीन को घूरता रहा। उसके डिज़ाइन, उसके रंग के बारे में सोचता रहा। थोड़ी देर में असद मियाँ को नींद आ गई और वह ख़र्राटे लेने लगे।

उठते वक़्त मैं सोच रहा था कि उस रात असद मियाँ के कमरे से शायद हर आदमी मायूस होकर वापिस लौटा था।

अगली शाम साढ़े चार बजे मैं ज़फ़र मियाँ के कमरे में बैठा ईद की ख़रीदारी का बजट सोच रहा था। शहनाज़ आपा और ज़फ़र मियाँ आख़िरी रोज़े के इफ़्तार पर कहीं इन्वाइटेड थे और तन्नू शाहिदा के यहाँ चला गया था। सवेरे मैं असद मियाँ को देखने गया था और खिड़की में से उन्हें कोई किताब पढ़ता देखकर वापस आ गया था। मैं लिस्ट बना ही रहा था कि जमील भागता हुआ कमरे में दाख़िल हुआ।

—आपको अब्बू बुला रहे हैं। उनकी साँस फूल रही थी।

—अम्मी घर हैं ? मैंने पूछा।

—कोई भी नहीं है।

—तबीयत कैसी है उनकी ?

—वैसी ही है। सीने में दर्द हो रहा है। आपको जल्दी से बुलाया है। जमील मेरे ज़वाब का इन्तज़ार कर रहा था।

—तुम चलो, मैं आ रहा हूँ। पैथिडिन के लिए बुलाया होगा, मैंने सोचा और पाँच रुपए का नोट मैंने अपनी जेब में रख लिया।

असद मियाँ की हालत फिर रात जैसी हो रही थी। रंग नीला पड़ गया था, आँखों की पुतलियाँ फिर गई थीं और साँस बहुत तकलीफ़ से आ रही थी। एकदम पता नहीं क्यों मुझे डर-सा लगा, जैसे किसी सुनसान सड़क पर मैं अकेला खड़ा रह गया हूँ।

थोड़ी देर में लोग इकट्ठे होना शुरू हो गए और मैं भागता हुआ डॉक्टर को बुलाने के ख़्याल से बाहर आ गया। काफ़ी दौड़ने के बाद मुझे एक टैक्सी मिली। जब डॉक्टर के साथ टैक्सी फ़लक मंज़िल में दाख़िल हुई तो बहुत देर हो चुकी थी।

शाम के लम्बे साए ज़मीन पर फैलते जा रहे थे।

कमरे में एक तरफ़ सिसकियाँ-ही-सिसकियाँ सुनाई दे रही थीं।

असद मियाँ की आँखें खुली हुई, अजीब ढंग से कहीं देख रही थीं। कम रोशनी में लग रहा था जैसे उन आँखों में मिला-जुला गुस्सा और मुस्कुराहट अब भी थी। सकते के आलम में, मैं उनके चेहरे को देखता रहा, फिर आगे बढ़कर उन खुली आँखों को बन्द कर दिया। डॉक्टर ने उनका जिस्म एक सफ़ेद चादर से ढक दिया।

एकदम किसी चीज़ ने मेरा ख़्याल असद मियाँ के मुर्दा चेहरे से अपनी तरफ़ खींच लिया। जैसे दरोदीवार हिल गए थे। कोई गोला फ़लक मंज़िल के बिल्कुल ऊपर आकर फूटा था।

...दो, तीन, चार...तोपें चल रही थीं, रोज़े के इफ़्तार की...ईद के चाँद की।

रमज़ान अब ख़त्म हो रहे थे।

छोटी-छोटी चीज़ें

वह बस भी बिना रुके गुज़र गई थी और रोमा को अब गुस्सा आ रहा था।

एक आदत की तरह हो गया था ! रोज़ घर पहुँचने से पहले स्कूल से बस-स्टैंड तक की दौड़ और बस का इन्तज़ार, स्टॉप पर खड़े-खड़े बिना रुके गुज़रती बसों की बारात, उलझन, गुस्सा और फिर घर पहुँचते-पहुँचते वह सब कुछ भूल जाती। स्कूल में बच्चों के बेतुके सवाल, वह गन्दा रजिस्टर जिसमें उसकी अपनी लिखावट में बच्चों के नाम थे और सारे रजिस्टर में पी. और ए. का सफ़ा-दर-सफ़ा फैला सिलसिला। उसे कुछ भी याद न रहता। पलंग पर गिरकर उसके दिमाग़ में सिर्फ़ चाय का ख़्याल आता था। और कल क्या हुआ था ?

कुछ भी नया नहीं था। दोनों कल उसके लिए कितने एक-जैसे हो गए थे। घर तक पहुँचते-पहुँचते अक्सर बस ख़ाली होने लगती थी। बस में पसीने की बू...इतनी गर्मी शहर में पहले कभी नहीं पड़ी थी। मर्करी ! उसे हँसी आ गई—थर्मामीटर्स में भी असली मर्करी था या उसमें भी कुछ मिलावट...

चौथे स्टॉप तक उसे बैठने की जगह मिल गई। संजू ने अगले स्टॉप पर बस में मिलने को कहा था। भीड़ कम थी। ढलान पर लुढ़कती बस धीरे-धीरे स्टॉप

तक पहुँचकर ठहर गई। संजू उसे दूर से ही नज़र आ गया था। बस में सवार होकर धीरे-धीरे वह उसकी सीट तक आया और उसके पास बैठ गया।—हाँ ! कुछ छिन गया है। जैसे कोई न दिख सकने वाली चीज़ संजू के वजूद से ग़ायब हो गई है। पहली बार इतने अरसे के बाद कल जब उसने संजू को देखा था तो रोमा की आँखें उसमें कुछ ढूँढती ही रह गई थीं—कोई चीज़ जो वक़्त और दूरी मिलकर भी नहीं छीन पाते...

—यह तुम्हें क्या हो गया ?—वह कहना चाहती थी, लेकिन अन्दर कहीं उसे एक आवाज़ सुनाई दी। जैसे दो रेतीले पत्थरों को आपस में रगड़ने से होती है। हर लम्हा रेत में बदलते पत्थरों के रगड़ने से।

उसने देखा संजू जबरन मुस्कुराने की कोशिश कर रहा था।

—तुम्हें इन्तज़ार करना पड़ा, मगर मैं क्या करूँ, ये बसें...

—क्या समझती हो ? मैं एकदम फ़ालतू हूँ ! संजू एकाएक फट पड़ा था—कोई हद होती है ! क्या मुझे गुलाम समझने लगी हो जो इस तरह सिनेमा के बाहर इन्तज़ार कराके मुझे ज़लील किया ? भाड़ में गई तुम, भाड़ में गई फ़िल्म !

...उसे याद आया उसने संजू को हर तरह मनाने की कोशिश की थी। उन्होंने फ़िल्म नहीं देखी थी। वह मिन्नतें करती रही थी और संजू ने उसकी तरफ़ एक बार देखा तक नहीं था। उस रात उसने रोते-रोते संजू के पैरों पर सिर रख दिया था। उस रात, सात साल पहले...

—कुछ काम हुआ ?

—हाँ, कहा तो है।—संजू ड्राइवर के पंजे में दबे गियर-बार को देख रहा था।

—फिर ?

—कल चला जाऊँगा।

आगे मोड़ था। ड्राइवर ने बस धीरे कर दी थी। वह दोनों साथ उतरे थे।

दरवाज़ा खुलते ही हवा में लहराता हुआ पर्दा रोमा के गिर्द लिपट गया।

—आओ, उसने कहा।

संजू बाहर ही खड़ा नेम-प्लेट को घूर रहा था। रोमा की आवाज़ से जैसे वह चौंका, फिर परदे से उलझता हुआ अन्दर आ गया। बैठने का कमरा—उसकी नज़रें चीज़ों पर फिसल रही थीं—किताबें, मामूली-सा सोफ़ा, दीवार पर फ्रेम में जड़ी तस्वीरें, रेडियो...

—तुम ज़रा बैठो, रोमा ने टेबिल-फैन ऑन करते हुए कहा।—मैं अभी

आती हूँ।

वह अन्दर चली गई थी।

संजू की नज़रें किसी चीज़ पर ठहर गई थीं—पीतल के पाइपों की वह गोल क़तार जो बारीक धागों के सहारे लटकी हुई थी—एक ऐसे कोने में जहाँ हवा उसे न छू पाए।

—क्या कर रहे हो !—कहीं अन्दर से रोमा की चीख़ती-सी आवाज़ उसके कानों तक पहुँची।

खन्-खन्-खन्...हवा में एक-दूसरे से टकराकर बजते पाइपों से निकलती घंटियों-सी आवाज़ और उसका वह मचलता हुआ सिलसिला...

रोमा ने तेज़ी से बाहर आकर पूछा था—क्या कर रहे हो ?

—देख रहा हूँ अब कैसा लगता है !—उसने जैसे तल्ख़ी से जवाब दिया था।

...क्या ऐसा नहीं लगता जैसे इन आवाज़ों के सहारे तुम घर पहुँच गई हो। मज़बूत दीवार, पुख़्ता छत और जैसे तुम्हारे आस-पास बच्चे हँस रहे हों, आँगन में खेल रहे हों। इन आवाज़ों को सुनकर तुम्हें ऐसा नहीं लगता ?—सालों-साल पहले संजू ने इन पाइपों को ख़रीदकर उसे देते हुए पूछा था...

—नहाना चाहो तो तौलिया रख दूँ ? रोमा कह रही थी।

अन्दर बाथ-रूम से पानी बहने की आवाज़ आने लगी थी। संजू कल चला जाएगा, यह उसे याद था। पिछली बार, पाँच साल पहले संजू बग़ैर उससे मिले चला गया था। वह उसके लिए एकदम बेमतलब हो गई थी और उसके साथ ही वे तमाम लम्हे, रात और दिन जो उन दोनों ने साथ बिताए थे। वह हफ़्तों रोई थी और फिर धीरे-धीरे उसे लगा था, जैसे होना यही था। संजू ने अगर किसी दूसरी औरत से शादी कर ली थी तो इसमें ग़लत क्या था ? वह रोमा से उम्र में कम-से-कम पाँच-सात साल छोटा था और फिर उसने उससे कभी कोई वादा नहीं किया था। शादी जैसी बात उन दोनों के बीच निकली ही कब थी। यह सपना तो उस अकेली का था जो संजू से तो वह कभी कह भी नहीं पाई थी। और कह भी देती तो क्या वह उसका कहा मान ही लेता ! अब सोचने पर सब कुछ बिल्कुल फ़िल्मों का सा लगता है—डायरेक्टरेट में संजू से मुलाक़ात, क़रीब होना, संजू का उसके घर आकर रहने लगना, दिन-रात का साथ और फिर एकदम यह ख़बर कि उसने शादी कर ली और उसका ग़ायब हो जाना। महीनों संजू के कपड़े रोमा के घर में वैसे ही टँगे रहे थे, फिर उसने उन्हें तह करके रख दिया था। डेढ़ साल गुज़र जाने के बाद रात को गश्त करने वाले नेपाली को दे दिए थे। और इन तमाम सालों में सफ़ेद चॉक थी जो ब्लैक-बोर्ड पर घिसती रही थी।

—खाना बाहर खाएँगे—संजू के बाहर आते ही उसने कहा। संजू के बाल पानी से भीगे हुए थे और आँखें जैसे बहुत गहरी होकर सूख गई थीं।

होटल में घुसते ही कूलर की ख़ुशगवार ठंड ने उन्हें घेरे में ले लिया।

—कुछ पियोगे ?—डाइनिंग हॉल में दाख़िल होते हुए रोमा ने संजू से पूछा।

—तुम ?—संजू ने उन्हीं ख़ाली नज़रों से उसकी ओर देखते हुए कहा।

—ज़हे-नसीब ! रोमा के अंदाज़ में व्यंग्य-सा था। वे बार की ओर मुड़ गए। यही क़ालीन, ये ही मेज़-कुर्सियाँ, यही बार—कितना समय उन्होंने यहाँ इकट्ठे बिताया था।

—जीना नहीं आता !—वह कहा करता था।—इन सालों को जीना नहीं आता !—बार में बैठे लोगों की ओर इशारा करते हुए—फ़कीरचन्द कमाना जानते हैं, ख़र्चना नहीं ! बार में भी बही-खातों के फ़िगर्स सालों के चेहरे पर लिखे रहते हैं ! पहन नहीं सकते, खा नहीं सकते, पी नहीं सकते तो फिर साले ज़िन्दा क्यों हैं ?...

—इस तरह बार में आने-जाने पर अब तुम्हारी प्रिंसिपल को ऐतराज़ नहीं होता ?—वह पूछ रहा था। क्षण भर, वह उसकी ओर देखती रही।

—हाँ, शायद जवानी और बुढ़ापे में यही फ़र्क़ है ! मालूम है—मैं अब चालीस साल की हूँ ?—कहने के साथ ही उसे लगा उसे ख़ुद पर कंट्रोल रखना चाहिए।

वह दूर दीवार पर टँगी पेंटिंग की तरफ़ देख रहा था। क़रीब की दोनों टेबिल्स ख़ाली थीं। कुल मिलाकर बार में आने-जाने वालों का सिलसिला अभी शुरू नहीं हुआ था।

—सुनो ! साहब के लिए सिगरेट लाओ। रेड-एंड-व्हाइट, ठीक ? इतनी देर से वह उसकी उँगलियों में सिगरेट ढूँढ रही थी। वह ख़ास बेफ़िक्री से सिगरेट पीने का अन्दाज़, मुँह से निकलते धुएँ के भर-मदग़ोले—यह सब संजू पर कितना अच्छा लगता था। और लगता हो या नहीं, रोमा कम-से-कम यही देखना चाहती थी।

बियर-गिलास-पन्द्रह मिनट।

रोमा को अच्छा लगने लगा था।—सफ़ेद वर्दी, सफ़ेद टोपी, लाल बेल्ट्स पहने वेटर्स—कल वह स्कूल जाएगी...

—वेटर ! संजू पहली बार वेटर को बुला रहा था।

—तुम व्हिस्की लोगी ? उसने बिना देखे रोमा से पूछा था।

—टू व्हिस्कीज़ !

व्हिस्की की बात ही कुछ और होती है। बियर तो कंडीशनर है; किसी भी तरह की शराब क़बूल करने के लिए जिस्म को कंडीशंड करती है।

रोमा को सामने बैठा संजू अच्छा लगने लगा था। उसके जिस्म के अंधे कुँए में सूरज उगने लगे थे। अभी थोड़ी देर में वह उठेगा, उससे माफ़ी माँग लेगा। वे तमाम साल इन दिनों, इस शाम में हल्के लगने लगे थे। वह अभी उठेगा, उसकी कमर के गिर्द हाथ डालेगा। उसका स्पर्श—उसका कमर के गिर्द हाथ...

वह सिगरेट जला रहा था।

—बाहर चलें, यहाँ घुटन-सी है।—उसने गिलास ख़ाली करते हुए कहा था।

ड्राइंग-रूम से उस झूमर के पाइपों के खनकने की आवाज़ आ रही थी।

संजू रोमा के बाजू में लेटे-लेटे जाने कब सो गया था। बाहर उगे नीम की शाख़ें लहराकर खिड़की के पल्ले से टकरा रही थीं। अभी थोड़ी देर बाद जब रोशनी फैलनी शुरू होगी, वह उठेगा, फर्श पर बिखरे उसके कपड़े, जूते—रोमा ने हाथ से टटोलकर महसूस किया।—जूते वहीं पलंग के पास थे, वह इन्हें पहनेगा, फिर यहाँ से निकल जाएगा। यह एहसास, रोमा ने धीरे-धीरे संजू के सीने को सहलाया। संजू के बालों भरे सीने पर अठखेलियाँ करती उसकी उँगलियाँ; संजू बेख़बर सो रहा था। अँधेरे में हल्के-हल्के खर्राटे टेबिल-फैन की आवाज़ के ऊपर सुनाई देने लगे थे। रोमा ने अपनी आँखें ज़बरदस्ती बन्द करना चाहीं। लगता था पिसा हुआ काँच पपोटों में भर गया हो...

..................!

अँधेरे में नपे-तुले वक़्त के बाद उभरते उसके खर्राटे। रोमा ने दूसरी ओर मुँह फेर लिया।

—शादी और बीवी और शादीशुदा ज़िन्दगी...

—मैं दफ़्तर से सीधे घर आता था, संजू ने उसे बताते हुए कहा था।

—मैंने शराब छोड़ दी थी, सिगरेट पीना भी बन्द कर दिया था।—बाप बनने का एहसास...हॉस्पिटल...दवाएँ...दूध।—मुझे बीवी और बच्चे के लिए कुछ भी करना बहुत अच्छा लगता था।—उधार लेकर भी।

सुबह होने से पहले अँधेरा एकदम गहरा हो जाता है। रोमा ने आँखें फाड़कर अपने चारो ओर देखने की कोशिश की। अँधेरे में यहीं कहीं दीवारें हैं, ऊपर छत है और उसे मालूम है सामने मेज़ है, जिस पर उसका मेक-अप का मामूली सामान है और पास में वह आलमारी जिसमें उसके पहनने के कपड़े हैं। सुबह से पहले वाले गहरे अँधेरे में उसकी आँखें कितनी बेकार हो जाती हैं।

—मुन्ना पैर चलाना सीख रहा था। मैं और बीवी उसके लिए एक-एक बेबी-वाकर ख़रीदना चाहते थे। हर बार कोशिश करने के बाद भी पैसे किसी दूसरे काम में उठ जाते थे। शायद सारी तनख़्वाह राशन में ही ख़त्म होने लगी थी। उस शाम मैं घर पहुँचा तो अन्दर दालान में एक बेबी-वाकर रखा हुआ था। पता चला शर्मा—मेरा एक क़रीबी दोस्त घर आया था और उसी समय मुन्ना पाँव-पाँव चलने की कोशिश में गिर पड़ा था, ख़ून निकल आया था। उसने उसी समय बाज़ार जाकर एक वाकर मुन्ने को दिला दिया। मैंने भी सोचा ठीक है, शर्मा से मेरे कितने गहरे सम्बन्ध हैं, बिल्कुल भाइयों जैसे। लेकिन थोड़ी ही देर में वह बात जो मुझे महीनों से तंग कर रही थी धीरे-धीरे बिल्कुल नंगी होकर सामने आ गई। हमें सिलाई की मशीन की ज़रूरत है, महीनों की कोशिश के बाद भी मैं नहीं ख़रीद पाता। दो दिन के लिए बीवी के भाई घर आते हैं, मशीन दिला जाते हैं। दिन भर अकेले उसका दिल घबराता है, अगर घर में रेडियो—! मैं सोचता रहता हूँ, मेरा छोटा कज़न घर आता है और बहुत इत्मिनान से अपना ट्रांजिस्टर उसे भेंट कर जाता है। हमारे यहाँ बिजली की इस्तरी नहीं। उसे कोयले दहकाने में उलझन होती है। किसी पड़ोसी की मेहरबानी से वह रोज़ बिजली की इस्तरी इस्तेमाल करती है। फ़िल्म-तफ़रीह-ज़रूरत वह तमाम छोटी-छोटी चीज़ें जिन पर मेरी रोज़ की ज़िन्दगी और ख़ुशियों का दारोमदार था, सब इसी तरह पूरी हो रही थीं और उनमें मैं कहीं नहीं था। अपने ही घर में कहीं नहीं...

रोमा ने धीरे से टटोला। अँधेरे में सोता हुआ संजू, और थोड़ी देर पहले जागता हुआ...रोमा के जिस्म पर जगह-जगह उसकी बढ़ आई दाढ़ी का स्पर्श...रेंगती-सी चींटियाँ...थोड़ी देर पहले लगा था वह वही संजू है।

—मैंने कुछ ट्यूशंस कर लीं...सब पैसे हाथ से मुँह तक आने में ही ख़त्म हो जाते थे...धीरे-धीरे शो-केसों में जमे खिलौने, अच्छे कपड़े पहने औरतें और ऊँची बिल्डिंगों पर चमकती रोशनियाँ मुझे थकाने लगीं...जब हम दोनों इकट्ठे होते तो यही चीज़ें मेरे आस-पास एक जाल बुन देतीं...मैं रात-रात भर पड़ा जागता रहता...वह मेरी बीवी थी, लेकिन उसे छूने के ख़्याल से ही मेरे हाथ कट जाते...

रोमा ने उसे जगाना चाहा—संजू, अभी चंद क्षणों में रोशनी फैल जाएगी, उठो। उसके खर्राटे पल भर को रुके, फिर वह करवट बदलकर सो गया।

—धीरे-धीरे वह मुझे कैसी नज़रों से देखने लगी...कैसे-कैसे जलाने लगी...कहती मैं मरियम न हुई तो क्या, हमारा मुन्ना तो मसीहा है ! यही नाम रखा जाए, क्यों !

रोमा की आँखें धीरे-धीरे भारी होने लगी थीं। सुबह उसके जाने से पहले

एक प्याली चाय, उसने सोचा। फिर लगा अभी बहुत अँधेरा है, सुबह दूर है।

—ज़िन्दगी में पहली बार मैंने उसे मारा ! वह चुपचाप पिटती रही। मैं चीख़ता रहा, गालियाँ देता रहा, मारता रहा। वह एक शब्द नहीं बोली। फिर उस रात वह मेरे पास आई। मुन्ने को मेरे पास लिटाया और कहा कि वह जा रही है। मैं देखता रह गया...

वह घबराकर जागी थी। जाने किस क्षण उसकी आँख लग गई थी और वह कितनी देर तक सोती रही थी। ख़ुद उसे एक पल-सा लगा था।

अब रोशनी फैल रही थी। दीवारें, टेबिल, टेबिल पर रखा सामान और कोने पर सजा हुआ मोटा-सा प्लास्टिक का गुड्डा—छनती हुई हल्की रोशनी में अँधेरे के धब्बे नज़र आ रहे थे।

संजू चला गया था।

उसे लगा बैठे-बैठे बहुत देर हो गई है। गाउन खींचकर उसने ख़ुद को लपेटा और आगे बढ़कर खिड़की के पर्दे खोल दिए।

बाहर धूप फैल चुकी थी।

जश्न

दिनों की समानता से ऊबे हम लोग घर में गर्दनें डाले बैठे हैं। चारों ओर ख़ामोशी है और हममें से हर एक चुप और निढाल है।

बाहर सड़क पर, कहीं दूर से घर की ओर बढ़ती ढोल और ताशे की आवाज़ें आने लगी हैं। हमारे चेहरों पर एकदम ज़िन्दगी की चमक दौड़ गई है। 'स' की ख़ाली आँखों में रोशनी जगमगाने लगी है, 'श' की ख़ामोशी को उसकी उम्मीद में फूली साँसों ने तोड़ दिया है, 'ज' के सूखे होंठ फड़कने को हैं। हम सब बेचैन और बेक़रार हो उठे हैं।...

...कभी-कभी ऐसा भी होता है कि यह ढोल-ताशे का क़ाफ़िला हमारे घर के दाहिने या बाएँ निकल जाता है और पल भर की उम्मीद के बाद हमें फिर से अपनी ऊब भरी दुनिया में लौट जाना पड़ता है।...

सारे कान आवाज़ों पर लगे हैं। 'ज' बेचैनी से अपने टूटे पैरों पर खड़े होकर आँगन में टहलने लगा है।

एकाएक ढोल और ताशे घर के सामने आकर रुक गए हैं और अब नफ़ीरी भी बज़ने लगी है। बाहर किसी ने घर के बुज़ुर्गों की शान में क़सीदे पढ़ना शुरू कर दिए हैं। ढोल, ताशे, नफ़ीरी, बुज़ुर्गों की शान में क़सीदा...

हमारे मुर्दा चेहरे खिल उठे हैं और सब पागलों की तरह घर के दरवाज़े की ओर भागे हैं। 'ज' के गले में आज इतनी ताक़त जाने कैसे आ गई कि उसने चिल्लाकर अपनी बुज़ुर्गी जताई है। उसे आगे जाने का रास्ता देते हुए हम लोग दोनों ओर पंक्तियों में खड़े हो गए हैं।

बाहर 'अ' है—सफ़ेद कपड़े, सफ़ेद अचकन, इत्र और लोबान की ख़ुशबुएँ। साथ ही 'आ' है, जो एक हाथ कान पर रखकर क़सीदा पढ़ते हुए नाच रहा है। 'अ' कशकोल में अंगारों पर लोबान छिड़कता, नाचते 'आ' के इद-गिर्द चक्कर लगा रहा है।

'ज' हमेशा की तरह आज भी अपनी बुज़ुर्गी निभाने में नाकाम है। क़सीदा और नाच ख़त्म होने से पहले ही, वह 'अ' से झूमकर प्यार करने लगा है। बाहर जमा हो गए 'क', 'ख', 'ग', 'घ'...और अन्दर हम 'य', 'र', 'ल', 'व'...सब ख़ुशी से चिल्ला और तालियाँ बजा रहे हैं।

'अ' ने धीरे से 'ज' के कान में वह कहा है, जिसे बिना सुने भी हम अच्छी तरह जान गए हैं।

नफ़ीरी चुप है और ढोल-ताशे की आवाज़ें धीरे-धीरे घर से दूर जा रही हैं। हम 'ज' के साथ घर में लौट आए हैं, बस 'य' घर के बाहर रुक गया है। 'अ' के जाते ही लोगों का आना शुरू हो जाएगा। लोग अलग-अलग राग, अलग-अलग साज़ लेकर आएँगे और 'य' जो घर का अगला बुज़ुर्ग है, उनके साथ तरह-तरह की धुनों पर नाचेगा, उनके क़सीदे सुन-सुनकर वाह-वाह और प्यार करेगा और उन्हें गले लगाएगा।

हम सब—'र', 'ल', 'व', 'च', 'छ'...आज पहली बार 'ज' के लिए कुछ करेंगे। 'र', 'ल' उसे नहलाकर शरीर के उन मसामों को साफ़ करेंगे, जो वर्षों की धूल और कीच से बन्द हो गए हैं। 'व', 'ज' के बाल सँवारेगा, 'च' उन कपड़ों की सलवटें बराबर करेगा जो वर्षों से ख़्वान-पोश से ढके रखे हैं और 'छ' उसके जूते और टोपी ब्रुश से साफ़ करेगा। हम सब लोबान जलाकर नाचते हुए वह गीत गाएँगे जिनका अर्थ हमें नहीं मालूम। और फिर 'ज' हमारे कन्धों पर बैठकर, जुलूस के साथ वहाँ जा पहुँचेगा, जहाँ लोगों की एक और भीड़ उसकी प्रतीक्षा कर रही है।

हम भी नहाएँगे। आज उन गिनती के क़ीमती कपड़ों को पहनने का दिन है, जो कब से बेकार पड़े हैं।

'ज' ने ख़्वान-पोश हटा दिया है और हम झपटकर उसे कपड़े पहनाने लगे

हैं। ऐसा लगता है 'ज' हम सबको भूल चुका है। सफ़ेद पोशाक और ऊपर से लहराती वह सफ़ेद चादर पहने, आज उसके चेहरे पर दूसरा ही भाव है। उसके जगह-जगह से फटे पैर हमने जुराबों से ढककर ऊपर से वह पापोश पहना दिए हैं, जो 'ल' ने अभी-अभी गिलाफ़ से निकालकर दिए हैं। 'ज' की मूँछें तनी हुई हैं, उसके धूप में जगह-जगह से तड़खे सर के इर्द-गिर्द चाँद का हाला है। हमारी साँसें गा-गाकर बेक़ाबू हो रही हैं और लगता है आज 'ज' हमारे गीतों का अर्थ समझ रहा है।

'ज' अब जाने को तैयार है।

आस-पास भीड़ है। हँसते, मुस्कुराते, गीत गाते लोगों का हजूम इकट्ठा है।

'ज' को ले जाकर एक ऊँची कुर्सी पर बिठा दिया गया है और 'य' ने सूची देखकर लोगों के नाम पुकारना शुरू कर दिए हैं। 'बम', 'टठ', 'कख', 'लम', 'बट', 'मठ',...लोग गीत गाते हुए जा-जाकर 'ज' से गले मिल रहे हैं।

'ज' की ऊँची कुर्सी के पास एक बड़ा सन्दूक़ है।

'य' के कहने पर सब चुप होकर उसकी ओर देखने लगे हैं। वह आगे बढ़ा है। और बढ़कर सन्दूक़ का ताला खोल दिया है। हर एक लपककर 'ज' के सन्दूक़ के अन्दर झाँक रहा है और चारो ओर हँसी और क़हक़हों का सैलाब आ गया है। सन्दूक़ की तह में बहुत थोड़ी मिट्टी है जबकि पास में ख़ुदा 'ज' का गढ़ा काफ़ी गहरा है।

'य' की आवाज़ पर फिर सब अलग हटकर खड़े हो गए हैं। चारो ओर से तरह-तरह की धुनों और गीतों की आवाज़ आने लगी है। 'ज' की आँखें बन्द हो चुकी हैं और उसे कुर्सी से उतारकर चबूतरे पर खड़ा कर दिया गया है। भीड़ खिसककर कुछ और पीछे हो गई है।

—'र',—'य' ने आवाज़ लगाई है, और चौंककर 'र' तालियाँ और हँसी के छूटते फ़व्वारों के बीच, एक फ़ौजी की तरह क़दम जमाता, 'ज' तक पहुँच गया है। पल भर को सब बिल्कुल ख़ामोश हो गए हैं। और 'र' ने लपककर 'ज' का दाहिना हाथ कोहनी तक तोड़ लिया है। अपनी जेब से कुछ मिट्टी निकालकर उसने सन्दूक़ में डाली है और ख़ुशी से बेक़ाबू हजूम में लौट गया है।

चबूतरे पर खड़ा 'ज'—दाहिना हाथ कोहनी तक ग़ायब।

—'ल',—'य' ने पुकारा है और 'ल' ने झपटकर 'ज' की एक आँख नोंचकर अपने हिस्से की मिट्टी सन्दूक़ को सौंप दी है और भीड़ में लौट गया है।

'व' ने अपना नाम पुकारे जाने पर 'ज' का एक कान कुतर लिया है, 'च'

ने नाक काट ली है और 'छ' दाईं टाँग काटकर अपने-अपने हिस्से की मिट्टी सन्दूक़ में डाल अपनी जगह लौट गए हैं।

'ज' ठहाकों के बीच एक टाँग पर खड़ा है—दाहिना हाथ ग़ायब, एक आँख की जगह गहरा गन्दा सूराख़, एक कान का बचा हुआ छोटा-सा कोना, माथे से ठोढ़ी तक बिना नाक सपाट चेहरा।

सन्दूक़ अभी आधे से ज़्यादा ख़ाली है।

'बम', 'टठ', 'कख', 'लभ', 'बट', 'कल', 'भल'—भीड़ के लोग हँसते-गाते चबूतरे तक आ रहे हैं और 'ज' के शरीर के किसी अंग के बदले थोड़ी-थोड़ी मिट्टी सन्दूक़ में डालकर लौटते जा रहे हैं। थोड़ी-सी मिट्टी और, और 'ज' का सन्दूक़ पूरा भर जाएगा।

'ज' का सारा शरीर लोगों में बँट चुका है। सारी भीड़ ख़ुशी और मस्ती में तालियाँ और सीटियाँ बजा रही है। अभी 'य' मिट्टी-भरे सन्दूक़ को 'ज' के ख़ाली गढ़े में उलट देगा और हम सब मिलकर उसे ज़मीन के बराबर कर देंगे।

फिर हम अपने घरों को लौट जाएँगे जहाँ थकान और ऊब से गर्दन डाले हमें जाने कब तक बैठा रहना पड़े।

खेल

उसके घुटने चटख़ने लगे थे।

अपना वज़न पीछे दरख़्त के तने से टिकाकर उसने फिर तख़्ते की तरफ़ देखा—गुस्ल देने वाले ने हाथों में कपड़ा लपेट लिया था। नन्हें की लाश सिर से पैर तक एक सफ़ेद चादर से ढकी हुई थी। उसका चौड़ा सीना तख़्ते पर भी उठा हुआ नज़र आ रहा था।

किसी लड़के ने नीम का औंटा हुआ पानी टब में डाला था।

पिछले तीन घंटों में लोबान की बू शरीफ़ के सारे वज़ूद में इस तरह फैल गई थी जैसे समय के साथ उसके माथे की शिकन। गुस्ल देने वाले ने अब नन्हें को दाईं करवट कर दिया था और मुँह पर से चादर उठा दी थी। चेहरे पर फूलन थी, जैसे हाथ पानी में देर तक डूबे रहे तो फूल जाते हैं। अनजाने ही उसने आगे बढ़कर नन्हें के माथे को छुआ—जैसे गीला कपड़ा हाथ में लग जाए। एक झुरझुरी-सी उसके शरीर में दौड़ गई।

—दाँतों के बीच रुई भर दी है,—गुस्ल देने वाले ने मुँह का पान चबाते हुए उसकी ओर देखकर कहा था।—ताकि जो पानी पेट में भर गया है वह रिसता न रहे।

शरीफ़ को नन्हें के डूबने की ख़बर गाँव पर मिली थी जहाँ वह बोनी करा रहा था। जब वह घर पहुँचा, तो फ़ायर ब्रिगेड वाले तालाब में लाश ढूँढने में कामयाब हो चुके थे और लाश घर लाई जा चुकी थी। मौत की सनसनी कुछ देर रही, लेकिन लाश निकल आने के बाद चीज़ें सब रुटीन थीं। नन्हें बरसों से उनका नौकर था। पम्मो, उसकी बीवी, मायके से ही नन्हें को अपने साथ लाई थी और फिर धीरे-धीरे वह शरीफ़ के घर का ही हो गया था। खाना पकाने से लेकर रात को खलिहान की पहरेदारी तक हर काम के लिए उस पर भरोसा किया जा सकता था। अब कफ़न-दफ़न सब कुछ शरीफ़ को ही करना था। जब वह गाँव से लौटा था तो पम्मी फूट-फूटकर कर रो रही थी।

कफ़न का कपड़ा नहलायी जाती लाश के बाजू में पलंग पर रखा था और उसी के पास एक पुड़िया में लिपटा काफ़ूर और इतर की शीशी।

धूप कम होने के साथ-साथ सर्दी बढ़ रही थी। किसी गर्म कपड़े के ख़्याल से शरीफ़ घर की ओर मुड़ा तो उसका कन्धा बाज़ू में उभरे सेप्टिकटैंक के चिमनीनुमा पाइप से टकरा गया। सँभलकर वह आगे बढ़ा।

—हर चीज़ में यही हाल था ! उस दिन साँप मारते देखा था ?

—यही तो ! कितनी बार समझाया—पट्ठा किसी की सुनता कब था ?

—उम्र क्या रही होगी ?

—बीस-इक्कीस।

—तौबा, तौबा !

आम के दरख़्तों के नीचे कुछ लोग जमा थे। एक-दो के हाथ में सिगरेटें थीं और कुछ पान चबाते हुए एक-दूसरे से नीची आवाज़ में बातें कर रहे थे। कुछ शरीफ़ के रिश्तेदार और कुछ पड़ोसी।

—शरीफ़ भाई, शफ़ीक़ मियाँ का फ़ोन आया है। पूछ रहे हैं कि जनाज़ा कब जाएगा ? किसी ने आकर बताया था। बूढ़े शफ़ीक़ मियाँ, शरीफ़ के पड़ोसी।

—हैलो...शफ़ीक़ मियाँ ? देखिए जनाज़ा आठ बजे तक उठेगा। वह...असल में हमारी मोटर कारख़ाने में पड़ी हुई है। जनाज़ा ले जाने के लिए क्या आपकी जीप.. ? उसने धीरे-धीरे कहा था।

—मियाँ...आप अगर थोड़ी देर पहले फ़ोन कर देते। दरअसल बच्चे अभी कहीं जा रहे हैं। क्या आपकी दोनों गाड़ियाँ नहीं हैं ?

—ट्रैक्टर-ट्रॉली है। ख़ैर, आप रहने दीजिए। उसने रिसीवर रख दिया।

पम्मो उदास नज़रों से उसकी ओर देख रही थी। स्वेटर की आस्तीन में छोटे-छोटे सूराख़ थे और घना मुलायम रुआँ जगह-जगह से ग़ायब हो गया था। वह गुस्लख़ाने की ओर मुड़ गया। अन्दर ठंड थी। तहख़ाने जैसी ठंड और

सीलन। नल से पानी प्लास्टिक के बड़े टब में टपक रहा था। बिजली की पीली रोशनी में शरीफ़ ने ख़ुद को आइने में देखा। लगा वह फूट-फूटकर रो देगा।—क़ब्र—ठंडी और सीली हुई। आख़िरी पत्थर के पटियों के साथ बन्द हुई थोड़ी-सी रोशनी और कभी न ख़त्म होने वाली ख़ामोशी।

मुँह पर छींटे देते हुए ठंडा पानी सुइयों की तरह चुभा था। तौलिए से हाथ-मुँह पोंछता शरीफ़ बाहर आ गया।

दूर कहीं बहुत-सी आवाज़ें कुरान की तिलावत कर रही थीं—गुन-गुन करती बहुत-सी आवाज़ें !

...तब शायद शरीफ़ सात-आठ वर्ष का रहा होगा। घर में वह सबसे छोटा था और उसके दिमाग़ में अब्बा की जो पहली तस्वीर थी, उसमें भी उनकी दाढ़ी सफ़ेद हो चुकी थी। अम्मी को उसने देखा ही नहीं था। कहते हैं उसकी पैदाइश में ही वह ख़त्म हो गई थी। बड़े भाइयों और बहनों की शादियाँ हो चुकी थीं और कुछ के तो बच्चे भी उसी की उम्र के थे। शरीफ़ से डेढ़ साल बड़ी एक बहन थी—मैना। सब प्यार से उसे मैना कहा करते थे, शायद इसलिए कि बहुत कम उम्र में ही उसने बिल्कुल साफ़-साफ़ बोलना शुरू कर दिया था। बिल्कुल दुबली, बेहद कमज़ोर मैना, जिसके बाल बड़ी आपा एक ख़ास ढंग से पीछे की तरफ खींचकर बाँधा करती थीं। मैना हमेशा बीमार रहा करती थी। उसका पेट निकल आया था और शरीर कमज़ोर हो गया था। डॉक्टर-हकीम उसे देखने आते रहते। उसे मिट्टी खाने का शौक़ था और मिट्टी उसके लिए बहुत नुक़सानदेह थी। पूरा घर इसी देखभाल में लगा रहता कि मैना मिट्टी न खा पाए। घर के आँगन में अब्बा ने सुर्ख़-मुर्रम बिछवा दिया था, क्यारियों के आस-पास नोकदार वायर थे, लेकिन मैना सबकी नज़रें बचाकर किसी-न-किसी तरह मिट्टी खा लेती थी। उसे हर काम बहुत सँभालकर करने की आदत थी। कपड़े की कतरनें, काग़ज़ के टुकड़े, अब्बा के दिए हुए पैसे, हर चीज़ जोड़ती रहती थी। एक दिन मैना के गुड्डा-गुड़ियों में शरीफ़ को वह चॉकलेट का डिब्बा मिला था—पूरा चॉकलेटों से भरा हुआ। मुट्ठी भर चॉकलेट चोरी से अपनी जेब में डालकर खाने के ख़्याल से वह घर के बाहर आ गया था। नज़रें इधर-उधर दौड़ाते हुए उसने एक चॉकलेट खोलकर मुँह में डाली ही थी कि सारे मुँह में मिट्टी किरकिराने लगी। उसने चॉकलेट की पन्नी को बहुत निराशा से देखा, लेकिन बहुत कोशिश करने पर भी घरवालों को यह नहीं बता पाया कि मैना चॉकलेट की पन्नी में मिट्टी छिपाकर खाती है। थोड़े दिन बाद मैना का चलना-फिरना भी बन्द हो गया। फूला हुआ पेट, धँसी हुई आँखें, काला रंग,

लोग बराबर उसकी देख-रेख में लगे रहते। और फिर एक दिन...

शरीफ़ ने घड़ी की ओर देखा—साढ़े आठ ! दूर ट्रैक्टर की रोशनी नज़र आ रही थी। ट्राली में नन्हें का ताबूत था। यहाँ से क़ब्रिस्तान तक जनाज़ा कन्धों पर ले जाना या, नमाज़ होनी थी और फिर दफ़न। आस-पास गिनती के लोग थे जो यहाँ तक कार या स्कूटर से आकर उसकी ही तरह जनाज़े का इन्तज़ार कर रहे थे।

आस-पास का सारा कुछ शरीफ़ के लिए जाना-पहचाना था। यहाँ से दाहिने सड़क पर थोड़ा आगे चलकर अब्बा वाला घर था। लगभग एक फरलाँग दूर अँधेरे में मस्जिद की काली-काली मीनारें बुलन्द नज़र आ रही थीं। इसी मस्जिद से मिला हुआ क़ब्रिस्तान था जहाँ नन्हें को दफ़न करना था। बचपन में शरीफ़ इसी मस्जिद के मदरसे में कुरान पढ़ने आया करता था।

ट्रैक्टर उसके सामने आकर रुक गया।

शरीफ़ कन्धा देने से हमेशा कतराता था। लेकिन आज...आस-पास थे ही कितने लोग। उसके अपने रिश्तेदारों में से ही कौन था। और शायद ठीक भी था। नन्हें उसका ही नौकर था। क्या पता जीते जी भी किसी ने उसकी मौजूदगी कभी महसूस की थी या अब मौत ही उसका मौजूदगी का एहसास बनी है ?

नमाज़ के बाद जनाज़े को क़ब्र की ओर ले जाया गया। शरीफ़ ने नज़रें घुमाई—बाहर से क़ब्रिस्तान की फ़सील ज्यों-की-त्यों नज़र आती थी लेकिन अन्दर से पुरानी मस्जिद का नक़्शा ही बदल गया था। क़ब्रिस्तान के काफ़ी हिस्से के ऊपर मस्जिद का सहन फैल गया था और अब मस्जिद काफ़ी बड़ी हो गई थी। इस क़ब्रिस्तान के ख़्याल से ही शरीफ़ के दिमाग़ में हमेशा दानवाकार घने बरगद और बड़ के दरख़्त घूम जाते थे और ज़मीन पर उलझी बेशुमार झाड़ियाँ। मस्जिद से सबक ख़त्म करके वह नाक की सीध में देखता तेज़-तेज़ सड़क पर आ जाता था। लेकिन इस समय ऊपर खुला आसमान साफ़ नज़र आ रहा था। सिर्फ़ फ़सीलों के क़रीब कुछ अध-सूखे मोटे-मोटे दरख़्त रह गए थे। पेट्रोमेक्स की रोशनी में भी ज़मीन पर उगी हुई झाड़ियाँ उतनी घनी नहीं लग रही थीं, जितनी याद्दाश्त में थीं। दाईं ओर मोटरें ठीक करने के कारख़ाने बन गए थे और दो-तीन धूल और जंग से अटी मोटरें पत्थर से टेकों पर खड़ी हुई थीं। बाजू में एक ट्रक की बाड़ी बनाई जा रही थी। बढ़ई लकड़ी पर रंदा कर रहे थे और एक आदमी हाथ में शील्ड लिये ट्रक के किसी हिस्से को वेल्ड कर रहा था।

क़ब्र के आस-पास लोगों का घेरा था। मैय्यत क़ब्र में उतारी जा रही थी।

शफ़ीक़ मियाँ घेरे की पिछली लाइन में थे। वेल्डिंग लाइट्स के झमाकों में उनका चेहरा रह-रहकर रोशन हो जाता था।

...बड़ी फफू...दोहरी कमर, भँवों तक के सफ़ेद बाल, झुर्रियों से पटा हुआ चेहरा, हाथ और पैर : न कोई औलाद न घर। अब्बा को ही उन्होंने अपने बेटे की तरह पाला था। उनकी आख़िरी उम्र में सिर्फ़ एक तमन्ना थी कि मरते समय होठों पर ख़ुदा का नाम हो। जिस रात उनकी तबीयत ख़राब हुई सारा घर उनके आस-पास इकट्ठा था। होश में आते ही उन्होंने अब्बा का नाम लेकर पुकारा; लेकिन अब्बा को पहचान नहीं पाईं। अब्बा उन्हें आवाज़ें देते रहे और वह अब्बा को पुकारती रहीं। फिर एकदम से फुरेरी लेने के बाद उन्होंने अब्बा को पहचान लिया। उस समय उनके हलक से एक ख़र्राटे-जैसी आवाज़ निकलने लगी थी। कान लगाकर उन्होंने अपनी ही आवाज़ को ग़ौर से सुना—क्या बेटा कहीं घुँघरू बज रहे हैं ? उन्होंने अब्बा से पूछा। सब हैरान रह गए थे। अब्बा ने लाख कोशिश की कि वह कलमा पढ़ लें; लेकिन धीरे-धीरे उनकी आँखें बन्द होती गईं और वह कलमा नहीं पढ़ पाईं...

नन्हें की मैय्यत क़ब्र में उतारी जा चुकी थी। पटिए बराबर किए जा रहे थे। मिट्टी बेहद ठंडी थी।

फ़ातिहा के लिए हाथ उठाते हुए शरीफ़ ने सुना—शायद फ़िल्म का शो छूटा था। लोग ज़ोर-ज़ोर से गाते हुए सड़क पर से जा रहे थे। कुछ सिरफिरे हँस रहे थे, अजीब तरह की आवाज़ें निकाल रहे थे। सन्नाटे में सड़क पर पड़ते क़दमों की आवाज़ बिल्कुल साफ़ सुनाई दे रही थी।

वह अकेला रह गया था। उसके सारे क़रीबी लोग उसका साथ छोड़ गए थे। बचपन, नौजवानी और जवानी—तीनों उन चेहरों से जुड़े हुए थे जो अब नहीं थे। सारी यादें किसी-न-किसी मरे हुए इंसान तक जाकर ख़त्म हो जाती थीं। मैना...फफू...सल्लू...समीर...अन्नू भाई...आबिद...जिम्मी...सीमा...बाला...शफ़ी मियाँ और सिकन्दर...ज़िन्दगी से मौत की ओर फैलती ज़ंजीर की कड़ियाँ। हर नई मौत पर उसकी गुज़री हुई ज़िन्दगी किसी आँधी में उड़कर आँख में जा गिरे तिनके की तरह खटकने लगती थी। एक-एक चेहरा किसी सवालिया निशान की तरह उससे कुछ पूछने लगता था।

लगा, वह एक बड़े से काफ़िले के साथ था जिसमें से सारे जाने-पहचाने चेहरे कहीं ग़ायब हो गए और अनजाने आकर मिल गए। जब वह चला था तो आगे बहुत से लोग थे जो देखते-ही-देखते खो गए और बहुत सारे अनजाने पीछे से आकर मिल गए। काफ़िला न तो लम्बा हुआ न छोटा, बस वह ख़ुद ही आगे की ओर बढ़ आया था। या जैसे कोई खेल हो रहा था। जिसमें म्यूज़िक की

आवाज़ पर लोग दौड़ रहे थे। इसलिए कि बैठने की कुर्सियों में से एक और कम हो गई थी और इस राउंड में फिर कोई आउट होने वाला था। म्यूज़िक बन्द होगा, तालियाँ बजेंगी, क़हक़हे गूँजेंगे और कोई एक और शर्मिन्दा चेहरा भीड़ में खो जाएगा...।

वह बहुत थक गया था। भागने की ताक़त ख़त्म हो चुकी थी।

घर अँधेरे में डूबा हुआ था। ख़ामोशी में हवा के हल्के झोंकों के साथ दरख़्तों की शाख़ें सरसराती हुई बरामदे पर डोल जाती थीं, उसके बाद फिर वही ख़ामोशी। थके क़दमों सीढ़ियाँ चढ़ता शरीफ़ ऊपर तक आया। अन्दर दालान में फर्श पर बसतनी बिछी हुई थी और लोग खाने का इन्तज़ार कर रहे थे...वही सब लोग जो जनाज़े के साथ क़ब्रिस्तान तक गए थे। एक पल को उसकी नज़रें बसतनी पर खाना लगाती पम्मो से मिलीं और फिर वह अपने कमरे की तरफ़ मुड़ गया।

अन्दर कमरे में बल्ब की फैली हुई रोशनी में उसकी नज़रें दीवार से लगी लम्बी-सी वार्डरोब पर ठहर गईं। क़तार से टँगी हुई कमीज़ें—गहरे चौखाने, शोख़ बोलते हुए रंग और संजीदा हल्के रंगों के कपड़े। बीच-बीच में कुछ ख़ाली हैंगर्स लटके रह गए थे।

वह लाइट ऑफ़ करके बिस्तर पर बैठ गया। सिर्फ़ दूर कोने में लैम्प की रोशनी शेड और अँधेरे में उलझी रह गई थी। धुँधलके में उसने अपने हाथों को देखा—दफ़न के बाद शायद हाथ पूरी तरह धुल नहीं पाए थे और नाख़ूनों के अन्दर और आस-पास मिट्टी जमी रह गई थी। दोनों हाथों के नाख़ूनों के आस-पास मिट्टी की हल्की-सी काली लाइनें थीं—ठीक उस जगह जहाँ नाख़ून गोश्त से जुदा होता है।

—कल वह नहीं होगा, शरीफ़ ने तय किया।—कल वह ख़ुद इस सबसे आगे निकल गया होगा। इस रोशनी और अँधेरे से आगे।

एकदम बहुत-सी छोटी-छोटी बातें उसे परेशान करने लगीं।—जब वह छोटा था तो कई बार उसने अब्बा की जेब से पैसे चुराए थे। मामू मौत से पहले जब बीमार पड़े थे तो वह उन्हें देखने नहीं जा पाया था। एक बार अब्बा के एक दोस्त उसके लिए फल लाए थे जिन्हें उसने लेने से मना कर दिया था। मना करते हुए जैसा उसे लगा था वह आज तक नहीं भूल पाया।...सैकड़ों बेमतलब की चीज़ें एकदम उसे बेचैन करने लगी थीं...कल वह नहीं होगा...कल सूरज निकलने से पहले।

लैटे-लेटे जाने कब उसकी आँख लग गई और पम्मो ने उसे आवाज़ देकर जगाया।—आप खाना नहीं खाएँगे ? उसका माथा सहलाते हुए पम्मो ने पूछा था—रात के दो बज चुके, सब चले भी गए। आप कब यहाँ अन्दर आकर लेट गए ?

पम्मो सिरहाने बैठकर उसका सिर दबाने लगी थी। वह चुपचाप लेटा अपने दिल की धड़कन गिनता रहा था।

—थक गए ? पम्मो ने धीरे से पूछा और उसके पीछे गिरी रज़ाई को ठीक किया। शरीफ़ को चुप देखकर पम्मो ने अपने हाथों से उसका चेहरा अपनी ओर किया और बोली—कभी-कभी कैसे सब कुछ हो जाता है। सोचो, कल रात नन्हें इसी छत के नीचे था और उसके होने से कितना इत्मिनान था। चौबीस घंटे में सब कुछ बदल गया ! आपको कितने बजे पता चला था ? पम्मो की आवाज़ फिर से टूटने लगी थी।

—चार बजे, शरीफ़ ने बहुत बेज़ारी से कहा—अब इस वक़्त तो सो जाओ।—और उसने करवट बदल ली।

कुछ देर पम्मो वैसे ही उसके बाजू में बैठी रही फिर उठकर चली गई। थोड़ी देर बाद शरीफ़ ने स्विच ऑफ़ होने की आवाज़ सुनी और फिर अँधेरे में ही पम्मो उसके बाजू में आकर लेट गई।

—सो गए ? थोड़ी देर की ख़ामोशी के बाद पम्मो ने अपना हाथ उसकी कमर पर रखते हुए कहा था।

शरीफ़ ने जवाब नहीं दिया। पम्मो कुछ और पास खिसक आई, फिर बहुत आहिस्ता से शरीफ़ के एक कान पर होंठ रखकर कुछ फुसफुसाई।

—सो जाओ ! शरीफ़ ने आजिज़ी के साथ कहा।

—क्या नींद आ रही है ?

—हाँ !

—इतनी जल्दी।

शरीफ़ फिर भी चुप रहा तो पम्मो ने उसका हाथ खींचकर प्यार से चूमा, फिर नीचे ले जाकर अपने पेट पर रख लिया। अचानक जाने क्या हुआ कि शरीफ़ हड़बड़ाकर उठ बैठा। थोड़ी देर अँधेरे में ही वह उसकी ओर देखता रहा, फिर तेज़ी से उसके दोनों कन्धे पकड़कर दबाए और एक सेकिंड बाद छोड़ दिए। पूछा—यह कब मालूम हुआ ?

—आज। शक तो मुझे पहले से ही था, लेकिन डॉक्टर ने आज तसदीक़ कर दी है।

—कितने महीने ?

—तीन।

—तीन ? कहते हुए शरीफ़ के ज़हन में क्षण भर को शाम, उसमें गुज़रा हुआ हादसा और उस खेल की याद बिजली की तरह कौंधी, फिर वह उठकर खड़ा हो गया और बत्ती जलाकर पम्मो की ओर देखने लगा। बड़ी देर तक वह इसी तरह देखता रहा, जैसे अरसे बाद कहीं से लौटकर उसे पहचानने की कोशिश कर रहा हो। थोड़ी ही देर बाद दोनों में इस बात की छीना-झपटी हो रही थी कि होने वाले बच्चे का क्या नाम रखा जाए।

एक फ़िल्मी पोस्टर के हवाले से

ऐसा नहीं कि दूसरे तमाम मौसम मुझे बुरे लगते हैं, लेकिन गर्मियों के प्रति एक ख़ास तरह का मोह मन में हमेशा रहा है, इस मोह को रचनेवाले तत्त्वों को अगर मैं सरसरी नज़र से भी देखना और समझना चाहूँ तो यह अपने-आप में अलग एक विषय होगा, संक्षेप में, गर्मियाँ मुझे शायद बुनियादी तौर पर बचपन से जुड़े गर्मियों के उस दो महीने के अन्तराल के कारण ही अच्छी लगती हैं, जब बहुत सा समय और कुछ न करने की सुविधा एक साथ आ जाती थी। तो गर्मियाँ अपने साथ एक अजीब-सी नॉस्टैल्जिक आँच लेकर आती हैं और तपती दोपहरों या कम तपती शामों को दिमाग़ अजीब बेतुकेपन से अतीत के मुड़े-तुड़े, शिकन पड़े पन्नों और चेहरों की सलवटें बराबर करने, उन्हें आपस में जोड़ने लगता है। इस प्रक्रिया में, मैं सच बताऊँ, कभी किसी बाहरी चीज़, अपने-आप में बेमतलब, का भी कितना बड़ा हाथ हो सकता है, आज दोपहर तक मुझे अन्दाज़ा नहीं था।

भरी दोपहर आज जब मैं एक चौराहे से गुज़र रहा था तो रोज़ की तरह मुझे फ़िल्मों के पोस्टर नज़र आए। मैं चौराहा पार कर चुका था, जब किसी ख़्याल ने मुझे मुड़कर उन पोस्टरों को दोबारा देखने पर मजबूर कर दिया। शहर के लगभग सारे सिनेमाघरों में पुरानी फ़िल्में लगी हुई थीं। बचपन से लेकर

जवानी यानी स्कूल से लेकर कॉलेज तक की उम्र में देखी फ़िल्मों के नाम और पोस्टर ! मैं एक थकी-सी मुस्कान के साथ, माथे का पसीना पोंछकर आगे बढ़ने को था, जब एक फ़िल्म का टाइटिल किसी गलियारे-सा खुला और दूसरे ही क्षण मैं एक दूसरी दुनिया में था...

कर्नल ! हम सब उसे कर्नल कहकर बुलाते थे। उसके हुलिए, हड्डी-काठी और हरकतों के कारण सारा कॉलेज ही उसे कर्नल कहता था, हद यह कि कुछ प्रोफेसर्स और लेक्चरर्स भी। —हाय ! उसका दहाड़कर ग्रीट करने का अन्दाज़ और भालुओं की तरह झुमा-झुमाकर प्यार करना। छह फ़ुटा क़द, गोरा, मुस्कुराता चेहरा, फूले हुए गाल और चमकीली आँखें। जिनमें जाने मुझे क्यों लगता, इतनी ताक़त थी कि जिसकी ओर उठें, वह उनसे बँध जाए, और उसका व्हिसिल करते हुए, फ़िल्म 'ब्रिज ऑन द रिवर क्वाई' की धुन, हॉस्टल्स के कॉरिडोर्स में मटक-मटककर चलना।

—मरो साले ! बहुत गुस्से में उस शाम उसने मुझे डाँटा था, ऐसे एडवेंचर्स करने के लिए गट्स चाहिए होते हैं !

नाराज़गी का कारण था, एक इश्क़ का चक्कर जिसमें फँसकर मैं सारी इंजीनियरिंग और अपने स्लाइड-रूल को भूल, चुपचाप-सा रहने और कभी-कभी ठंडी आहें भरने लगा था। सोने पर सुहागा, छिप-छिपकर कविता लिखने की कोशिश भी शुरू हो गई थी। संयोग से लड़की का नाम भी कविता ही था और उस शाम की लगातार बेरुख़ी से तंग आकर मैंने कर्नल से, जो सारे क्लासवालों का सहपाठी ही नहीं, कांशेंस-कीपर, फ्रेंड, गाइड—गर्ज कि सब ही कुछ था—यह कह दिया था कि भाड़ में जाए कैरियर, मैं हॉस्टल और क़ॉलेज छोड़कर वापस अपने शहर जा रहा हूँ।

—अबे साले, उसने डाँटते हुए कहा था—एक लड़की-दैट्स आल यू आर वर्थ ? यही तो है साले तुम लोगों के साथ—दुनिया नहीं देखी, पहली और दूसरी को बहन बना लेते हो और तीसरी तक पहुँचते-पहुँचते स्टीम फुल ब्लास्ट ! लव ! प्रेम ! इश्क़ ! यू बास्टर्ड्स ! !

मैं कर्नल की डाँट दुबका खड़ा सुनता रहा था। मजबूरी थी। कर्नल की बात हम सबके लिए बहुत महत्त्व रखती थी, कर्नल ने दुनिया देखी थी, लोगों को पहचाना और देखा था। एक बार पहले कभी जब मैंने कर्नल की ख़ुशामद करते हुए धीरे से उसके कान में पूछा था कि क्या उसने भी कभी प्रेम किया है, तो वह हँसते-हँसते दीवाना हो गया था। चिल्ला-चिल्लाकर उसने हॉस्टल के आस-पास के कमरेवालों को भी इकट्ठा कर लिया था, हँसते-हँसते उसका चेहरा लाल हो रहा था। —देखो, साला क्या पूछ रहा है, वह हँस-हँसकर दोहरा हो

रहा था—देखो, माइ डियर राँझा, याद रखो ! लव इज़ ए फोर लेटर वर्ड-वन ऑफ द सो मेनी ! फॉर मी, गर्ल्स—यस ! लव—हे-हे !!

—और साले, तुम ही नहीं, कर्नल मेरे कॉलेज और हॉस्टल छोड़कर जाने की बात को लेकर डाँट रहा था।—तुमसे बड़े शहंशाह भी पड़े हैं इसी हॉस्टल के कमरों में ! माथुर आत्महत्या करके छोड़ेगा, अगर नवीन उसकी न हुई और वैद्य हिमालय जाने की सोच रहा है ! मैं पूछता हूँ, सालों, तुम हो कौन-सी नस्ल से ? यहाँ पढ़ने आए थे या इन बटेरों के पीछे भागने ! शादी के बाद औलाद पैदा कर लो तो मान लेंगे ! साले, तुम्हारी बीवियाँ तुमको पास नहीं फटकने देंगी, अपने बेड-रूम की दरबानी करना !

माथुर, वैद्य और मैं—हम तीनों की हालत ख़ासी गम्भीर थी, कर्नल ने हम तीनों को अपने कमरे में बुलाया। उसका कमरा क्या, अपने में एक अजूबा था—दीवारें प्ले-ब्यॉय के मुस्कुराते पिन-अप्स पहनीं, पाँच-छह तरह के लाइट-इफेक्ट्स, रिकॉर्ड-प्लेयर और ढेर सारे अंग्रेज़ी रिकॉर्ड्स और ख़ुशबुओं से महकता। बहुत कम लोग कर्नल के कमरे में, जिसके दरवाज़े पर उसने अपने ख़ास रनिंग-हैंड में काले पेंट से 'कर्नल' लिख रखा था, घुसने की हिम्मत कर पाते थे। हम तीनों को कर्नल ने एक जबरदस्त लताड़ दी, हमारी मर्दानग़ी को ललकारा। इस धमकी के साथ कि अब अगर उसने हममें से किसी को भी एबनॉर्मली बिहेव करते देखा तो हाथ-पैर तोड़ देगा। इसके बाद अपने रिकॉर्ड-प्लेयर पर उसने फ़ॉक्स-ट्रॉट का कोई नम्बर, जो उसे बहुत पसन्द था, बजा कर सुनाया और ऐक्शंस के साथ हमें समझाता रहा कि फ़ॉक्स-ट्रॉट क्या होता है, कैसे करते हैं। हम तीनों ने कर्नल से गुड-बिहेवियर की प्रॉमिस और लड़कियों को सबक पढ़ाने का वादा किया और फिर उसके साथ हॉस्टल से शहर गए, मटरगश्ती की और सेकेंड शो में फ़िल्म देखी, कर्नल बेहद ख़ुश था।

समय बीतता गया। न माथुर ने आत्महत्या की। न वैद्य के हिमालय जाने की नौबत आई और कुछ ही दिनों में मैं भी अपनी पढ़ाई में व्यस्त हो गया। हम लोगों ने डिग्रियाँ लीं और अपने-अपने शहरों को लौट गए। नौकरियाँ लग गईं। शादियाँ हो गईं—अपनी-अपनी प्रेमिकाओं के साथ। मेरा और कविता का जब विवाह होने लगा तो मैंने ख़ासतौर पर कर्नल को लम्बी चिट्ठी लिखी और फिर शादी का न्योता भेजा—इस आग्रह के साथ कि कर्नल का शादी में आना बहुत ज़रूरी है। कर्नल तो नहीं आया, न ही चिट्ठी का जवाब—कर्नल वैसे भी चिट्ठी-पत्री के मामले में बहुत चोर था—उसका मुबारकबाद का कार्ड आया, उसके अपने स्टाइल में दो लाइनें लिखी थीं उसने, जो मुझे आज, पन्द्रह वर्ष बाद भी याद हैं—कविता बिना जीवन के कुछ भी नहीं होती, लेकिन बिना

कविता के क्या जीवन हो सकता है ? पहली बार मैंने कर्नल के हाथ से लिखे हिन्दी अक्षर देखे थे, जिसके नीचे उसी मोटी अंग्रेज़ी हैंडराइटिंग में लिखा था—ब्लेस यू—कर्नल। मैंने कार्ड पत्नी को दिखाया था और पत्नी ने उसे सँभालकर अलग रख लिया था।

इसी के कोई महीने बाद एक मित्र का तार मिला था कि कर्नल ने आत्महत्या कर ली।

मुझे याद है, रेल के सफ़र के बाद जब मैं कर्नल के घर पहुँचा तो सब कुछ, कुछ दिनों पहले ही हो-हवा चुका था। फिर भी एक ख़ामोशी और वीरानी थी, जो घर से टपक रही थी।

—बिल्कुल ठीक थे, कर्नल की विधवा अपने साल-भर के बेटे को गोद में लिये बैठी मुझसे कह रही थी—साथ फ़िल्म देखने जा रहे थे कि मेरी छोटी बहन आ गई। कहने लगे, मुझे क़ाफी काम भी करने हैं, तुम लोग हो आओ, मैं फ़िल्म देखकर लौटी तो...

वह आगे नहीं कह पाई। मुझे बताया गया कि कर्नल ने घरवालों की अनुपस्थिति में गले में फंदा लगाकर, छत से लटककर अपनी जान ली थी। और यह कि उसकी टेबुल की ड्रॉर्स से निकली मैगजींस और पुरानी डायरियों से पता चला था कि वह काफ़ी लम्बे समय—चार या पाँच साल से—आत्महत्या के केसेज का अध्ययन करता रहा था। तरह-तरह के फंदे और गाँठों के स्केच उसकी डायरी से निकले थे। साथ ही हर एक ने आश्चर्य जताया कि आख़िर कर्नल ने ऐसा किया क्यों ? वह बहुत अच्छी नौकरी पर था। पत्नी और बच्चे से बेहद प्यार करता था, इकलौती औलाद के नाते बड़ी जायदाद का मालिक था।

—फिर ? सवाल आज भी ज्यों-का-त्यों है। कर्नल को मरे पन्द्रह साल हुए, आज उसका बेटा सोलह साल का होगा। कैसा होगा, क्या कर रहा होगा, मुझे कुछ नहीं मालूम। ना ही उसकी विधवा से फिर कभी मिलने का मौक़ा मिला। क्या था उस खिलन्दरे, मस्त, हमेशा हँसनेवाले के भीतर जिसे पाँच साल तक इतने क़रीब रहने के बाद भी मैं नहीं जान पाया ? वे स्वस्थ क़हक़हे, वह आँखों की जादुई कशिश—क्या था जो उनके पीछे बिना हमारे जाने पल-पल घुल रहा था ? क्या था ??

मैं रास्ते पर आगे बढ़ गया। उस फ़िल्म का नाम जो उस शाम कर्नल के साथ देखी थी और जिसका पोस्टर इस समय यूँ इस चौराहे पर मेरे सामने टँगा था, वह शाम और कर्नल उस तपती धूप में मेरे साथ चल रहे थे।

इन गर्मियों, मैं कर्नल के बारे में सोचता रहूँगा—एक फ़िल्मी पोस्टर के हवाले से।

काला पुल

हरे देवदार से ढँकी, ऊँची पहाड़ी चोटी से लेकर आकाश में जगमगाते सफ़ेद बर्फ़ीले पहाड़ों तक कमान-सा कसा अँधेरा, काला पुल, उसे नज़र आया। और उस पर तेज़-तेज़ क़दम बढ़ाता वह ख़ुद। न थकान, न बोझ का एहसास। वह बर्फ़ की पाकीज़गी के क़रीब होता जा रहा है। ज्यों-ज्यों वह आगे बढ़ता है, पीछे काला पुल क़ालीन-सा लिपटता जाता है। पुल के दोनों ओर बाजार सजा है जिसमें छोटी-छोटी दुकानों पर क़ीमती सामान सजाए पहाड़ी लड़कियाँ, हँसतीं-बोलतीं दुकानदारी कर रही हैं। मैदानों में गुमान भी नहीं होता, पहाड़ी चेहरे, जिस्म और शोख़ रंग कितने आकर्षक हो सकते हैं। दुकानों में सजे साज़ो-सामान में उसे दिलचस्पी नहीं। वह जल्द-से-जल्द वहाँ पहुँचना चाहता है जहाँ अन्ततः काला पुल जाता है। वह क़दम उठा रहा है, तेज़-तेज़। काला पुल सामने हद्दे-नज़र तक फैला हुआ है...

—अब कैसा लग रहा है ? मेज़बान चिन्तित स्वर में पूछ रहा था।

उसकी आँखों में साए-सी फैलती परेशानी देखकर वह मुस्कुरा दिया। पल भर को मन हुआ, वह उसे सब कुछ बता दे, लेकिन अगले ही पल एक अनजान एहसास ने होंठ सी दिए। इस पल वह किसी को मनोवैज्ञानिक विश्लेषण का

सुख नहीं देना चाहता था।

मेज़बान उसकी मुस्कान से आश्वस्त, अपने ख़्यालों में खो गया था।

—आज कौन-सा दिन है ? लगा उसकी आवाज़ गहरे कुएँ में परिन्दों का चीत्कार बनकर उभरी हो।

—मंगलवार...मेरा मतलब तीसरा।

चिन्ता से उबरते अजनबी मेज़बान ने उठकर खिड़की और दरवाज़ों के पर्दे खींच दिए। बाहर छिटकी धूप फिसलकर कमरे के कोने-कोचर में फैल गई। लकड़ी के फट्टे ठुकी छत और फ़र्श सहमकर सतर्क और दीवारें सावधान हो गईं। सामने टँगी पेटिंग से लामा का चेहरा डूबकर और रहस्यमय और उदास नज़र आने लगा।

—बौद्ध भिक्षु, पिछले दिनों कभी उसने मेज़बान से पूछा था—अपने इर्द-गिर्द हमेशा शान्ति, ख़ामोशी और उदासी का व्यूह रचे रहते हैं। कारण ?

—पहाड़ पर, मेज़बान ने चिन्तकों की मुद्रा में नज़रें मिलाए बग़ैर बताया था—थोड़ी ऊँचाई चढ़ने को भी लम्बा फ़ासला तय करना पड़ता है।

जाने इसमें उसके सवाल का जवाब कितना था, फिर भी उसे मेज़बान का कहा याद रह गया था। कम-से-कम कहीं ऊँचाई की सम्भावना तो रहती है।

—दफ़्तर से जल्दी लौट आए ? मेरे कारण तो नहीं ?

—नहीं।

अजनबी या मेज़बान—क्या कहा जाए ? कहने की आवश्यकता कहाँ, सोचा कुछ भी जा सकता है। जिस तरह वह इस क्षण टेबिल पर रखे ग्लासों को देख रहा था, उसकी शराब साथ लेकर आना तय था। पीते हुए अपना प्रेम-प्रसंग लेकर बतियाना शुरू करेगा। औरतों के शिकार में अपने अचूक निशाने से लेकर औरत की बेवफ़ा फ़ितरत, पर्वतों पर चढ़ने की शिक्षा, पर्वतारोहण की तफ़सील, साहित्य और इतिहास की पेचीदगियाँ, ऐलिया गिंज़बर्ग की कविता और, सम्भवतः हेमिंग्वे की आत्महत्या—प्रेमिका से पर्वतारोहण तक। सब शामिल होगा उसमें। लेकिन विषय जब पहाड़ होंगे, लगेगा वह औरतों के साथ बिताए आत्मीय क्षण याद कर रहा है और औरतें, जुबान पर आते ही, दूर धूप में झिलमिलाती बर्फ़ीली चोटियाँ हो जाएँगी। लेकिन वह ख़ुद, कुछ भी सुने बग़ैर, उस वक़्त तेज़-तेज़ क़दम उठाता, काले पुल पर बढ़ रहा होगा। रंग-बिरंगे, लाल, पीले, सुरमई, नीले शॉल, स्वेटर, कमीज़ें, टोपियाँ हवा में सरसराते उसका अभिवादन करेंगे, और कमसिन पहाड़ी लड़कियों की हँसी की फुआर आस-पास बरसेगी, पहाड़ों और घाटियों में फैलती...

—मुझे क्षमा कर दो ! रोते हुए वह कह रही थी।

वह घाटी में घुसकर दृश्य धुँधलाते बादलों को ख़ामोशी से देखता उसकी टूटकर कमज़ोर होती आवाज़ सुन रहा था। कुछ क्षण पहले जहाँ चमकीली धूप और स्वच्छ हवा का बहाव था, अब एक मातमी धुँधली चादर से सब ढँक गया था। वह अपने आँसू पोंछ रही थी।

—सुना नहीं ? उसकी बाँह झिंझोड़ती वह बोल रही थी—जवाब दो !

जवाब नहीं था, कोई भी पास। शब्द सारे कई हज़ार फ़ीट नीचे, मैदान में ही छूट गए थे—घर, बूढ़ी होती पत्नी और जवान होती औलादों के साथ। क्या जो भी हो रहा था वह उसकी परिकल्पना में शुरू से ही शामिल नहीं था !

—यह क्या होता है ? बोलते हुए, उसकी आवाज़ में बादलों-सा कुछ घुमड़ा था—क्षमा !

रोने से सूजकर लाल हुई उन आँखों से वह उसे देख रही थी।

—ख़ासकर हमारे सन्दर्भ में ! शायद वह अपना बेमतलब जुम्ला पूरा करना चाहता था, लेकिन चुप रहा।

—फिर सज़ा दे लो ! दाँतों से होंठ काटती, वह दूर धुन्ध में खोए पहाड़ों की तरह शान्त हो गई और उस क्षण वह सोच रहा था बीत जाने के बारे में। सम्बन्ध और लोग जो ज़िन्दगी पर फैले होने के बावजूद एक क्षण में बीत जाते हैं। इसे भी बीतना था, कोई भारी चीज़ छाती में फड़फड़ाकर हलक़ में अटकी कह रही थी। वह उसे किसी भी क़ीमत पर खोना नहीं चाहना था, पर चाहना तो होना नहीं होता। अदब से सिर झुकाए, धुन्ध में खोए पहाड़ों की कसम, जो होना था वह हो चुका।

—पर यहाँ ? बेइख़्तियार लाचारी उसके मुँह से स्वर बनकर फूटी थी।—पहाड़ पर इतने ऊँचे ? सबसे दूर ? तुम जाओ ! फिर उसने ख़ुद को कहते सुना था—न मैं क्षमा कर सकता, न सज़ा दे सकता। जवान हो ! जाओ ! दुनिया तुम्हारे सामने है। मेरा रास्ता अब अलग है।

दिनों पहाड़ों और पगडंडियों पर अपने भीतर धधकते लावे की आवाज़ें सुनता, वह अजनबी जिस्मों और चेहरों के बीच भटकता फिरा था।—फूटने के बाद, उसने कभी लिखा था—ज्वालामुखी के ढलानों पर अँगूर की खेती होती है। वह पहाड़ वीरान रहते हैं जो फूटने का खतरा बना रहें। लोग उनका आस-पास छोड़ जाते हैं। फिर जब उसकी चेतना लौटी तो उसने ख़ुद को मॉनेस्ट्री में बुद्ध की देवकाया मूर्ति के सामने स्तब्ध खड़ा पाया था। मूर्ति की आँखों में आँखें डाले वह अपलक तक रहा था। जीवन एक उत्तर के रूप में, उन क्षणों से पहले, उसने कभी इतनी सहजता से महसूस होते नहीं जाना था। छोटे-छोटे राज़ और गुत्थियाँ

जो ज़िन्दगी भर छलावा बनकर परेशान करते रहे, वह समझने योग्य होता जा रहा था। होने का अर्थ और बीतने का महत्त्व मूर्ति के चेहरे पर फैली मुस्कान किसी संकेत की तरह धीरे-धीरे उसे समझा रही थी। अब ! या अब ! ! पलक झपकते जीवन के रहस्य उजागर होने वाले थे। किसी भी क्षण निर्जीव मूर्ति की आँखें पलकें झपकाकर उसकी ओर देखेंगी, जिसका जिक्र वह दुनिया में किसी दूसरे से, हद कि अपनी कविता में भी नहीं करेगा ! जीवन में ज़िन्दा रहने को कुछ थोड़ा-सा ख़ास सिर्फ़ अपने लिए बचाकर रखना—यह एहसास उसे ज़िन्दगी में पहली बार हो रहा था। अब ! या अब !!

समय और अनश्वरता की कगार पर उस क्षण अपने सारे हवास एकजा किये वह किसी विशिष्ट अनुभूति के इन्तज़ार में था, जब धीरे-धीरे, सारी कोशिशों के बावजूद एकाग्रता टूटना शुरू हुई थी और फिर अपना आत्म-नियन्त्रण खोकर, सब कुछ दाँव पर लगाने के बाद भी, वह अपनी छींक नहीं रोक पाया था। सारा तिलिस्म टूटने के बावजूद, उसने एक बार फिर से अपना ध्यान एकत्रित करना और मूर्ति की आँखों में देखना चाहा था। छींकें लगातार आती गई थीं, मुसलसल, बेगिनती। और हमेशा की उस हालत में एक दूसरा मौत का ख़्याल, दिमाग़ में परछाईं बनकर पल-ब-पल, स्याह पड़ता गया था। अपनी मौत का ख़्याल ! वह मूर्ति के सामने से हट गया था, और अपनी समाप्ति का फ़रमान ग्रहण किए, जिस पल बोझल क़दमों घाटी उतर रहा था, मूर्ति के चेहरे पर फैली मुस्कान और उसकी आँखों का रहस्यमयी भाव, भीतर और बाहर की दुनिया के बीच पर्दा बन-बनकर आ रहा था। दिल की धड़कन तेज़ होने के साथ ही उसका शरीर ठंडे पसीने में डूब चुका था। उसका सामर्थ्य बस इतना ही था कि अपने अनश्वरता के क्षण की आहट-भर सुन सके, उसे आँखों से देख सकने की ताब उसमें नहीं थी (दोस्तों में वह कितने अहं के साथ कहता रहा कि मुझें पराजित पहाड़ ही करेंगे ! मैदानों में इतनी सकत नहीं।)

—क्षमा कीजिए ! घाटी चढ़ता, नीली आँखों और छोटे क़द-काठी का व्यक्तित्व उससे पूछ रहा था—मैंने आपको कहीं देखा है ?

चेहरे के नक़्श किसी धुँधलके में खोए पहाड़ से। लापरवाही से पहनी मलगजी सफ़ेद जींस, फ़ाल्सई कमीज़ और काँधे का झूलता काला चमड़े का बैग। वह उसे नहीं जानता, बहुत विनम्रता से कहकर वह अपनी थकी, तपती देह ढोता नीचे जाना चाहता था, जब नीली आँखोंवाले ने उसको नाम लेकर पुकारा था। अचम्भित, उसे लगा यही था जो आत्मा को शरीर से जुदा कर, अपने साथ ले जाने यहाँ उसका इन्तज़ार कर रहा था ! तेज़ बुख़ार में, तपते बदन के साथ, उन क्षणों वह अपने भीतर सब कुछ शान्त करते हुए, फैलती मूर्ति की मुस्कान

को बहुत अच्छी तरह महसूस कर सकता था।

—कहाँ देख सकते हैं ! उसका स्वर असहाय हो आया था—मैंने तो आपको कभी नहीं देखा।

नीली आँखोंवाले ने, अब जिसे वह मेज़बान या अजनबी जो चाहे नाम देकर याद रख सकता है, अदब से बताया था कि वह उसका पाठक-प्रशंसक, ज़माने से उससे मिलने की इच्छा लिए जी रहा है। उसका लिखा हर्फ़-हर्फ़ उसने पढ़ा है और कितना सुखद आश्चर्य था कि टेलीविज़न पर कुछ रोज़ पहले ही उसे देखने के बाद आज यूँ, उसके रू-ब-रू खड़ा है। वह ख़ुद माउंटेनियरिंग इंस्टीट्यूट में इंस्ट्रक्टर—लोगों को पर्वतारोहण की शिक्षा देता है और क़रीब ही उसका निवास है। वह ख़ुद केवल पढ़ता ही नहीं, कविता लिखता भी है। क्या कुछ क्षण उसके घर चलकर वह उसकी हार्दिक इच्छा पूरी नहीं करेगा ? बिना कुछ पूछे, वह अजनबी के साथ हो लिया था। उसकी लिखी कविताएँ, लेख, संस्मरण, कहानियाँ—अजनबी सबसे इतना परिचित था कि ख़ुद उसे बात करने की ज़हमत भी नहीं उठानी पड़ी थी। और लगता है, यह उसका भ्रम है कि बर्फ़ की चमकीली चोटियों तक जाता, अँधेरे की परतों का रास्ता—काला-पुल उसने बाद में, चढ़ते-उतरते बुख़ार के दौरान यहाँ मेज़बान के घर, ख़्वाब में देखा। वह पुल तो उसी क्षण आकार ग्रहण करने लगा था जब उस देवकाया मूर्ति के सामने खड़ा वह ख़ुद पर नियन्त्रण खो बैठा था, और मेज़बान के साथ घाटी उतरता, उसके घर तक आया था। उसके बाद सिर्फ़ सोच के साए हैं, आपस में गड्ड-मड्ड होते या याद का क्रम, भूलता-भटकता। कब...? क्या...? कहाँ...? सोने-जागने की-सी कैफ़ियत के बीच...

—ऐसा कौन-सा आकर्षण नज़र आता है, मुझमें ? कभी एकान्त में वह पूछ बैठा था।

वह उम्र में उससे बहुत कम, उसकी औलादों जितनी, टी.वी. केन्द्र पर नौकर थी, और इस आपसी निकटता का बुनियादी कारण यही था कि उसे यह नौकरी उसकी सहायता और सिफ़ारिश से मिली थी। वह शरारती नज़रों से निहारती-सी उसकी ओर देख रही थी और ख़ुद उसके भीतर बेचैनी का एक झक्कड़ चल रहा था, हर ओर बरबादी मचाने को बज़िद। अपने मध्यवर्गीय संस्कारों का इतना तीख़ा एहसास उसे जीवन में पहली बार हुआ था। उम्र और वर्षों पर बिखरे, मछुए के जाल से, दुनिया और पत्नी से सम्बन्ध, बुलबुले से द्वीप में बदलकर अपनी-अपनी शनाख़्त बनाती सन्तानें, जीवन का सूद और सरमाया...सब, प्रेतों

से, दहशत में डालते, हाथ बाँधकर खड़े हो गए थे।

—पहले किसी औरत से नहीं पूछा ! तंज़, नख़रे और दुलार में डूबी उसकी आवाज़, भीतर चल रहे झक्कड़ को उकसाती, दूर-दूर तक अपना साम्राज्य स्थापित करती।

—उनमें अधिकांश, अपने भीतर मथ रहे विनाश को कवितामय कोमल भाषा के दबीज़ पर्दों में ढाँकते हुए उसने कहा था—मेरे जितनी, या मुझसे भी ज़्यादा दुःखी आत्माएँ थीं। दुःख को दुःख से ही समझा जा सकता है। मगर तुम्हारे सामने तो सारी दुनिया...

—यह दुनिया, वह तटस्थतापूर्वक बोली थी—मुझे भी बहुत अच्छी नहीं लगती। तुम्हारी आँखों में, तुम्हारी बातों में मुझे अपने सोचे की पूर्ति और अभिव्यक्ति मिलती है...

...उसकी कोमल देह, वह अपनी बाँहों में समेटे हुए था। दो छोटी-छोटी, अधपकी छातियों में मुँह रखे, जाने कब तक दिल के खुलने, और खुलकर बन्द होने की आवाज़ें सुनता, सोचता रहा था, वह तमाम कुछ जो आस-पास हाथ बाँधे प्रेत-तमाशाइयों की मौजूदगी में कह पाना सम्भव नहीं था...

और चढ़ते हुए बुख़ार में उसने ख़ुद को मॉनेस्ट्री में देखा था—खंजर लेकर आहिस्ता-आहिस्ता उस देवकाया मूर्ति की ओर बढ़ते, उस पर दीवानावार हमला करते। मूर्ति से बहता गहरा लाल ख़ून, सारे रास्ते छोड़ता न जाने किस तरह उस काले पुल तक जा पहुँचा था और उन स्वच्छ बर्फ़ीली चोटियों की ओर बढ़ने लगा था जिन्हें एकाएक बादलों के धुँधलके ने घेरे में ले लिया था। दूर पुल पर उसने और उसके युवा प्रेमी ने आकार ग्रहण कर लिया था। बर्फ़ीली चोटियाँ धूप में चौंधिया कर चमकी थीं। दूर पुल पर वही दोनों उसकी नज़रों से ओझल होते जा रहे थे...

—कहो—दैट यू लव मी ! वह पुचकारते स्वर में कह रही थी। कमरे का ख़ालीपन छत में घूमते पंखे के डैनों पर फड़फड़ाकर दो शरीरों के बीच तेज़ी से तितर-बितर हो रहा था। मुझे तुम्हारी इच्छा है, ज़रूरत है। मैं किसी क़ीमत पर तुम्हें नहीं खोना चाहता। लेकिन प्रेम। तुमने कभी सोचा, प्रेम संज्ञा है या सर्वनाम। प्रेम भीतर बिछी चादर की शिकनें है या ख़ुद चादर—मैं तय नहीं कर पाया हूँ। लेकिन सत्य यह भी है कि इस चादर में अब किसी नई शिकन की सकत बाक़ी नहीं : थोड़ा सा और भार इसे छलनी-छलनी करने को काफ़ी होगा। यह मेरा अपना अन्दाज़ है, घूम-फिरकर परिणाम तक पहुँचने का, तुम ख़ुद सीधे-सीधे समझने

की कोशिश क्यों नहीं करती ! एक उम्र के बाद इच्छा होती है, उसके लिए जोख़िम उठाने का हौसला हो सकता है, पर प्रेम नहीं।

--से ! दैट यू लव मी...

गुस्से में ज़ोर से खींचकर बन्द किया गया दरवाज़ा। उसकी ख़ामोशी की सुरंग से नाराज़ और चीखती-बकती वह बाहर जा चुकी है। सन्नाटा पंखे के डैनों से उतरकर काँधे और छाती पर बिल्कुल उस जगह आ बैठा है जहाँ उसकी देह का स्पर्श था। शरीर में बसी दूसरी देह की गन्ध हवा में घुलकर कमज़ोर पड़ती जा रही है।

—दैट यू लव मी ! से...!

मेज़बान ग्लास से जिन की चुस्कियाँ ले रहा था : उसका ख़्याल था मौजूदा शारीरिक स्थिति में जिन उसे भी फ़ायदा पहुँचाएगी। यह कोई मौसमी बुख़ार था, जो अपनी मियाद पूरी करके ठीक हो जाएगा। वैसे भी इस समय तो टेम्प्रेचर नॉर्मल था ही।

—तुम भी क्या सोचोगे ! अपनी निदामत कम करने के लिए उसने तकिए के सहारे बैठते हुए कहा था। खिड़की से बाहर दूर झिलमिलाती बर्फ़ीली चोटियाँ सुरमई नज़र आ रही थीं और जहाँ-तहाँ कुछ चाँदी-सा चमकता दिखाई दे जाता था।—बीमार भी मुझे यहाँ आकर पड़ना था।

वह आगे जोड़ना चाहता था कि आमतौर पर उसका स्वास्थ्य कितना अच्छा रहता है, कि उसकी देह वर्षों के निरन्तर सूखे और सैलाब के बाद भी बासी और कमज़ोर नहीं पड़ी ! यह सिर्फ़ एक इत्तिफ़ाक़ था कि वह यहाँ बीमार पड़ गया। उसके कुछ बोलने से पहले ही दिमाग़ में मूर्ति का चेहरा और उस पर फैली मुस्कान कौंध गए थे।

—अपने लिए कुछ बचाकर रखना ! उसे याद आया था, वह चुप रहा था।

—ऐसा नहीं, मेज़बान ने आश्वस्त करते हुए कहा था—इसी बहाने आपको, और आपके साथ, आपकी सोच को जानने का अवसर मिला। इस एकान्त में साझा करनेवाला भी तो मुश्किल से मिलता है। आपकी बीमारी मेरे इस सुख का कारण बनी है, आप बात ग़लत न समझें तो कहूँ। और आज तो, आपकी तबियत में सुधार देखते हुए, मैं इतना साहस करना चाहूँगा कि अभी...फौरन नहीं...कुछ शराब पीने के बाद, अपनी कुछ रचनाएँ-कविताएँ, पढ़कर सुनाऊँ और उसके बारे में आपकी राय जानूँ !

सर्दी का घेरा कसने लगा था।

—इस क्षण वह कहाँ होगी ? शराब का घूँट लेते हुए उसे ख़्याल आया।

—उसी पहाड़ पर अपने प्रेमी के साथ घूमती-भटकती ? किसी दूसरे पहाड़ पर किसी और के साथ, कहीं और...? या...? वे दोनों पार कर चुके होंगे, उस कमान से कसे, जगमगाते, बर्फ़ तक ले जानेवाले काले पुल को...? चोटियों पर कौन-कौन उनका स्वागत करेगा ? कौन-कौन वहाँ मिलेगा ? क्या वह ख़ुद...?

—मैं प्रेम नहीं करता ! उस रात उसने कहा था। न तुम मुझसे प्रेम करती। मुझे तुम्हारी ज़रूरत है, कम-से-कम यह एहसास तो है। तुम्हें यह भी नहीं ! जब होगा तब तक कुछ भी तुम्हारे काबू में नहीं रह पाया होगा। तुम एक लम्बी और तरसती मौत मरोगी, हर पल जीने की इच्छुक मगर मौत की कामना करतीं !

कब ?...कब की बात थी यह...?

पीली पड़ती धूप और गहराते अँधेरे के बीच वह मेज़बान को कॉपी-किताबों के पन्ने खखूरते देख रहा था।

कुछ शामों पहले, एक रात आसेबों के हिसार में क़ैद, उस पहाड़ पर, उस कमरे में, उस क्षण। वह रो रही थी, हमेशा की तरह, और ख़ुद उसकी अपनी देह श्मशान-सी ठंडी और सुनसान हो गई थी, उन वाक्यों को बोलते-बोलते। और अगली सुबह, वह युवा पहाड़ी से बतियाती कमरे में आई थी—इससे पेशतर कि वह नींद से जागता।

—और क्या कहती हैं माँ ? उससे एक सरसरी परिचय कराने के बाद, वह उत्तेजित स्वर में पहाड़ी से बोली थी।

—पहाड़ पर रहनेवालों की मान्यताएँ हैं, युवक ने सहजता के साथ कहा था—उनका मानना है कि सारी आसमानी विपदाएँ इस कारण हैं कि पहाड़ियों ने फलों की तिज़ारत शुरू कर दी। घर-बगीचे में लगे फल अतिथि सत्कार के लिए होते हैं, जिन्हें बेचकर कोई ईश्वरीय प्रकोप से नहीं बच सकता। माँ कहती है हमारे लिए फल बेचना अपनी औलाद बेचने के समान है।

पहाड़, पहाड़ पर बसनेवाले लोगों का रहन-सहन, उनके जीवन के मूल्य और मान्यताएँ, उसकी माँ की कही एक-एक बात वह बहुत उत्साह और अपनाइयत से पूछ रही थी। फिर, बिना उससे कहे या सलाह लिए, पहाड़ी के साथ उसके घर जाने और वहाँ का असली जीवन देखने का प्रस्ताव भी उसने स्वीकार कर लिया था। वह बहाना करके कमरे में अकेला छूटा रह गया था और वह देर रात गए लौटी थी—एक नए उत्साह और ताज़गी में डूबी।

अगली सुबह वह उससे माफ़ी माँगते जागी थी...

—मैं, उसने कम्बल में पैर सिकोड़ते, थोड़ी ऊँची आवाज़ में कहा—एक बार फिर एक मॉनेस्ट्री में जाना चाहता हूँ।

मेज़बान सिर्फ़ मुस्कुराकर ख़ामोश रह गया था। न ही उसने कुछ पूछा था, न बताया था।

—तुम तो वहाँ, जितना भी सम्भव हो वह कविता पाठ टालना चाह रहा था—अक्सर जाते होगे ?

—आप आश्चर्य करेंगे, उसने लापरवाही से बयाज़ के पन्ने पलटते कहा—मुझे यह तक याद नहीं कि अन्तिम बार वहाँ कब गया था !

उसे आश्चर्य नहीं हुआ था—जाने क्यों।

—जब, मेज़बान शायद अपनी बात पूरी तरह समझाने के लिए कह रहा था—आप मान लेते हैं कि कोई चीज़ है, तो वह वैसी ही रहती है। बार-बार लौटने या ख़ुद को विश्वास दिलाने की ज़रूरत नहीं पड़ती...

बिल्कुल जैसे अट्ठारह महीनों में वह उसके लिए हो गया था ! जाना-पहचाना, समझा-बूझा, एक बारहा पढ़ी किताब-सा, जो अपनी दिलक़शी और दिलचस्पी दोनों ही खो चुकी थी। ज़रूरत अनजाने कथ्य, नई शैली की होती है। हम जीवन में एक जगमग बर्फ़ीली चोटी खोजते हैं और उस तक पहुँचने को एक काला पुल रचते हैं। अनजाने, जब तक कि कोई हमारे भीतर से इस पुल को पार न कर जाए। न ख़तरा होता, न इस सम्भावना का एहसास कि किसी दिन यह दुर्घटना हो सकती है। जब हो जाती है तो आप वहाँ होते हैं जहाँ साझा सम्भव नहीं—न पत्नी, न सन्तान, न ही वह जो फरार का रास्ता खोज चुका-चुकी ! यह सारा अँधेरा, कितने आश्चर्य की बात है, किसी क़ाग़जी छिल्के-सा, हरे देवदारों से लेकर, पारे की तरह चमचमाती बर्फ़ीली चोटियों तक फैला, सब हमारे भीतर जमा होता है ? और उसके अलावा बाक़ी सब निरर्थक ?

बयाज़ से कविता पढ़ रहे मेज़बान को देखकर उसे अजीब लग रहा था : जो अनुभूति अट्ठारह महीनों में उसके साथ हुई लगभग वैसी ही, इन गिनती के चन्द दिनों में मेज़बान के साथ होने लगी थी ! अपने घर उसे शरण देकर वह किसी तरह से ख़ुद को उसका समकालीन और उसके लिखे-जिए पर अधिकृत राय देने का हक़दार समझने लगा है। जिन रचनाओं के 'प्रेम' और 'प्रशंसा' में बँधकर, वह एक महान रचनाकार को अपने घर लाया था, उन्हीं के बारे में, धीरे-धीरे पहले तो उसकी 'तटस्थ राय' सामने आई थी जिसमें, बाक़ी समय में, 'आत्मीयता' ने इतना 'साहस' भी डाल दिया था कि वह एक आलोचनात्मक दृष्टिकोण अपनाते हुए अपने मतभेद खुलकर सामने रख सके ! बिना रोष दर्शाए वह सब कुछ देखता और महसूस करता रहा है। ख़ुद को

समझाता, याद रखो ! याद रखो ! वह मुस्कान जिसके पीछे सारे रहस्य छुपे हैं...कुछ ख़ास, सिर्फ़ अपने लिए बचाकर रखना ! पुल के दोनों ओर हवा में सरसराते लिबास अभिवादन कर रहे हैं...हँसते, शगुफ़्ता चेहरे...मरमर—से गठे शरीर में न्यास करती आत्माएँ बोल रही हैं...भाषा, भाव, मुद्रा...याद रखो ! याद रखो !

—मैंने जो कार्ड, कविता को बीच में अधूरी छोड़कर मेज़बान उसकी ओर सीधे देखते, पूछ रहा था—लाकर दिए थे, वह आपने लिख दिए ?

तीन पिक्चर पोस्टकार्ड, तीन बर्फ़ीली चोटियों के दृश्य ! उसे याद आया कमरे में टँगी एक पेंटिंग में भी बर्फ़ीली चोटियों के बीच अस्त होते सूरज का ही दृश्य था। रात अँधेरे में बाहर जब पहाड़ खो जाते हैं, दीवार पर टँगे, बिजली की मुर्दा रोशनी में, टिमटिमाते रहते हैं। कई बार सोचा मेज़बान से कहे कम-से-कम जब तक वह यहाँ है, वह उस पेंटिंग को दीवार से उतार दे। पहले, बहुत पहले, उसने कविता लिखी थी, बर्फ़ के एक रंग विस्तार में बने मकान और उनमें रहनेवालों की भीड़ में भी, लौटनेवाले अपने घरों को पहचान लेते हैं। विषय घर पहुँचना नहीं, यह आश्चर्य था कि कैसे पहचान लेते हैं। लिखना भी जीवन में क्या वह कह पाना रहा है, आज इस पल तक भी, जो कहना चाहा या चाहता है ! अर्थ तो हर लिखी पंक्ति का निकला, और लोगों द्वारा अपने-अपने हिसाब से निकाला गया। आलोचकों के पास एक प्रकार की सर्व-सम्मति से, उसके रचना संसार के लिए कुछ गढ़े-गढ़ाए जुम्ले और कुछ अस्पष्ट परिभाषाएँ हैं। उदाहरणतः वह 'पल-पल मिटते उस मानव संसार को प्रतिध्वनित करता रचनाकार है जिसमें अतीत और भविष्य गहन निराशापूर्ण और वर्तमान असहनीय बनकर व्यक्ति की नियति निर्धारित करते हैं।' क्या सचमुच ?

—मैंने, मेज़बान के सूखे होठों में धीमे-धीमे जुम्बिश हो रही थी—टेलीग्राम दे दिया है। डॉक्टर का यही मशवरा था। वैसे आप...?

दिन, दोपहर, शाम कौन-सा पल था यह ? दिमाग़ को किसी अंधे कुएँ में डले डोल-सा, धीरे-धीरे चेतना में बाँधकर, वह ऊपर रोशनी के निकट लाता है। वही कमरा, वही दीवारो-दर, फिर डॉक्टर और टेलीग्राम ! ! दिमाग़ की पहाड़ी घाटियों के बीच फैली धुन्ध में कुछ गति, थोड़ा प्रवाह पैदा होता है।—'मैं नशे का आदी होता जा रहा हूँ...जंगल में फैलते धुएँ-सा...पहाड़, नदी, मैदान,

पगडंडी...दरख़्त, हरियाली, सारे नक्श धुँधलाता।' कविता जो उसने लिखी थी ? या वह, जो लिखना चाहता है ? धुन्ध छँट रही है। धुन्ध पवित्र नींद है जिस पर सिर रखकर तुम एक लम्बी थकान उतार सकते हो। धुन्ध अँधेरा है, सारे पापों को अपने में ढँक लेता है। धुन्ध देवताओं की साँस है, बर्फ़ीली चोटियों से घाटियों में सुकून के सन्देश लाती, हौले-हौले फैलती। धुन्ध सपना है, सच और झूठ से बुना, सुन्दर और भद्दी ताबीरोंवाला। धुन्ध..कोहरे-सी...पेड़...पर्वत ...नदी...पगडंडी...सारे नक्श...

आँखें खोलकर देखने में उसे बेहद कमज़ोरी लग रही थी। मेज़बान के चिन्तित स्वर और चेहरे के अलावा वहाँ और कोई भी था। कमरे की सीमित रोशनी में पलकें झपकाकर उसे टटोलती दो ज़नाना आँखें। प्रेमिका ! पर्वतारोहण ! ! दिमाग़ में कड़ी-से-कड़ी मिलती गई।

—तुम, बहुत दिक़्क़त के साथ वह कह पाया था—तुम लोग खड़े क्यों हो ?

मेज़बान कुछ हिचकिचाहट के साथ कुर्सी पर बैठ गया था, और वह हैरान, आँखों से सामने बदल गए दृश्य का रहस्य समझने की कोशिश कर रहा था। टेबिल पर रखे शराब के गिलास, मेज़बान की कविता की बयाज़ और डायरियाँ और बिखरी दूसरी चीज़ें अब वहाँ नहीं थीं।

—आपने तो सचमुच, डरा ही दिया ! मेज़बान के स्वर में सहमापन वह साफ़ महसूस कर सकता था।—रात बात करते-करते, बेहोश हो गए। अगर वह न आतीं...

मेज़बान ने परिचय को, अपनी महिला-मित्र का कोई नाम लिया था, जिसकी सहायता से रात डॉक्टर को बुलाया जा सका, और डॉक्टर ने...

—हम साथ रहेंगे ! अपना फैसला सुनाती, उस दोपहर वह बोली थी। फ़िल्म देखने के बाद वह दोनों सिनेमा से दूर, लॉन पर जा बैठे थे। ट्रैफिक का शोर अँधेरे में घुलता दूर, पीछे छूट गया था।—द ड्यूअल इन सन। आस-पास बिखरा सब कुछ फ़िल्म के अन्त जितना ही मातमी और मुर्दा था। दोनों में देर तक कोई नहीं बोला था। फिर एकदम किसी कमसिन बच्ची की तरह चिपटकर वह बोली थी—हम साथ रहेंगे ! उस एक क्षण अपने जीवन में, शायद वह सबसे ज़्यादा उदास था। तो भी अपनी उदासी का कारण क्या वह प्रत्यक्ष रूप से जानता था...? दूर सड़क पर बहते ट्रैफिक की भनभनाहट...रूठता, स्याह पड़ता आकाश

...भीतर अस्त होता कोई नामालूम अँधेरा...

उन दोनों से वह पूछना चाहता था—शायद यही कि वे साथ क्यों नहीं रहते। कहीं ख़ुद उसकी मौजूदगी उनके लिए अड़चन तो नहीं बन रही ? साथ रहना सात समन्दर, सात आकाश के बीच फैले विस्तार में एक ऐसा जज़ीरा है जहाँ कोई कश्ती, कोई जहाज़ नहीं पहुँचता। वहाँ जाने के लिए, वह बताना चाहता था, सिर्फ़ एक पुल है ! वह पुल उन्हें खोजना चाहिए। न खोज पाएँ तो उसका आविष्कार करना चाहिए। क्या इसमें वह उनकी कोई मदद कर सकता है...?

—तुम तो, अनजाने उसने थकी आवाज़ में मेज़बान से कहा था—पर्वतारोहण, पहाड़ों पर चढ़ने की शिक्षा देते हो ?

वह दोनों अजीब नज़रों से उसे देख रहे थे। किसी पुल की बात इन लोगों से करना बेमतलब था।

—मेरा, मतलब, यह क्या करती हैं ? उसने बात बदलते हुए जोड़ा।

—आप कमज़ोर हो गए हैं, मेज़बान क़रीब आते हुए बोला था—तबीयत ठीक होने पर बात करेंगे। आराम करें।

थकान में डूबी निढाल ख़ामोशी और सिर से पैरों की ओर धीरे-धीरे रेंगता सर्दी का एहसास।

—टेलीग्राम...वह कहना चाहता था।

अचानक कमरे का दरवाज़ा खुला था और वह दौड़कर उससे लिपट गई थी।

—मुझे माफ़ कर दो ! हिचकियों के बीच डूबती-उभरती उसकी आवाज़, पहाड़ों के बीच घटाओं-सी, उसके कानों में फैलती जा रही थी—झूठ नहीं कहती, तुम्हारे सिवा मैं किसी के साथ नहीं रह सकती !

उसका पहाड़ी दोस्त भी पीछे-पीछे अन्दर आ गया था।

—यह ठीक कहती है, उसने भारी, उदास स्वर में कहा था।

—मैं जानता हूँ, वह बोला था और ख़ुद को उसकी बाँहों में पड़ा छोड़, धीरे-से उस पुल की ओर बढ़ गया था जो अनजाने ही सरककर बिल्कुल उसके क़दमों के नज़दीक आ गया था।

तलाफ़ी*

हम कुछ लोग उस रात साथ बैठे थे और बात किसी बड़े उर्दू शायर को लेकर निकली थी। एक मशहूर और जाना-पहचाना शायर जिसे एक दिन पहले दिल का दौरा पड़ा था और जो उस समय बम्बई के किसी हॉस्पिटल में ज़िन्दगी और मौत के दरमियान कहीं झूल रहा था। ख़बर सुबह के अख़बार में थी और हम सब ही उसे लेकर अपने-अपने अन्दाज़ से ग़मगीन और फ़िक्रमन्द थे : जब इलाज-मालजे तक के लिए चन्दे की नौबत आ जाए तो आदमी लिखना-लिखाना छोड़कर कोई दूसरा, क़ायदे का काम, क्यों नहीं शुरू कर दे ? कोई भी ऐसा काम जिससे इतना तो हासिल हो सके जो रोज़ की ज़िन्दगी बिताने के लिए ज़रूरी हो।

बात 'आदमी क्यों लिखता है' को लेकर फैलती गई थी।

उस समय हम जिस जगह बैठे थे वहाँ ऊँची आवाज़ में बातचीत की जा सकती थी, एक-दूसरे पर चीखा-चिल्लाया जा सकता था और कोई चाहे तो ज़ोर-ज़ोर से गाली-गलौज या गि़रेबान पकड़कर हाथापाई भी कर सकता था। हम किसी सुनने या देखनेवाले की पहुँच से परे थे।

—यह शायद कुछ ऐसा ही है—लेखन की मज़बूरी को लेकर कोई बोला

---

* क्षतिपूर्ति

था—कि आप जिस चमकीले जूते के बन्द कसे किसी से मिलने जा रहे हैं, सीना तानकर क़दम उठाते हुए, उसके तले में एक छोटा-सा छेद है और आप किसी भी पल किसी बारीक कंकर की चुभन से तिलमिला सकते हैं। न भी तिलमिलाएँ तो चेहरे की मुस्कुराहट बरक़रार रखे आप अपने फटे तले को भूल पल-भर को भी नहीं सकते, कहनेवाला एक पल को रुका था।—सिवाए उन लोगों के जिनके तलुवों की खाल ही सख्त पड़ चुकी है। उनका तो यहाँ ज़िक्र करना ही फ़ज़ूल है। लिखता वह है जिसके तलुवे नर्मो-नाज़ुक होते हैं।

—लेकिन, दूसरा अपनी बात पर ज़ोर देते हुए बोला था—यह क्या हुआ कि आप तो अपनी खाल की चुभन के तक़ाज़ों को पूरा करते रहें और आपके रिश्ते से जुड़ा आपका ख़ानदान—बीवी, बच्चे, रिश्तेदार उस चुभन की लज़्ज़त लिए बिना, सारी महरूमी का शिकार बनें ! इसमें उनका क्या क़सूर है ? वह तो किसी शुमार में ही नहीं हुए।

कुछ देर को ख़ामोशी उभर आई थी।

—क्यों ख़ाँ, स्टफ़ तो कम नहीं पड़ेगा ? किसी ने पूछा था।—मैंने कहा, अभी टाइम है, कुछ और ले आते हैं।

—कम क्या पड़ेगा यार, अभी तो आधी बॉटल भी नहीं हुई है ! किसी की झुँझलाई हुई आवाज़, और उस पर पड़ा ज़ोरों का ठहाका। सब मिलकर हँसे थे।

'स्टफ़्फ़' यानी देशी मदिरा मसाला। 'मदिरा मसाला' कहते हुए इतना घटिया महसूस होता था कि हम लोगों ने उसे 'स्टफ़्फ़' का नाम दे दिया था। 'स्टफ़्फ़' दरअसल पिछले कुछ महीनों की देन था। कुछ समय पहले तक यह मजबूरी नहीं थी कि चाहे कुछ भी हो, पिया ही जाए। तब तक न तो दोस्तों का ग्रुप बना था, न यह एहसास हुआ था कि शराब पीते हुए दुनिया की संजीदा बातें बहुत सलीके से की जा सकती थीं, और एक-दूसरे के मार्फ़त दुनिया को समझा जा सकता था। कुछ समझ पाने की ख़्वाहिश ही शायद वह बुनियादी कमज़ोरी थी जिसने हम सबको इकट्ठा कर दिया था। उससे पहले तक शराब पीने का मतलब कभी महीने में एक-दो बार किसी होटल की बार में जा बैठना होता था। वर्दी पहने वेटर, सजा-सजाया, कम-रोशनी का बैठक का हिस्सा, म्यूज़िक और क़ीमती पोशाकों में आते-जाते लोग। पहले शराब से ज़्यादा यह तमाम चीज़ें आकर्षित करती थीं, मगर इन दोस्तों के साथ शराब अच्छी लगने लगी। आर्थिक स्थिति के कारण हम सब ऐसी क़ीमती जगहों पर बैठकर बिला नाग़ा नहीं पी सकते थे। शासन की ओर से तभी लागू किए गए प्रोहिबिशन ने हमें एक आसान बहाना सुझाया था और शहर में पब्लिक बार ख़त्म होते ही हमने तरह-तरह की ऐसी जगहें खोज निकाली थीं जहाँ कोई सुनगुन लेनेवाला पहुँच

ही नहीं सकता था। तालाब का वीरान किनारा, मीनारनुमा उजाड़ टीला या फिर वह स्टेडियम जहाँ उस समय, हम सब, लिखने-पढ़ने के शौक़ और व्यवसाय से, जाने-अनजाने जुड़े, दोस्त बैठे थे। फिर धीरे से अंग्रेज़ी शराब की जगह देशी मदिरा मसाला—'स्टफ़्फ़' ने ले ली थी क्योंकि हममें से किसी की आर्थिक स्थिति ऐसी भी नहीं थी कि बाहर बैठकर भी, अंग्रेज़ी शराब रोज़ पी सके।

—नाम के भी बड़े दाम होते हैं, तलुवे की चुभन की बात करनेवाले ने मुख्य विषय की ओर लौटते हुए कहा था।

—क्या दाम होते हैं ? मुक़द्दर में साथ बँधकर आनेवालों की वकालत में बोलनेवाले ने कुछ झुँझलाए स्वर में कहा था।—तुम्हें मालूम है उस बड़े नामवाले की बीवी घर का ख़र्चा किस तरह चला पाती है ? साहब के बेगिनती यार-दोस्त हैं, एक से बढ़कर एक नामवर हस्तियाँ, जो मिलने चली आती हैं। बम्बई जैसे शहर में फ़्लैट का किराया, दो बड़ी होती बच्चियों की एजूकेशन, घर का चूल्हा और मियाँ और मियाँ के दोस्तों की मेहमाननवाज़ी के लिए रोज़ शराब ! किस तरह सब कुछ हो पाता होगा ! कमाई के नाम पर क्या है ? कभी बहुत सारा एकदम आ जाता है—जैसे किसी फ़िल्म का गाना रिकॉर्ड हो गया या किसी किताब पर कोई एवार्ड मिल गया। रॉयल्टी ? अमाँ हिन्दी की बात छोड़ो, वहाँ कुछ तो है। उर्दू की हमसे पूछो, अगर आप मुशायरे और गलेबाज़ी के शायर नहीं हैं तो ! ऊपर से मिज़ाज यह भी नहीं कि जब कुछ इकट्ठा मिल जाए तो उसमें से थोड़ा-सा बुरे वक़्तों के लिए बचा लिया जाए। वही दड़ेग़मी है कि जो कुछ भी हाथ आ गया फूँक दो !

पेग ख़त्म हुआ और सबने अपने-अपने गिलास ऊपरी सीढ़ी पर बैठे शराब बाँटनेवाले को थमा दिए थे। बीच में खाली, गोलाकार मैदान और आस-पास सीढ़ियों की शक़्ल में दर्शकों के बैठने की सीटें : स्टेडियम। लगभग एक वैसी ही जगह जैसी कभी-कभी अंग्रेज़ी फ़िल्मों में देखने को मिलती है, जिसमें एक, हुलिए से मसख़रा लगनेवाला आदमी, अपने हाथों में लाल रंग का कपड़ा हिलाता भैंसों को लड़ने पर उकसाता है। स्पेनिश बुलफाइट ! फ़िल्मों में जहाँ तमाशबीन बैठते हैं उसी जगह हम बैठे थे, एक कोने में सीढ़ियों पर। और क्योंकि न तो मैदान में कोई अरना भैंसा था, न उसे उकसाने को लाल कपड़ा हिलाता मसख़रा, इसलिए मैदान और सीढ़ियों के बीच कोई पक्की बाड़ भी नहीं थी, भैंसे को तमाशबीनों पर हमला करने से रोकने के लिए।

—सँभाल के यार ! गिलास खनकने पर किसी ने कहा था—ख़बरदार जो क़तरा भी छलकाया !

—जब हाथ काँपते हैं तो शराब ढालने क्यों बैठ जाते हो ! दूसरे ने तंज़

किया था। माचिस की तीली जलने की सरसराहट। सबने अपनी-अपनी सिगरेटें जलाई थीं। माचिस की बुझती तीली। अँधेरा। कुछ पल को बोझल ख़ामोशी।

—मैं तुम्हारी बात कॉन्ट्रडिक्ट नहीं करता, किसी ने उससे कहा था जो शायर के परिवार के दुःख को लेकर अभी तक बात करता रहा था—लेकिन क्या तुम्हें ऐसा नहीं लगता है कि उसकी पत्नी जब अपनी आँखों से यह देखती होगी कि उसके पति की ख़तो-किताबत देश के राष्ट्रपति और प्रधानमन्त्री से है, देश का बड़े-से-बड़ा नेता उससे झुक के मिलता है, बड़े-से-बड़े मज़मे में उसे सम्मान की कुर्सी पर बिठाया जाता है और उसकी लिखी कविता देश की आनेवाली नस्लों का दिमाग़ बनाने में हिस्सा ले रही है तो उसकी कमियों के एहसास की पूर्ति नहीं होती होगी ? और यार, ऐसी भी क्या तकलीफ़ है उस ख़ानदान को ! एक-दो बार ख़ुद मेरा वहाँ जाना हुआ है। बम्बई जैसे शहर में अपनी अदा से रहते हैं। कभी बस या ट्रेन से सफ़र करने की ज़हमत नहीं उठाते, हमेशा कोई चाहनेवाला या फ़िल्म प्रोड्यूसर कार लिए ख़िदमत में हाज़िर रहता है। बच्चियाँ बम्बई के सबसे क़ीमती स्कूलों में पढ़ रही हैं और हर शाम कम-से-कम अच्छी शराब ख़रीदने के पैसे तो होते हैं ! हमारी तरह यह कमबख़्त 'स्टफ़्फ़' !—उसने गिलास उठाकर आवाज़ के साथ वापस रखते महरूमी के स्वर में कहा था—यह ज़हर तो नहीं पीना पड़ता ! न किसी की गुलामी या जी-हजूरी, न यह शर्मिन्दगी कि उम्र-भर क़लम घिसने के बाद छः सौ रुपए की सरकारी नौकरी कर रहे हैं, जहाँ से कभी भी चलता किया जा सकता है ! तुम उन लोगों के ज़्यादा क़रीब हो, मुझसे बेहतर जानते हो, लेकिन ख़ुद अपने बारे में ज़रूर मैं यह यक़ीन से कह सकता हूँ कि जब मेरे बीवी-बच्चे मुझे भीड़ में घिरा देखते हैं, लोगों की आँखों में जो इज़्ज़त और सम्मान उन्हें मेरे लिए नज़र आता है, या जब लोग मुझे मंच से बोलता सुनते दिखाई देते हैं तो कई कमियों की तलाफ़ी होती मुझे अपने घरवालों की नज़र में महसूस होती है। बोलते-बोलते वह पल-भर को रुका था और आवाज़ नीची करते हुए जोड़ा था—तो तुम्हारे अज़ीज़ शायर-दोस्त के बीवी-बच्चे भी दुनिया से जुदा होने से तो रहे। क्यों ?—सवाल मुझसे था।—नए-नए लेखक साहब क्या सोचते हैं ?

मैंने कुछ ही दिन पहले अपनी पहली कहानी को छपे रूप में देखा था इसलिए दोस्त मज़ाक़ में मुझे नए-नए लेखक साहब कहते थे।

मैं ख़ामोश रहा था और किसी ने मेरे जवाब का इन्तज़ार भी नहीं किया था। बात किसी एक के चुप रहने से टूटती भी नहीं। पहले ने दूसरे से अपनी बात सही शब्दों में समझा न पाने की लाचारी ज़ाहिर की थी, दूसरे ने अपनी बात को और आगे बढ़ाया था। मैं बैठा यह सोचता रहा था कि गर्मियों की रातों

में तो यूँ खुले में बैठना ठीक था, जैसे वह मैदान जिसमें दिन में बच्चों के खेलों के मुक़ाबले होते और बड़े और जवान हॉकी और क्रिकेट खेलते थे। वहीं पर दशहरे का रावण जलाया जाता था और अँधेरी रात में मनचले अपनी प्रेमिकाओं के साथ भी आ निकलते थे। सीढ़ियाँ उनकी सुविधा के लिए क़ाफी चौड़ी थीं और उन्हें कोई दिक्क़त नहीं होती होगी। बाजू में पवेलियन जैसी कोई जगह थी जिसमें पहरेदार जैसा कोई आदमी रहता था। एक बार हमें पानी कम पड़ गया था तो मुश्क़िलों से उसे आवाज़ दे-देकर जगाया था। गर्मियों में तो यह सब ठीक था लेकिन सर्दी और बरसात में हमारे बैठने का क्या होगा। पीते हम सब थे लेक़िन अपने घरों में बैठकर यह शग़ल करने की किसी की हिम्मत नहीं थी। कहीं बुज़ुर्ग आड़े आते थे, कहीं बढ़ती औलादें तो कहीं ख़ानदानी रिवायत।

यह तमाम बातें देखते हुए पिछले दिनों किसी ने यह सुझाव रखने की हिम्मत की थी कि जब पीना 'स्टफ़्फ़' ही ठहरा तो कलारी में बैठने में क्या बुराई थी। शहर के बार ही बन्द हुए थे, कलारियाँ तो खुली थीं। और हम लोग वहाँ की भीड़ से देखने में ही अलग़ नज़र आते थे, कलारी का ठेकेदार ख़ुद भी अच्छी तरह समझता था। वह हम लोगों के बैठने के लिए अलग कमरे का इन्तज़ाम करने को भी तैयार था।

जब यह सुझाव रखा गया था तो कुछ देर को सकता-सा पड़ गया था। कहनेवाले की बात ग़लत नहीं थी, ख़ासकर कलारी में पर्याप्त सुविधाएँ, जैसे तले पापड़, गर्म मँगोड़े, दाल-चूड़े का नमकीन, और सिगरेट-पान लाकर देनेवाले कलारी में काम करनेवाले लड़कों को याद करते हुए उस सकते में बैठा मैं सोचता रहा था कि कुछ दिन पहले तक हम एक-दूसरे को महसूस कराते रहे थे कि सस्ती शराब की लत लगाना एक अल्कोहलिक की मौत मरना है—एक घटिया मौत ! शुरू-शुरू में तो इतनी हिम्मत कर पाना भी मुश्किल होता था कि कोई कलारी तक जाकर 'स्टफ़्फ़' ख़रीद लाए। फिर धीरे-धीरे इतनी हिम्मत होने लगी थी कि अँधेरा पड़े कोई छुपता-छिपाता वहाँ तक पहुँच जाता और बाक़ी लोग दूर पान-सिगरेट की दुकान पर खड़े बतियाते रहते।

सकते के दौरान मुझे लगा था कि हर कोई एक-दूसरे से यह उम्मीद करता था कि वह प्रपोज़ल को सेकंड करे। आख़िरकार जब सकता टूटा तो सबने एक-ज़बान होकर उसका विरोध किया था। इस हद तक कि सुझाव सामने रखनेवाला कुछ ही पल में ख़ुद शर्म से पानी-पानी हो गया था।—कहता है, सबने हूट किया था—कलारी, यानी 'पुअर-मेंस बार'!

बात बम्बई वाले शायर की मार्फ़त लिखने की मजबूरी, परिवारवालों के दुःख-सुख और किसी सम्भावित तलाफ़ी को लेकर ही चल रही थी। गोलाकार

मैदान की छिटकी चाँदनी में अजीब-सा आकार बनाता, तिरछे कोण से पड़ा एक पत्थर का रोलर था। हम में से कोई उठा था—ज़रा मुत्तूस्वामी से मिल आऊँ ! इस पत्थर के रोलर का नाम हमने मुत्तूस्वामी रख छोड़ा था। जिसे ज़रूरत पड़ती वह अपने मसाने का गुस्सा मुत्तूस्वामी पर उतारकर आ जाता। मैदान बराबर करने का रोलर : हमारे दुश्मनों का प्रतीक—मुत्तूस्वामी।

शायर ! मुत्तूस्वामी ! मेरा दिमाग़ भटकने लगा था।

X X X

तुम क्या समझते हो ?...—क्या इसी तरह से मामला चलता रहेगा ?

मैं उनकी तरफ़ देखता, बैठा रहा था। सड़क पर तेज़ दौड़ती मोटरसाइकिलों की आवाज़ दूर से पास आती, और फिर दूर जाते-जाते हवा में घुलकर ग़ायब होती सुनाई दी थी।

—नहीं चलेगा तो ? और है क्या ? मैंने सधे लहज़े में था।—पेट भरने या ज़िन्दगी गुज़ारने के लिए अगर कोई मुझे मशवरा दे कि मुहल्ले के नुक्कड़ पर परचून की दुकान लगाकर बैठ जाओ, तुम्हारी और तुम्हारी आल-औलाद की गुज़र-बसर हो जाएगी तो मैं इस मशवरे को नहीं मानूँगा। मैं ख़ुद कहता हूँ कि शादी करके मैंने एक अच्छी-भली लड़की की ज़िन्दगी ख़राब की और रही-सही क़सर बाप बनकर पूरी कर दी ! मुझे मालूम है, उसमें मेरा स्वार्थ था ! अगर बीवी और बच्चा न होते तो मैं कभी का आत्महत्या कर चुका होता।

वह ख़ामोश, मेरी ओर देख रहा था। अचल, स्थिर, गहरे पानी की सतह-सी आँखें जिनमें जहाज़ डूब जाएँ तो भी ऊपर लहर न जन्मे।

—मैं लिखना चाहता हूँ, टेबिल पर रखा गिलास पूरा हलक़ में उड़ेलकर वापस रखते हुए, मैंने कहा था।—मुझे लगता है—जबकि यह भी मुमकिन है कि यह महज़ मेरा भ्रम हो—कि मैं अपने आस-पास का बहुत कुछ समझ तो सकता हूँ, बहुत गहराई तक ! लेकिन उसमें ख़ुद भी हिस्सा ले पाना मेरे लिए सम्भव नहीं है। चाहते हुए भी मैं वह सब कर ही नहीं पाता। लगता है शायद लिखकर ही लोगों के सामने मैं अपना दृष्टिकोण रख सकूँ, यह समझा सकूँ कि इस सब में हिस्सा लेना मेरे लिए क्यों सम्भव नहीं है।

—लिखने से पैसा थोड़ी मिलेगा, भावविहीन चेहरे को पीछे छोड़कर जो आवाज़ मुझ तक आई थी उसमें मेरे प्रति चिन्ता की एक झलक थी।—हर चीज़ पीछे-पीछे आती है। सारे रिश्ते, सम्बन्ध, प्यार, सम्मान—जिसे तुम कुछ लोगों का अपना अधिकार समझते हो, इसका कारण भी तुम नहीं, तुम से बड़ी—हाँ, मैं बड़ी ही कहूँगा, एक चीज़ है। वह है तो ही बाक़ी सब कुछ है। तुम जानते हो, उसने उन्हीं शान्त आँखों से मेरी ओर देखते हुए कहा था—हर ट्रेड के नियम

लगभग एक-से होते हैं। लिखने में तुम सफलता चाहते हो तो भी बहुत कुछ वैसा ही करना पड़ेगा जैसा परचून की दुकान कामयाबी से चलाने को करना पड़ता है। तुम अगर वह कर पाओ तो ही यह भी कर सकते हो। और परचून या लिखना अपनी जगह, तुम्हें मालूम है—उसकी आँखों की चमक कई गुना बढ़ गई थी—कि यू आर गोइंग डाउन द् हिल ?

—मेरे नीचे लुढ़कने या ऊपर चढ़ने में तुम लेखन को क्यों घसीट रहे हो ! मेरे स्वर में खीझ थी।—लिखकर मुझे, वह कुछ पल को ही सही, किसी मुक्ति का एहसास तो होता है। और कुल मिलाकर रखा भी क्या है !

—डाउन द् हिल से मेरा यही मतलब था !

वह गिलास में और शराब उड़ेल रहा था—कोई क़ीमती स्क़ॉच। कोई साल-भर पहले तक देशी शराब की महक से ही आँतें पेट में एक-दूसरे से उलझने लगती थीं और घूँट लेने पर अक्सर उबकाई आ जाती थी। काफ़ी दिन तक यह भी लगता रहा था कि उसे बदिक्क़त हलक़ के नीचे उतारने के बाद शरीर थोड़ा-सा ढीला तो हो जाता था लेकिन सिर में पूरे समय कोई नुकीली चीज़, किसी पत्थर की कत्तल-सी, चुभती रहती थी। धीरे-धीरे वह चुभन का एहसास गायब होता गया था और देशी शराब ही अच्छी लगने लगी थी। फिर कभी-कभी जो क़ीमती शराब से पाला पड़ता, तो वही चुभन होने लगती ! फ़र्क़ यह था कि देशी शराब से हुई चुभन को मैं ऊँची आवाज़ में 'यह साली चीज़ ही घटिया है' कहकर बयान कर सकता था। क़ीमती शराब की चुभन चुपचाप बर्दाश्त करनी पड़ती थी।

पाउच से तम्बाकू निकालकर वह अपना पाइप भर रहा था। हमारे क़दमों में हरी दूब का क़ालीन था जो आकाश से विदा होती रोशनी और कुछ फ़ासले पर जल रहे मर्करी बल्ब के धीरे-धीरे उभरते उजास में सलेटी रंग का लग रहा था : किसी मुर्दा जानवर की खाल-सा। या जैसे काई—गहरे पानी में वर्षों से जमी, जिसमें न तो किसी ने डोर डाली हो, न ही पत्थर फेंका हो।

दियासलाई की रोशनी में पल-भर को उसका चेहरा उभरा था। उसकी नज़र तीली की लौ पर थी और गहरे कशों के साथ-साथ पाइप का धुआँ फैलता जा रहा था।

—लाउज़ी क्लीनर्स ! कश के साथ आती हल्की-सी आवाज़ पर उसने धुएँ की ओट से मेरी तरफ़ देखते हुए बुदबुदाया था।

पाइप जल चुका था और तम्बाकू की भीनी, ख़ुशगवार महक फैलती जा रही थी। गहरी साँस लेकर, उस ख़ुशबू को अपने भीतर समोने की कोशिश करते मैं उसे तकता रहा था।

—पता है, प्लेट से दो काजू उठाते हुए मैंने हाथ का गिलास चियर्स की मुद्रा

में लहराया और एक और बड़ा घूँट हलक़ के नीचे उतारते हुए कहा था—मैंने एक नाटक लिखने का सोचा था—

—वही लेखन ! एक पल उसकी नज़रें मेरे चेहरे पर जमी थीं और फिर वह मेरे पीछे, शून्य में कहीं तक़ने लगी थीं।

—तुम सुनो तो, मेरे स्वर में वैसी ही झुँझलाहट थी जो अमूमन शराब पीने के साथ नागवार नहीं लगती।—बुद्ध, गौतम बुद्ध के बारे में ! या शायद अपने बारे में। यूँ ही, एक कम-उम्र बच्चा है जो अपने आस-पास की भीड़ में किसी एक बड़े पर विश्वास कर लेता है। बड़ा उसे जो समझाता है वह उस बच्चे के आदर्श बन जाते हैं। उन्हीं के हिसाब से वह अपनी आनेवाली ज़िन्दगी प्लान करता और आगे बढ़ता है। वर्षों बाद फिर उसकी मुलाक़ात अपने गौतम, अब गौतम कहूँ उसे या बुद्ध, समझ नहीं आता, से होती है और उसे बड़ा आश्चर्य होता है कि उसका आदर्श बिल्कुल बदल चुका है ! उसे ख़ुद इस बात की भी हैरानी है कि इतने बदलाव के बावजूद, वह उसे पहचान क्योंकर गया। उसके और उसके गौतम के बीच श्रद्धा की खाड़ी को लाँघकर, वह उससे सवाल करता है। गौतम के पास उसके हर-हर सवाल का बड़ा तसल्ली बख़्श जवाब है : गौतम जो भी कर रहा था वही सही था; गलती उपदेश की व्याख्या करनेवालों की थी, उपदेश की नहीं। वह कम-उम्र जो अब जवान हो चुका है, अपने दामन में नई गिरहें लगाता है और इस बदले रूप को सही मानकर अपनी ज़िन्दगी बदलने की कोशिश शुरू कर देता है। सिर्फ़ कोशिश ही करता है वह, इसमें कामयाब नहीं हो पाता, क्योंकि गौतम का पहला रूप उसके भीतर बसकर बड़ी अड़चन बन चुका है। आगे जीवन में उसे अपना वही गौतम नित नए रूप धरे नज़र आता और मिलता है, कभी आदमी तो कभी औरत के रूप में, और मज़े की बात यह कि उन्हें पहचानने में उसे ज़रा भी दिक़्क़त नहीं होती। लेकिन उन सबकी दलीलें स्वीकार करने के बाद भी वह कर वैसा नहीं पाता जैसा वह चाहते हैं। हर बार ज़िन्दगी के किसी-न-किसी मोड़ पर उसे अपना गौतम ख़ुद से दूर, और दूर जाता नज़र आता है। सिर्फ़ इसलिए कि वह आज तक उसके उपदेश की व्याख्या में ही उलझा हुआ है। वही, जिसके कारण आज मैं वह हूँ, जो हूँ ! बुद्ध की शरण में मेरे लिए कोई जगह नहीं !

—कहीं ऐसा तो नहीं, मेरा लम्बा मोनोलॉग ख़त्म होते ही उसने अपनी दोनों आँखें मेरे चेहरे पर गाड़ते हुए कहा था—तुम अपनी कमज़ोरियाँ, लापरवाहियाँ और नाएहली किसी और के सिर थोपकर ख़ुद के लिए बचाव ढूँढ़ना चाहते हो ? पलायन-यू नो, सम सॉर्ट ऑव एन इस्केप...?

नाटक की रूपरेखा समझाते मैं खासी शराब पी गया था। पिछले कुछ दिनों से एक नया झंझट पैदा हो गया था कि मैं ज़्यादा शराब पीने के बाद झगड़ने

लगा था। इसका कारण भी पता नहीं चल पाता था क्योंकि अगली सुबह तक मैं झगड़े की तफ़सील भूल जाता था। कभी बात चीख़ने-चिल्लाने पर ही टल जाती, लेकिन कुछ बार, मुझे बताया गया था कि मैंने बाक़ायदा हाथापाई तक की थी। यह सब इन जगहों तक—उस गोलाकार स्टेडियम, वीरान पहाड़ी चट्टानों या उस टीले-नुमा उजाड़ मीनार तक तो चल सकता था, लेकिन उस पल मैं जिस घर में बैठा था वहाँ आस-पास बहुत से लोग थे—घरवाले, नौकर, पोर्च में खड़ी कार जिसका ड्राइवर भी यक़ीनन क़रीब ही होगा। सामने बैठा वह नहीं जानता था कि मैं देशी शराब पीने लगा था। जाने कितने वर्षों से मैं उस घर में जाता रहा था। उस घर के कुछ अपने आदाब-लिहाज़ थे जिनका मैं भी पालन करता था। मुझे और शराब नहीं पीना चाहिए थी !

—पता नहीं, मैंने लबो-लहज़े को क़ाबू में रखते हुए कहा था—हो सकता है तुम ठीक ही कह रहे हो !

—तुम अगर गौतम होते—गौतम कहो या बुद्ध मेरे लिए बात एक ही है। उसने मना करने के बावजूद और शराब उड़ेलते हुए कहा था—तो उपदेश की व्याख्या और अपना रास्ता आराम से तय करते रहते। लगता है तुम उस व्यक्ति की बातों से प्रभावित ज़्यादा हुए, उसे समझ कम पाए। उसके कहे जुम्ले तुम्हें ज़रूर याद हो गए लेकिन बताया हुआ रास्ता पकड़ में नहीं आ सका। अगर पहली बार तुम्हें अपना गौतम ख़ुद से बड़े किसी व्यक्ति की शक़्ल में नज़र आया दूसरी बार किसी दोस्त और तीसरी बार किसी ऐसी औरत के रूप में दिखा जिससे तुम, लगता है, प्यार करते हो तो मैं तो तीनों को बआसानी एक ही रास्ते पर चलता देख और समझ सकता हूँ। एक ही रास्ते की परिभाषाएँ, उम्र के साथ-साथ बदलती रहती हैं : उन्हें बदलते रहना चाहिए। लफ़्ज़ और जुम्लों का उलझाव किसी को लहूलुहान करता है तो यह उसकी कमसमझी है। आपने अगर गौतम के उपदेश को ठीक से समझा होता तो लिखने-लिखाने के चक्कर में हर्गिज़ न पड़ते !

एक लम्बी चुप्पी पैदा हो गई थी : जैसे तेज़ बहाव पर कमज़ोर पुल जो कुछ क्षण को जंगल में बहती नदी की सरसराहट को बाँध ले। तब तक जबकि पानी का ज़ोर पुल के परख़चे न उड़ा दे और एक असीमित जल-समूह तटों को दबोचकर चौतरफ़ा फैल जाए। दरख़्त उखड़ जाएँ, तट पर बसी आबादी का नामो-निशान न मिट जाए।

—एक मिनट, कहकर वह उठा था।

टॉयलेट ! मैं जानता था वह टॉयलेट जाने को उठा था। लॉन पर उसकी ख़ाली कुर्सी के बाजू में ज़मीन में चमकीली निकल की छड़ी गड़ी थी। रंग-बिरंगे कपड़े की घेरदार छतरी खड़ी करने का स्टैंड...। बड़ा-सा ख़ूबसूरत लॉन...तेज़

हवा में फड़फड़ाती बेगिनती रंगीन परों की छतरियाँ...गोरे-उजले लोग, लम्बी आरामदेह लॉन-चेअर्स में पसरे हुए...ख़ूबसूरत औरतें...तन्दुरुस्त बच्चे...सूरज की धूप में छाया करती परिन्दों-सी छतरियाँ...गोलाकार मैदान...अरना-भैंसा...देशी मदिरा मसाला...मैदान में पड़ा हमारी दुश्मनी का प्रतीक, वह पत्थर का रोलर—मुत्तूस्वामी ! सब बेतुका ! मैंने कुर्सी में पहलू बदलते हुए ऊँची आवाज़ में ख़ुद से ही कहा था—मुझे शराब छोड़ देनी चाहिए।

कहते हुए भी मैदान में पड़े उस रोलर की तस्वीर मेरी आँखों में घूम रही थी।

—बहरहाल, वापस आकर उसने ख़ुद को सामनेवाली कुर्सी में फैलाते हुए कहा था—मुद्दा सिर्फ़ यह है कि तुम्हें कुछ करना चाहिए।

—ठीक कहते हो, मैंने सँभलकर बैठते हुए कहा था—अब हम लोगों को खाना खाना चाहिए ! फिर तुम मुझे घर ड्राप कर देना।

—शाम के साढ़े आठ बजे ? आवाज़ वही थी लेकिन शायद मैंने उसमें व्यंग्य खोज लिया था।—अभी तो इतनी बची है, उसने बोतल की तरफ़ इशारा करते हुए कहा था।

—क़ीमती शराब है ! मेरा लहज़ा ज़हर में बुझा हुआ था—थोड़ी में ही बोतलों का नशा हो गया !

ख़ामोशी। जंगल में बहती नदी की सरसराहट। उखड़ते दरख़्त। डूबते मकान।

ख़ामोशी।

X X X

—आज दो महीने बाद हाथ लगाया है, मैंने उसकी तरफ़ देखते हुए कहा था।—तबीयत ही ठीक नहीं रहती।

तबीयत की ख़राबी एक बहाना था जिसे वह खूब समझ रहा होगा, यह अन्दाज़ा मुझे था।

—इधर पिछले दिनों कुछ ऐसा हो गया, मैंने आगे कहा था—कि दोस्तों के साथ बग़ैर शराब के बैठ ही नहीं सकते। साथ होने का मतलब ही महज़ पीना होकर रह गया ! रात दो-दो, तीन-तीन बजे घर पहुँचना—अगले दिन दिमाग़ साला किसी काम का ही नहीं रहता ! और आज भी, सिर्फ़ तुम्हारे साथ की ख़ातिर...

—हाँ, उसने जैसे मेरी पूरी बात को समझते हुए कहा था।—अरे, दया, पास से गुज़रते ख़ाकी नेकर-बनियान पहने लड़के को रोकते हुए उसने सवाल किया था—हमने तुमसे पापड़ लाने को कहा था ?

—अभी लाया साब, कहते हुए लड़के ने दूसरे कमरे में बैठे आदमी को कुछ

हिसाब बताया था और पापड़ लाने लपक गया था। दूसरे कमरे में लकड़ी के क्रेटों में लाल, पीली, कत्थई, सफ़ेद बोतलें जमी रखी थीं। हम जहाँ बैठे थे उस छोटे-से कमरे के कोने में एक तख़्त बिछा था, जिस पर एक तोशक लिपटी पड़ी थी। तोशक का कपड़ा जगह-जगह से फटा हुआ था जिसमें से रुई झाँक रही थी। मैला कपड़ा, मटमैली रुई। जिन कुर्सियों में हम धँसे बैठे थे उनकी नायलान की बुनाई उधड़कर ढीली हो गई थी और लोहे का फ्रेम टाँगों में चुभ रहा था।

—यह दरवाज़ा ! लड़का अपने पीछे दरवाज़ा खुला छोड़ गया जिसे मैंने लपककर भेड़ा था।

बाहर दाहिनी ओर कलारी का वह हिस्सा था जहाँ आम आदमी बैठकर पीते थे। वहीं नमकीन की दुकान थी और आगे खुले कम्पाउंड के अन्त में एक झाड़ियों की बेतरतीब बाड़। बाहर उस समय लोगों की हमाहमी थी और जिस कुर्सी पर मैं बैठा था, दरवाज़ा थोड़ा-सा भी खुलने पर बिल्कुल सामने पड़ जाती थी।

—तुम पीने की बात कर रहे थे, उसने अपनी आहिस्ता रौ में मुझसे मुख़ातिब होते हुए कहा था—यही कि दोस्तों के मिलने का मतलब सिर्फ़ पीना होकर रह गया है। इसमें ऐसा हर्ज़ भी क्या है ? दोस्त अच्छे लगते हैं और दोस्तों के साथ पीना और भी अच्छा लगता है।

—मगर उसकी कोई हद भी तो होनी चाहिए ! पहले भी तो था कि हफ़्ता-पन्द्रह दिन में कभी एक बार। तब पीने के साथ-साथ कुछ बात करने या अपने-अपने तजुर्बे कहने-सुनने के अलावा उन्हें एक नए दृष्टिकोण से देखने का भी एहसास होता था। अब तो दिन-भर नशे के हैंग-ओवर में पड़े पिछली रात की बातें याद करते रहो और दोस्तों में कीड़े निकालते रहो !

—और कुछ साहब ? लड़के ने तले हुए पापड़ लाकर अख़बार पर रख दिए थे।

—दरवाज़ा ! मैं झुँझलाकर फिर उठा था और किवाड़ भेड़े थे।—आप भी समझदार हैं, ऐसी कुर्सी पर बैठे हैं कि दरवाज़ा खुलने पर दिखाई न दे !

—उसे अपने लिए मुसीबत क्यों बना रहे हो, उसने सहजता से कहा था—इस इलाक़े में तुम्हें कितने लोग जानते हैं। हमारा तो घर नज़दीक है। थोड़ा लिहाज़ रखना पड़ता है।

—साब, आज वो कालेवाले मोटे साब नहीं आए ? लड़के ने मेहमाननवाज़ी का फ़र्ज़ निभाने के अन्दाज़ में पूछा था—कल चश्मेवाले साब आए थे, आपको पूछ रहे थे।

लड़के को जवाब देने के बाद वह मेरी ओर देखकर धीमी आवाज़ में हँसने लगा था।—समझे ? उसने मुझसे पूछा था।

मैं समझ गया था। काले मोटे साहब भी और चश्मेवाले साहब भी ! मतलब यह कि कलारी में सबके बाद आनेवाला मैं ही था। और आगे से मुझे भी चश्मेवाले लम्बे साब के नाम से जाना जाता था।

—तो आप यहाँ पाबन्दी से आते रहे हैं ! मेरे लहज़े में ऐतराज़ से ज़्यादा जैसे पिछड़े रह जाने का दुःख था।

—मैंने तो पहले भी बताया था, उसके दाँतों में कड़कड़ाकर पापड़ टूटने की आवाज़ आई थी। कलारी में काम करनेवाले लड़के ने दरवाज़ा ख़ुला छोड़ दिया था और मेरे टोकने पर उसे भेड़ता हुआ दूसरे कमरे में चला गया था। वहीं, जहाँ क्रेटों में रंग-बिरंगी बोतलें सजी थीं और एक छोटी-सी वैसी खिड़की के सामने जिस पर सिनेमा के टिकट बिकते हैं, एक आदमी बैठा शराब तौल रहा था और दो दूसरे नोट गिन-गिनकर गड्डियाँ बना रहे थे। खिड़की के उस तरफ़ शराब ख़रीदनेवालों की भीड़ होगी और मैं नहीं चाहता था कि कोई मुझे वहाँ बैठा देखे।

—ख़ाक भी डालो अब, दरवाज़े पर ! उसने मुझे फिर, इस बीच खुल गए दरवाज़े की तरफ़ लपकते देखा था, और शराब गिलास में उड़ेलने लगा था।

—भाड़ में जाए दरवाज़ा। मैंने घूँट लेते हुए सोचा था और नज़र उठा के देखा था—दरवाज़ा बन्द था।

—तो तुमने मेरा उपन्यास पढ़ ही डाला, मैंने अपनाइयत के साथ उसे कुछ देर पहले कही बात याद दिलाई थी।—अच्छा लगता है आपके किसी अपने की राय जानना कि वह सब घंटे जो आपने बिल्कुल अकेले, किसी शून्य की हालत में गुज़ारे, वह कुल मिलाकर क्या बने। वह मशक़्क़त जो दीगर लोगों की नज़रों में शायद बेमकसद ही नहीं, गुमराह करनेवाली भी हो सकती है। और सचमुच, अपने ही लिखे को जब छपा हुआ देखा, तो ख़ुद अपनी सोच का एक हिस्सा भी कहीं उन लोगों की राय से सहमत होता लगता है। तुमने ख़ुद भी महसूस किया होगा, लिखने के दौरान अपनी ही कोई उपलब्धि लगनेवाली चीज़ से, उसके छपने के बाद का मोहभंग ! शायद इसीलिए पढ़नेवालों की राय का इतना महत्त्व है—वह राय अच्छी हो या बुरी। ख़ासकर वह लोग जो आपके क़रीबी हों और जिनकी राय की आप दिल से क़दर करते हों। आपका अपना अनुभव काग़ज़ पर स्याह-सफ़ेद में उतरते-उतरते क्या शक़्ल अपनाता है, उसके समर्थन में आप कुछ सुनना चाहते हैं। शायद एक तरह की हौसलाअफ़ज़ाई कि आपकी मेहनत व्यर्थ नहीं गई। आपका अनुभव—आपकी मेहनत...। लगता है तुम्हें मेरे मुँह से शब्द 'अनुभव' सुनना अच्छा नहीं लग रहा ? लेकिन एक बार मुझे अपनी पूरी बात कह लेने दो—क्या कह रहा था मैं ? एकाएक मेरा दिमाग़ बिल्कुल ख़ाली हो गया था।

—मैं बात समझ रहा हूँ, उसने मुस्कुराते हुए कहा था—पूरी तरह समझ रहा हूँ। यह बिल्कुल वैसा ही है कि आप उस फाँस की चुभन जो आपको चुभी हो, दूसरों को भी महसूस कराना चाहें—यह जानते हुए भी कि ऐसा करना मुमकिन नहीं। आपके लिखे के सहारे ज़्यादा-से-ज़्यादा, लोग उन फाँसों को याद कर सकते हैं जो ख़ुद उन्हें चुभी हों, बस ! वह चुभन, बहरहाल, आपकी चुभन से अलग होगी। लेकिन सिर्फ़ इतने फ़र्क़ की वजह से आपकी मेहनत बेकार तो नहीं हो जाती !

—इन बारीकियों को छोड़ो ! मैंने उलझन के साथ कहा था; कुर्सी के लोहे की फ्रेम की चुभन अब टाँगों में महसूस नहीं हो रही थी। कुल मिलाकर, रखा क्या है लिखने में !

वह सिगरेट का कश खींचते, मुझे टकटकी लगाए देखता रहा था। मेरी निगाह तब तक भटकने लगी थी और उसे किसी एक जगह जमाना मुश्किल हो रहा था। कमरे की दीवार पर एक कैलेंडर टँगा हुआ था, वैसा ही जैसा कुछ दिन पहले कुछ रिसालों के लिए चन्दा देने पर मुझे भेंट किया गया था। दरवाज़ा, जाने कब, किसके आने-जाने में, खुला रह गया था और बाहर मौजूद लोगों की आवाज़ों की भनभनाहट हमारे चुप होने पर ही सुनाई दी थी।

—तुम्हें महत्त्वपूर्ण महसूस नहीं होता...यह सोचकर कि तुमने एक किताब लिखी है ?

—तो क्या हुआ ?

—तुम्हारी पहली क़िताब है...जब कोई देखता या सुनता होगा कि तुम्हारा उपन्यास छपा है तो...चलो, उसे इज़्ज़त या सम्मान न कहो, बहरहाल जो महत्त्व तुम्हें मिलता होगा...वह तुम्हें अच्छा नहीं लगता ?

—बहुत अच्छा लगता है ! कहते हुए गोलाकार स्टेडियम की सीढ़ियों पर बिताई शाम मेरे दिमाग़ में किसी चमगादड़-सी फड़फड़ाई थी। शायर की बीमारी, घर, बीवी, बच्चे, शराब और दोस्त, और वह सवाल कि कोई क्यों लिखता है।

—सुनो, अभी कुछ दिन पहले मालूम है क्या हुआ..., मैंने धीमे स्वर में कहना शुरू किया था। कलारी का बाहर, धीरे-धीरे वीरान होने लगा था।—मैं अपने कमरे की सफ़ाई कर रहा था। नया-नया साहिबे-किताब हुआ हूँ ! इसलिए कुछ ज़्यादा ही उत्साह था। बैठक का कमरा झाड़ा-झटका और सोचा, पिछला, सोने का कमरा भी साफ़ करके ऊपर की मंज़िल में ही वापस शिफ़्ट हो जाएँ। असल में, कोई डेढ़ साल से, अब्बा के इन्तकाल के बाद ही, मैं और बीवी-बच्चा, अम्मा के पास, नीचे कमरे में सोते रहे हैं। पिछला कमरा साफ़ करते हुए एक शेल्फ़ में मुझे बीवी के जूते के डिब्बे जमे नज़र आए। झुँझलाकर यह सोचते हुए

कि बीवी कहीं भी, कुछ भी रख देती है, मैंने डिब्बे नीचे उतारे। पहला डिब्बा फटा हुआ था, चप्पलें निकलकर बाहर गिरीं। मैं उन्हें वापस डिब्बे में ठूँसना चाह रहा था कि देखा चप्पलों के तस्मे टूटे हैं ! जाने क्यों, कुछ पल को मैं वैसा ही, बैठा-का-बैठा, रह गया। फिर एक-एक करके मैंने वह तमाम डिब्बे खोल डाले : हर एक में फटी जूती या चप्पल की जोड़ी थी। किसी की एक एड़ी ग़ायब, किसी के फ़ीते टूटे, किसी का तला घिसा हुआ, मैं काफ़ी देर तक, ख़ाली दिमाग़, वहीं बैठा रहा। मुझे यह भी याद आया कि पिछले कई महीने से मैं बीवी के पाँव में वही प्लास्टिक की चप्पल देखता रहा था, जो न तो उसे पसन्द थी, न मुझे। डिब्बे वैसे ही बन्द करके और उन्हें वापस अपनी पुरानी जगह पर सजाकर मैं जाने कितनी देर तक ख़ामोश बैठा रहा।

बात करते-करते मुझे लगने लगा था कि मैं बहुत ग़लत ढंग से भावुक हो रहा था। बीवी की फटी चप्पल और मेरे पहले उपन्यास की बात आपस में बेतुकी और बेमेल थी और कहीं मैं सोचने में बुरी तरह गड़बड़ा गया था।

—मैं तुम्हारी बात बहुत अच्छी तरह समझ रहा हूँ, उसका स्वर मेरा मज़ाक उड़ाने जैसा नहीं था, यह मेरे लिए उस पल एक बड़ी तसल्ली की बात थी।—बहुत सारी रंग-बिरंगी, क़ीमती पोशाकें, ख़ुशबुएँ, मेक-अप का सामान और जूते-चप्पलें, जहाँ यह सब होते हैं, तुम क्या समझते हो वहीं अच्छे और क़रीबी सम्बन्ध होते हैं ? आमतौर पर यह पति-पत्नी के सम्बन्धों में आए झोलों की पर्दापोशी के प्रयास लगते हैं, कम-से-कम, मुझे तो ! क्या तुम्हारी क़िताब देखकर तुम्हारी बीवी को बहुत-सी क़ीमती पोशाकें या ख़ुशबुएँ हासिल करने से कम ख़ुशी हुई होगी ! तुम्हारा नाम छपा हुआ देखकर क्या उसे ज़िन्दगी की कई कमियों की तलाफ़ी होती नहीं महसूस हुई होगी...

वह कुछ पल तो ख़ामोश हुआ था, फिर एक बड़े-से घूँट में बहुत सारी शराब पीकर, सिगरेट सुलगाते हुए बोला था—तुम्हें याद है, वह शाम जब हम सब स्टेडियम की सीढ़ियों पर बैठे थे ?

वह फिर से रुककर सोचने लगा था। उसका लहज़ा बहुत नर्म हो गया था।—तब, मैंने उस शायर की बात निकाली थी...उसके बीवी-बच्चों की परेशानी...घर का गुज़ारा...याद आया तुम्हें ? कुछ देर को वह फिर बिल्कुल चुप हो गया था।—मैं सिर्फ़ इतना जानता हूँ कि तुम्हारी बात को मैं अच्छी तरह समझ रहा हूँ...चप्पलें भी ज़रूरी हैं...या क्या पता, शायद सिर्फ़ चप्पलें ही ज़रूरी हैं ! ऐ सुनो ! तुम इस पर लिखो ना...! लिखो...तुम्हें लिखना चाहिए...क्या ज़रूरी है, मुझे नहीं मालूम...

छतरी

देखा जाए तो झगड़ा होना ही था लेकिन वह जिस तरह हुआ था, यह अन्दाज़ा किसी को नहीं था। ख़ुद जिन लोगों ने शुरुआत की, उन्हें भी नहीं। दरअसल शहर कुछ होने का इन्तज़ार करते-करते थक गया था।

गर्मी का लम्बा मौसम गुज़ारने के बाद लोगों की मानसून की उम्मीदें ग़लत साबित हुई थीं और बरसात का डेढ़ माह सूखा बीत चुका था। सारे देश में बरसात, पानी और बाढ़ की ख़बरें, हर माध्यम से शहर पहुँच रही थीं और शहर तप और झुलस रहा था जैसे किसी ने जादू करके बादलों के आने पर पाबन्दी लगा दी हो। लोग बारिश न होने की बात करते-करते इतने थक गए थे कि यह विषय ज़बान पर आना बन्द हो गया था। अपनी व्यस्तता से पल-भर छुटकारा पाकर वे भाव-शून्य आँखों से आकाश की ओर देखते और थकान तथा निराशा पर पर्दा डालने, दोहरी मेहनत से, दिनचर्या में जुट जाते। पूजा और नमाज़ ही नहीं, अभी तक शहरवासी वर्षा न होने के विरोध में जलसा, धरना और बन्द, सब कर चुके थे और अब अगर-बरसात-न-हुई-तो-कहाँ-जाएँगे, सोचते बैठे थे।

शहर को दो अलग-अलग हिस्सों में बाँटती वह सड़क थी जिसके एक तरफ़ सैनेट्री का थोक मार्केट था और दूसरी ओर फ़र्नीचर, हैंडलूम, क़ीमती क्रॉकरी के

शो-रूम। सड़क पर दिन के एक ख़ास समय, दुकानदारों की नज़रें किसी के इन्तज़ार में बेचैन रहने लगी थीं। वह कौन था, लोग उसका नाम तक नहीं जानते थे। रोज़, उस ख़ास समय, दुनिया से बेनियाज़, वह उनके बीच से गुज़रता। क़ीमती कपड़े, बरसाती जूते पहने, हाथ में फ़ोल्डिंग छतरी लिए वह इस तरह निकलता था जैसे बरसात होने ही को हो। लोगों को लगने लगा था कि वह हमेशा से उसे इसी हुलिए में देखते आए हैं। वह यह सोचकर नाराज़ होते जा रहे थे कि यह आदमी बरसात न होने पर उनका और शहर का मज़ाक़ उड़ाता घूमता है। वह जब भी सड़क से गुज़रता लोगों की घृणा-भरी नज़रें उसका, ओझल होने तक, पीछा करतीं।

हर शहर का अपना भूगोल होता है जो उसका मौसम और मिज़ाज तय करता है। इस शहर की विशेषता यहाँ के ताल-तलैया और पहाड़ थे जिनके साथ-साथ ही आबादी का फैलाव था। बीते वर्षों में यहाँ आबादी बढ़ी थी जिसके अनुपात में शहर की दीगर चीज़ों का विकास नहीं हो पाया था। एक ज़माने से पीने के पानी के लिए तालाब थे जो अब भी, उसी तरह ज़रूरी थे। शहर के पास कोई बड़ी नदी नहीं बहती थी, सिर्फ़ छोटी-छोटी बरसाती नदियाँ थीं। तो भी मौसम की पहली बरसात शहर को किसी हिल-स्टेशन-सा ठँसा और ख़ुशगवार कर जाती थी। बरसात में साल-से-साल ऊँच-नीच होती रही हो मगर इतने लम्बे समय तक पानी न गिरना किसी को याद नहीं था।

दिन-ब-दिन वर्षा का न होना शहर के लिए संकट बनता जा रहा था जिसका विज्ञापन वह तालाब थे जिनके तट सिमटकर नीचे चले गए थे और पानी तलछट में छूटा रह गया था। लगता किसी सुबह जब लोग जाएँगे, तालाब सूखे मिलेंगे। वह शहर में सबके लिए अन्तिम दिन होगा। इधर सारे अन्देशों में घिरा जीवन था, उधर देश के जल-थल होने और जगह-जगह सैलाब की ख़बरें थीं। ट्रांज़िस्टर और टी.वी. पर वर्षा का उत्सव मनाते, मेघ और मल्हार, झड़ी और फुवार के गीत थे जिनमें बिजली-बादल-पानी और दिल की धड़कन का लेखा-जोखा था। शहर में रहनेवाले यह मानने पर मजबूर होते जा रहे थे कि वह सब किसी और जनम और जीवन से सम्बन्धित था जिसे उन्हें भूलकर जीना था। एक बेबसी का एहसास उन्हें गुस्से से भरता जा रहा था। सड़क के दुकानदारों ही की तरह।

दरअसल यह सड़क और इसका बाज़ार कई मायने में शहर का प्रतिनिधित्व करते थे। यहाँ मालदार से लेकर मामूली पूँजीवाले व्यवसायी दुकानें खोले बैठे थे, धर्म और जाति में विभाजित हुए बिना। जब चिलचिलाती धूप में वह क़ीमती कपड़े, बरसाती जूते पहने अजनबी, हाथ में फ़ोल्डिंग छतरी लिए, नपे-तुले क़दम

उठाता सड़क से गुज़रता तो सब लोग एक-समान अपमानित अनुभव करते और उसके नज़र से ओझल होते ही, बिना उसका नाम भी लिए, अपने-अपने काम में जुटकर ख़ुद को थकाने और उसको भुलाने के जतन करने लगते।

धीरे-धीरे लोगों को सारी उलझनें, निराशाएँ और गुस्सा टाँगने को 'बरसात-क्यों-नहीं-हो-रही' की खूँटी मिल गई थी। इस खूँटी को हर एक मनमानी सूरत-शक्ल में ढालने में लग गया था। देश में राजनीति के नाम पर जो अप्रिय हो रहा था, परिवारवालों को जो एक-दूसरे से गिले-शिकवे थे, धन्धे में जो घाटा था, प्रेम में जो असफलता या दोस्ती में जो धोखाधड़ी, सब किसी क्षण बरसात न होने के गुस्से की आँच को भड़का जाते। हर एक यह मानकर चलने लगा था कि उसका पड़ोसी इस संकट का कारण था। जैसे सड़क के दुकानदारों के लिए फ़ोल्डिंग छतरी लेकर गुज़रनेवाला सारी मुश्किलों की जड़ और वर्षा न होने का कारण तय हो चुका था। एक-दूसरे से कहे बग़ैर, यह लोगों की आम सहमति बन गई थी। आपस में लड़ने का जोखिम उठाए बिना उन्होंने फ़ोल्डिंग छतरीधारी को अपना दुश्मन और गुस्से का निशाना बनाना तय कर लिया था। दिन की एक ख़ास घड़ी अब वह उसके आने की प्रतीक्षा करने लगे थे।

राह से गुज़रनेवाले व्यक्ति में, अगर वह चिलचिलाती धूप में छतरी लेकर न चलता तो अलग से कोई विशेषता नहीं थी। वह किसी कम्पनी के सेल्समैन से लेकर किसी बैंक में काम करनेवाले कर्मचारी तक, कुछ भी हो सकता था। यह अनुमान इसलिए लगाया जा सकता था कि वह कपड़े-जूते क़रीने से पहनता था, बाल सँवरे हुए और गले में प्रायः टाई बँधी रहती थी। चलते हुए नाक की सीध में देखता वह किसी गुत्थी को सुलझाता, सोचता नज़र आता था। पूरे बाज़ार में उसकी किसी से अलेक-सलेक नहीं थी। वह रोज़ आता दिखाई देता। उसे सड़क से लौटकर जाते किसी ने नहीं देखा था। उसके क़दम उठाने में एहतियात थी जैसे एक-एक पैर तय करके रख रहा हो। धीरे-धीरे सबको पक्का विश्वास हो गया था कि उनके 'पानी-कब-गिरेगा' सोचते चेहरों को देखता, व्यंग्य से मुस्कुराता, वह लहक-लहककर क़दम उठाता है। उसकी एक-एक अदा उन्हें चिढ़ाने की है।

आस-पास के दुश्मनों से बेनियाज़ फ़ोल्डिंग छतरीधारी सड़क पर रोज़ अपना रास्ता तय कर रहा था।

बीती रात टेलीविज़न पर, धूप में जलते, नफ़रत में सुलगते शहर ने जो फ़िल्म देखी थी उसके फ़ोकस में बरसात और पानी में भीगते-गाते नायक-नायिका, नदी-नाले और हरियाली थी। साथ ही मौसम की भविष्यवाणी, सैटेलाइट द्वारा खींचे गए चित्र सहित, अगले दिन शहर में भारी बरसात की थी। चित्र में घने

बादल सबको शहर पर घिरे नज़र आए थे और अनेक बार टूटी आशा फिर जुड़ी थी कि शायद इस बार पानी गिर जाए। बरसात के ख़्वाब देखता शहर रात-भर गर्मी में बेचैन रहा था। सुबह जब लोग जागे थे तो आसमान गँदला और सूरज तेज़ी से चमकता पाया था। पिछली रात की फ़िल्म और मौसम विभाग की भविष्यवाणी सबको एक भौंडा मज़ाक़ लगी थी। सारे शहर ने अपने दिनों-दिन सूखते तालाबों का स्मरण किया था और साथ मिलकर सोचा था—'पानी कब गिरेगा ?' और फिर सब अपनी-अपनी दिनचर्या में व्यस्त हो गए थे।

सड़क के बाज़ार की दशा उस दिन इसलिए और ख़राब थी कि बिजली न होने के कारण कूलर और पंखे बन्द थे। अधिकांश दुकानदार उस समय दुकानों के बाहर बरामदे में साँस लेने को निकले हुए थे जब किसी जादू में बँधकर उन्होंने चौराहे की ओर देखा था जहाँ फ़ोल्डिंग छतरीवाला, नपे-तुले क़दम उठाता प्रवेश कर रहा था। साफ़-सुथरे कपड़े, टाई, छाता, धीरे-धीरे मुख्य बाज़ार के बीच आगे बढ़ता। लेटर-बॉक्स, पान की दुकान, अख़बार और रिसाले-पत्रिकाओं के स्टॉल के सामने से निकलकर उस पल वह एस.टी.डी.पी.सी.ओ. के निकट था जब कोई उससे टकराया था। टकराने से उसका सन्तुलन गड़बड़ाया था और वह सँभल भी न पाया था कि किसी और ने बढ़कर धक्का दिया था। वह नाली में गिरते-गिरते बचा था। देखते-ही-देखते वह लोगों से घिर गया था जिनके बीच उसका छाता छीनने के लिए छीना-झपटी शुरू हो गई थी। कुछ ही देर में लोग उसे भूल गए थे। उसका छाता हथियाने के लिए उनमें होड़ लगी थी और आपस में मारपीट शुरू हो गई थी। भीड़ और मारपीट बढ़ती जा रही थी। सड़क पर ट्रैफ़िक रुक गया था। छीना-झपटी में कुछ लोग घायल हो गए थे। उनके हिमायती और उनसे लड़नेवालों के गिरोह बन गए थे। ज़ोर का धमाका, जो किसी टायर बर्स्ट होने का था, सुनकर लोगों में भगदड़ मच गई थी। सड़क के दोनों ओर दुकानों के शटर गिरने लगे थे। मारपीट बढ़ गई थी। पुलिस आ गई थी और हालात को क़ाबू में रखने के लिए हवाई फ़ायरिंग करनी पड़ी थी। आग-सी तेज़ी से शहर में बलवे की ख़बर फैल गई थी। आसार कर्फ़्यू लगने के थे कि लोगों का ध्यान बढ़ते अँधेरे और आकाश में घिर आए बादलों की ओर गया था। इससे पहले कि कर्फ़्यू का सोचा जाता, शहर में अटाटूट बारिश शुरू हो चुकी थी जो आनेवाले आठ दिन तक बिना एक पल थमे होती रही थी। शहर में छतरियाँ और बरसातियाँ चौतरफ़ नज़र आने लगी थीं। सूखते तालाब पानी से लबालब हो गए थे। निचले इलाक़े डूब में आ गए थे। लोग अपने मकानों की देख-रेख और बरसात के मज़े लेने में लग गए थे। झगड़े की याद बरसात के पानी में घुल गई थी। आठ दिन की झड़ी के बाद भी बादल शहर पर छाए

रहे थे और थम-थमकर दिनों बरसते रहे थे।

अगली बार जब अजनबी छतरी लगाए, फुटपाथ और सड़क पर जमे पानी के बीच एहतियात से क़दम रखता उस सड़क से गुज़रा तो न तो उसे किसी ने ग़ौर से देखा, ना ही पहचाना। ख़ुद वह यह कभी नहीं समझ पाया कि उस दिन उसकी छतरी को लेकर शहर दीवाना होते-होते क्यों बचा था।

तमाशा

(दिनेश जुगरान के लिए)

याद करता हूँ तो कोई क़िस्सा-कहानी लगता है : ख़ुद से बहुत दूर और अविश्वसनीय-सा। यह कमाल वक़्त के पास है कि असलियत को क़िस्से-कहानी में तब्दील कर दे। ख़ुद सकीना आपा भी तो अपनी आँखें मटकाकर ऐसा ही कुछ कहा करती थीं कि सब तमाशा है। लेकिन उनकी तमाशे की परिभाषा, अपने वक़्त और ज़माने के लिहाज़ से, क्या रही होगी, अन्दाज़ा लगाना मुश्किल है।

ख़ुद मैंने सकीना आपा को जब देखा था, वह उनकी अधेड़ उम्र थी जिसमें अच्छे-ख़ासे तमाशों में नायक-नायिका की भूमिका निभानेवाले भी सहायक पात्र बनने पर मजबूर हो जाते हैं। वह थीं, और उनकी पाँच औलादें—चार लड़कियाँ और एक लड़का, और सँकरी गली में मस्जिद के पिछवाड़े बनी सात कोठरियों में से एक कोठरी जिसके आगे छोटा-सा दालान और कुछ खुला सेहन था। दालान और सेहन को दूसरी कोठरियों से अलहदा करने के लिए लकड़ी के फ़र्रे ठोंककर पार्टीशन किया गया था। उस छोटे-से दालान में ही एक कोने में घर का चूल्हा जलता था और तंग सेहन में ही फ़र्रों को ठोंककर पाख़ाने-गुसलख़ाने

की आड़ थी। उस कोठरी से पहले सकीना आपा, मय अपनी आल-औलाद के, दुनिया में कहाँ थीं, यह मुझे नहीं मालूम। बातें सुनने में आतीं थीं कि उनके शौहर उन्हें छोड़ गए थे। थे इसी दुनिया में कहीं, लेकिन कहाँ, यह कम-से-कम सकीना आपा को नहीं मालूम था। वह अकेली औलाद की परवरिश करने को रह गई थीं।

यह भी मैं ठीक-ठाक नहीं जानता था कि वह मेरी और हमारे ख़ानदान की कितनी क़रीबी रिश्तेदार थीं। लेकिन थीं ख़ासी क़रीबी, यह एहसास ज़रूर है। उनसे हमारा रिश्ता अब्बा की ओर से था, यह भी मालूम है। उस ज़माने में जब की मैं बात कर रहा हूँ, यानी सन् 1951-52 में ऐसा नहीं कि सकीना आपा की मुफ़लिसी कोई अनोखी बात हो, हमारे मोहल्ले में लोगों की बड़ी तादाद उसी तरह सुबहो-शाम करने पर मजबूर थी। हमें, उनकी निस्बत, ख़ुशहाल कहा जा सकता था तो इसीलिए कि हमारा अपना ख़ुद का घर था और अब्बा की मेहनत इतना कमा लेती थी कि हम बिना तंगदस्ती के इज़्ज़त के साथ जी सकें। फिर शहर में हमारे रिश्तेदार थे जो हमसे भी अधिक ख़ुशहाल थे। उनके पास खेती की ज़मीनें, मोटरें, और ज़्यादा बड़े और ख़ूबसूरत मकान थे। शहर छोटा था और इसमें ज़िन्दगी की रफ़्तार धीमी। उस धीमी रफ़्तारवाले, छोटे शहर में सकीना आपा अपनी ज़िन्दगी बसर कर रही थीं और ज़िन्दगी की मिसाल अगर संगीत से दी जाए और बात को ज़्यादा साफ़ किया जाए तो संगीत के सात सुरों में से वह ख़ुद-मय पाँच औलादों के, कुल जमा छः, उस सातवें सुर की दुहाई की तस्वीर थीं, जो उन्हें अकेला छोड़कर खो गया था : रिश्तेदारों के, क़रीबी और दूर के, रहमो-करम पर जीने को।

ज़ेहन पर ज़ोर डालता हूँ तो याद आता है सकीना आपा से बड़े, उनके एक सगे भाई, असग़र भी थे। फिर सुनी हुई बातों के सहारे ही, मैं याद करता हूँ कि सकीना और असग़र के माँ-बाप, उन्हें बहुत छोटा छोड़कर, किसी ऐसी बीमारी में ख़त्म हो गए थे जैसी एक ज़माने में, आमतौर पर, समय-समय पर, फैलकर गाँव के गाँव और शहर के शहर साफ़ कर जाती थी। इस तरह सकीना आपा और असग़र भाई जिन्हें बहुत बाद में मैंने कभी यूँ ही, सरसरी तौर पर देखा, की परवरिश, शादी-ब्याह और शादी के बाद औलादों सहित सकीना आपा की वापसी, हमारे ख़ानदान के आसरे ही हुई थी। यह, कि पति से अलेहदगी के बाद वह कुछ साल हमारे घर में ही रहो थीं, मुझे इसलिए भी याद नहीं कि तब मैं बहुत छोटा रहा होऊँगा। यह अन्दाज़ा लगाना इसलिए मुश्किल नहीं कि सकीना आपा की सबसे छोटी सन्तान, बेटी ज़ैनब और मैं, लगभग एक ही उम्र के थे।

आज मैं अगर सुननेवाले की हमदर्दी खो देने का जोख़िम उठाते हुए भी

साफ़-साफ़ कहने की हिम्मत करूँ तो यह बिल्कुल सच है कि सकीना आपा और उनके परिवार से अधिक भुला दिए जाने लायक मैंने शायद ही कोई परिरवार देखा या जाना हो। यह उसके बावजूद कि ज़िन्दगी को किस्तवार विपदा के रूप में जीते हुए सकीना आपा ने हैरान कर देनेवाली ख़ुद पर हँस सकने की महारत हासिल कर ली थी। मेरी याद में उनकी हँसी और हँसते-हँसते आँखों के आँसू पोंछने की मुद्रा यूँ सुरक्षित है जैसे वह पच्चीस-तीस साल नहीं बल्कि अभी पलक झपकने से पहले मेरे सामने रही हैं। जाने वह अपने रोने पर हँसती थीं या हँसी की निरर्थकता का एहसास आँखों में आँसू भर जाता था। मौक़े-बेमौक़े, अपनी किसी ज़रूरत से या वैसे ही घरवालों के हाल-अहवाल मालूम करने, वह अपना उड़े हुए काले रंग का टोपीवाला बुर्का पहने घर में आती-जाती रहती थीं और उनकी त्वचा और हाथ-पाँव में कुछ इस तरह की फूलन होती थी जैसे वह देर तक पानी में डूबे रहे हों। उनके नाक-नक़्श, वैसे भी बेहद मामूली थे और जिस्म में पेट निकला हुआ और छातियाँ ढलकी हुईं। आँखें इस मामले में भला क्यों पीछे रहतीं, इसलिए वह भी गँदला गई थीं और तब ही नज़र में आती थीं, जब सकीना आपा आँसू पोंछ रही होतीं। मैं कह ही चुका हूँ कि सकीना आपा का क़द-बुत, हड्डी-काठी सब ऐसे थे जिन्हें भुलाने में कोई दुश्वारी हो ही नहीं सकती थी, और आवाज़ तो उनकी और भी, गले से ऐसे फँसी-फँसी निकलती जैसे उनकी मंशा और मर्ज़ी के ख़िलाफ़ कोई काम कर रही हो। एक ठँसी हुई, ऊँच-नीच से ख़ाली अभिव्यक्ति जिसे किसी दूसरे इंसान के साथ जोड़ा ही नहीं जा सकता था। तो भी सकीना आपा अगर कुछ पल को भी घर में आतीं तो लोगों को हँसाना शुरू कर देतीं और यह हँसी उनके वापस जाने के बाद काफ़ी देर तक घर में खनकती रहती।

जिस इलाक़े में हमारा मोहल्ला था वह भी शहर और देहात के बीच की कोई चीज़ था और फसीलों के शहर से बाहर आबाद था। यहाँ अभी भी हरे कछवाड़े और खुले मैदान थे और, जब अब्बा जुमे की नमाज़ पढ़ने, हफ़्ते में, एक बार जामा मस्ज़िद जाते, और उस बीच कोई उनको पूछता हुआ घर आ निकलता तो अम्मा या परिवार का कोई दूसरा बुज़ुर्ग यह कहला भेजता कि वह शहर गए हैं। अब्बा, आमतौर पर, जब जुमे की नमाज़ पढ़कर लौटते, और उनके साथ घर के पुराने ख़ादिम और अब्बा के अर्दली, कालेख़ान भी होते, तो घरवालों के लिए फल बेचनेवालों से लेकर हलवाई के यहाँ तक से, जो कुछ भी कालेख़ान, या कभी-कभी एक ताँगे पर लादा जा सकता था, वह साथ लेकर आते। एक बार ऐसा हुआ कि अब्बा की वापसी ख़ाली हाथ और ख़ासे गुस्से में हुई। कालेख़ान के भी होश उड़े हुए थे। फिर बच्चों और कमउम्रों को दफ़्तर-बाहर कर हुक्म दे दिया गया

और सकीना आपा की तलबी हुई। अब्बा उन्हें देर तक किसी बात पर डाँटते रहे थे। यह अन्दाज़ा घर के अलग-अलग हिस्सों में उनकी बार-बार ऊँची होती आवाज़ के पहुँचने से लगाया जा सकता था। फिर हमने सकीना आपा को लौटते और लौटते हुए रुककर, अम्मा से पान छालिया और ज़र्दा लेते, और मुस्कुराते, आँसू पोंछते देखा था। बात आई-गई हो गई थी लेकिन अब्बा की उस दोपहर नाराज़गी का सबब कुछ बाद में पता चला था। असल में शहर में उन्हें लोगों ने बताया था कि सकीना आपा के बड़े भाई, असग़र, किसी क़व्वाली गाने वाले की शागिर्दी में पेटी बजाने और ख़ुद भी क़व्वाली गाने लगे थे। अव्वल ही अपनी मर्ज़ी से किसी से शादी करके उन्होंने बुज़ुर्गों को नाराज़ कर रखा था और अब, क़व्वाली एक ऐसा जुर्म था कि अब्बा सकीना आपा के ज़रिए उन तक ख़ानदान से सम्बन्धों के ख़ात्मे की ख़बर पहुँचाना चाहते थे। जिस घर में कभी चूड़ी का बाजा तक न बजा हो, उसका कोई सदस्य, कितना ही दूर-दराज़ का क्यों न हो, ख़ुद गाए-बजाए, वह क़व्वाली ही सही, यह माफ़ नहीं किया जा सकता था।

—तुमने तो कभी सुना नहीं—बहुत बाद में आपा ने हँसते हुए कहा था—असग़र भाई वैसे तो हकले थे, लेकिन जब गाते थे तो बहुत रवानी से। आवाज़ अच्छी नहीं थी, नाक से गिनगिनाते थे, मगर यूँ डूबकर पढ़ते थे कि बुरा नहीं लगता था। उनके पोते के अक़ीके में हमारी बहुत फ़रमाइश पर अपने घर में ही गाकर सुनाया था, यह कहते हुए कि वैसे अब मैं गाने से तौबा कर चुका हूँ। बस, तुम्हारी फ़रमाइश पूरी कर रहा हूँ।

असग़र भाई की अपनी कोई कहानी होगी, साधारण-से-साधारण कहानी भी हो तो दिलचस्प सकती है। ख़ुद मैं जो कहानी कह रहा हूँ, सकीना आपा की, उससे अधिक साधारण कहानी भला और क्या हो सकती है ! एक अधेड़, मुफ़लिस औरत जो पति के होते हुए भी विधवाओं की तरह जीने और अपने बच्चों की परवरिश करने पर मजबूर थी। और बच्चे ? कैसे बच्चे ! जो मामूलीपन में अपनी माँ को बहुत पीछे छोड़ने पर तुले थे ! धरती और आकाश, यह माना कि चक्की के दो पाट हैं जो आख़िरकार हर एक को पीसकर छोड़ेंगे। मेरा दिल कभी दुःख से भर उठता है : कौन हाथ हैं जो चक्की को चला रहे हैं ! कोई तर्क है, चक्की, हाथों, पिसने, मरने और जीने को क़बूल करने का ! फिर ख़ात्मा हर जगह, अस्वीकार्य भी नहीं लगता : कहीं-कहीं लगता है वह आगे कुछ होने की ही एक कड़ी है। फिर बेचारी सकीना आपा ? उनका बेटा आलम ? बेटियाँ जमीला, शकीला, कनीज़ा और ज़ैनब ? और वह सारा-का-सारा, हमारा पुराना मोहल्ला जो बदल ज़रूर गया है लेकिन ज़्यादा बदसूरत हो गया है ? वह अत्तू मियाँ, नवाब, शाहंशाह, सिकन्दर ? वह ऊँची छत का स्लॉटर हाउस और दरख़्तों, मकानों की

खपरैलों पर बैठे गिद्ध और आसमान में काएँ-काएँ करते, उड़ते कौवे—

क्या यह सब भी कुछ होने की ही कड़ी है ?

संक्षेप में, सकीना आपा की सबसे बड़ी औलाद, बेटा आलम था। हमारे मोहल्ले के आस-पास बड़ा बदलाव यह आ रहा था कि कछवाड़े दिन-ब-दिन ग़ायब होते जा रहे थे और उनकी जगह आरा मशीनें और लकड़ी के पीठे लेते जा रहे थे। यह स्वाभाविक ही था कि आलम भाई, जो असल में तो मेरे भाँजे थे, लेकिन कुछ उनके उम्र में बड़े होने के कारण, और कुछ शायद ख़ुद को वक़्त से पहले बूढ़ा महसूस करने और मामू कहलाने से बचने के लिए, मैं आलम भाई कहता था, कुछ कमाने का ख़्याल दिमाग़ में आते ही, घर के सबसे पास वाली आरा मशीन पर जाना शुरू कर दें। इस सिलसिले की अगली कड़ी भी, बहुत स्वाभाविक, यही थी कि आरा मशीन के मिस्त्री, अत्तू मियाँ से उनके सम्बन्ध हों, जो ख़ुद एक सुन्दर व्यक्तित्व और भले परिवार की ज़ाहिल और नाराज़ औलाद थे। सचमुच, वह कंजी आँखों और सुर्ख़-सफ़ेद चमड़ी के एक ऐसे व्यक्ति थे जिन्हें अलग से आरा मशीन की मिस्त्रीगिरी से जोड़कर नहीं सोचा जा सकता था। फिर ऐसा हुआ कि आलम के साथ अत्तू मियाँ सकीना आपा के घर भी गए जहाँ लड़कियों में, जो भी थोड़ी बड़ी होती थी, गोद में बीड़ी बनाने का सूपड़ा लेकर बैठ जाती थी, और घर का ख़र्चा चलाने में, इस तरह जो भी सम्भव हो सके, मदद करने लगती थी। सबसे बड़ी जमीला आपा थीं। उम्र थी, पल का जादू था ! अत्तू और जमीला, हज़ार जान से एक-दूसरे पर फ़िदा हो गए। इसका एक अलग से फ़ायदा यह हुआ कि अत्तू मियाँ की आलम के प्रति तवज्जोह बढ़ गई, और कुछ ही समय में तरक़्क़ी की जाने कितनी मंज़िलें तय करके आलम अत्तू मियाँ का हेल्पर हो गया। मालिक मशीन ने ऐतराज़ करना चाहा तो अत्तू मियाँ ने नौकरी छोड़ने की धमकी दे दी। आलम हेल्पर अत्तू मियाँ का था। मालिक को सीधे वैसे भी क्या लेना-देना, सो उसने हथियार डालकर आलम का हेल्पर होना क़बूल कर लिया। नतीजा : आलम की कुछ पगार बढ़ी और जमीला के दिल में अत्तू मियाँ के लिए बहुत-सी जगह। ज़्यादा समय नहीं लगा—साल-भर के अन्दर ही जमीला और अताउल्ला ख़ान उर्फ अत्तू की सारे ख़ानदान के विभिन्न प्रकार के सहयोग और योगदान के साथ, शादी-ख़ानाआबादी हो गई।

शादी, बहुत सादगी से, हमारे ही घर से हुई, और सचमुच, रिश्तेदारों ने बिना यह सोचे कि अभी सकीना की तीन बेटियाँ और हैं, जिससे जितना बन पाया, दहेज और शादी के ख़र्चे में हिस्सेदारी की। जमीला की रुख़्सत के बाद जो सकीना आपा के चेहरे का भाव था, सब कुछ बखूबी हो जाने के कारण शायद, वह ऐसा था जैसे उन्हें बेटी के घर से जाने का बहुत सदमा हो। वह हँसतीं, आँसू

पोंछतीं, 'तमाशा है सब' कहतीं, दूसरी साँस में अल्लाह और अपने रिश्तेदारों का शुक्रिया अदा करने लगतीं—ऐ अल्लाह, मैं तेरी हमेशा-हमेशा की शुक्रगुज़ार हूँ, मैं बाक़ी सारी उम्र भी अपने बुज़ुर्गों की ख़िदमत में बिता दूँ तो क्या मेरी एहसानमन्दी का इज़हार हो पाएगा ! ऐ अल्लाह, शुक्र-शुक्र-शुक्र तेरा !

वैसे सकीना आपा की अल्लाह मियाँ से तमाम रिश्तेदारी उसका ज़बानी शुक्र अदा करने तक ही सीमित थी। न वह कभी नमाज़ पढ़तीं नज़र आती थीं न कुरान, और शायद रमज़ान के रोज़ों के मामले में भी चोर थीं। अम्मा ने कई बार, ख़ासतौर पर उन्हें नमाज़ पढ़ने की तम्बीह की थी मगर वह टाल गई थीं, फिर, आख़िरकार जब उन्होंने सकीना आपा से जवाब ही तलब किया था तो उन्होंने राजगीरे के लड्डू की तरह टूटती, अपनी फुसफुसी आवाज़ में कहा था—क्या करूँ, दुल्हन चची, जैसे ही नमाज़ की नीयत बाँधती हूँ, दिमाग़ इसी गुन्तारे में लग जाता है कि मैं क्या कर रही हूँ, क्यों कर रही हूँ और हँसी है कि अपने आप ही आने लगती है। सब गड़बड़ा जाता है। मैं बहुत तौबा करती हूँ, अल्लाह मियाँ से माफ़ी माँगती हूँ, मगर यह शैतान ! मैं क्या करूँ ?

अम्मा बेचारी सकीना आपा को क्या बतातीं कि वह क्या करें !

आगे भी, घटनाक्रम, अगर स्वाभाविक रूप ही से चलता तो होना यह चाहिए था कि जमीला की शादी के बाद सकीना आपा की जिम्मेदारियों में कमी आ जाती। ऐसा हुआ नहीं और इसके दो कारण थे। ससुराल के जिस घर से शादी हुई उसी के किसी सदस्य की आरा मशीन पर वह मिस्त्री थे, यह जानकारी अत्तू मियाँ जैसे अच्छे परिवार के नाराज़ व्यक्ति के फंडामेंटल्स गड़बड़ाने के लिए काफ़ी थी। वह जिन लोगों के नौकर थे, वह उनके ससुराली रिश्तेदार थे और रिश्ते में छोटे, भाँजे अर्थात् भतीजे, इस सच को अत्तू मियाँ ने अपने दिमाग़ में गाँठ-सा बाँध लिया और बीवी और सास से शिकायत शुरू कर दी कि उनको तो इतनी तमीज़ और तौफीक़ भी नहीं कि अपने से बड़ों को सलाम करें। सकीना आपा, जो एक लम्बी ज़िन्दगी इन्हीं रिश्ते के खेलों को, बग़ैर समझने की कोशिश किए, देखती रही थीं, अत्तू मियाँ को क्या समझातीं कि रिश्तेदार दूसरी दुनिया में अपनी मगफ़िरत की उम्मीद में, ख़ैरात तो दे सकते हैं, लेकिन इज़्ज़त क्या सिर्फ़ किसी के कहे से दे देंगे ! और जिस तरह का नाराज़गी-भरा स्वभाव ख़ुद अत्तू मियाँ का था, ऐसा हो नहीं सकता था कि इस सच को उन्होंने भी अपने रिश्तेदारों में, अपनी तरह न जाना हो। हो सकता है इसी वजह से, उनका गुस्सा, कम होने के बजाय और बढ़ गया हो। जो भी रहा हो, शादी के कुछ समय बाद ही उन्होंने अपने और जमीला के बीच कड़वाहट की बुनियाद खोज निकाली थी। यही नहीं, वह सकीना आपा और जमीला को, अक्सर तैश में, उनके रिश्तेदारों

को आरा मशीन छोड़ देने की धमकी भी देते, यह कहते हुए कि दामाद मिल सकता है मगर आरा मशीन का अच्छा मिस्त्री कहाँ मिलता है। कहना बेजा होगा कि उनकी इन बातों में आलम भी चढ़-चढ़कर हाँ-में-हाँ मिलाता था। यह सूरतेहाल कुछ समय—तब तक रही जब तक कि जमीला एक बेटी की माँ न बन गई और अत्तू मियाँ आरा मशीन की आरी टूटने में घायल न हो गए। फिर न जाने क्या हुआ कि अत्तू मियाँ और मशीन की आरियों में ठन-सी गई। रह-रहकर दुर्घटना होती थी और अत्तू मियाँ कभी मामूली, कभी गम्भीर रूप से ज़ख्मी हो जाते थे। देखते-देखते उनका चेहरा इस लड़ाई की निशानियों से पट गया था। उन्होंने एक आँख गँवा दी थी और दाहिने हाथ का अँगूठा खो दिया था। शादी के दस साल के अन्दर ही वह अपाहिज, तीन बेटियों के बाप, जमीला को फिर से बीड़ी का सूपड़ा थामने और छोटे बच्चों को क़ुरान पढ़ाकर गुज़ारा करने पर मजबूर छोड़कर, दुनिया से रुख़्सत हो गए थे। जमीला ने अपनी औलादों को किस तरह पाला-पोसा, उनकी शादियाँ की, वह एक और दिलचस्पी से ख़ाली और हमारी कहानी से ही जन्म लेनेवाली, दरअसल एक दूसरी कहानी है जिसकी तफ़सील में जाना यहाँ असंगत और अनावश्यक होगा। लेकिन अत्तू मियाँ के दुःखदायी अन्त तक, उन दस सालों में, ख़ुद सकीना आपा की ज़िन्दगी ठहरी नहीं रही, सुस्त रफ़्तारी या तेज़ी से उनके आस-पास, कुछ-न-कुछ होता रहा।

एक निराशा जो दिन-ब-दिन पुख़्ता होती गई, वह आलम को लेकर थी। समय के साथ-साथ यह पक्का होता गया था कि वह बड़ी हद तक निकम्मा और उससे भी ज़्यादा ख़ुदग़र्ज़, व्यक्ति था। अगर कोई आरा मशीन की सबसे लम्बी हेल्परी जैसा रिकॉर्ड होता तो निःसन्देह आलम के नाम लिखा जाता। इसी पर बस नहीं, वह अपनी कमाई सकीना आपा से छिपाकर जोड़ता था। पगार और ओवर-टाइम मिलाकर सौ रुपए बनते तो सकीना आपा को तीस रुपए थमाता और कहता, इतने ही बने हैं। अच्छे ख़ानदान से सम्बन्ध के कीटाणु उसके भी बहुत अन्दर घर कर गए थे, इसलिए किसी की भी ऊँची आवाज़ में बात बर्दाश्त नहीं थी। नतीजा यह कि उसे आए दिन अपने काम के ठीये बदलने पड़ते और ठीये बदलने का भी अगर कोई रिकॉर्ड होता तो शायद आलम के नाम ही दर्ज़ होता। मिस्त्री तो खैर, वह कभी बन ही नहीं पाया, मगर अत्तू मियाँ की मेहरबानी से सदा-सदा का हेल्पर ज़रूर बन गया।

जिन सात कोठरियों में से एक में सकीना आपा रहती थीं, उनके आगे और स्लॉटर-हाउस के पीछे जहाँ गली कुछ अन्धे मोड़ मुड़ती थी, यह सीलन खाया, अँधेरा, बड़ा-सा मकान था जिसके प्रवेश-द्वार से ही सटी हुई घर की बेपर्दा संडास थी जिसके सामने बिखरी राख पर आमतौर पर दो-तीन कुत्ते लोटते रहते थे। यह

दारोग़ाजी का मकान कहलाता था। दारोग़ाजी कौन और कब के, यह तो पता नहीं लेकिन उस घर में नवाब और शहंशाह, उनकी बहन बेग़म और बूढ़ी माँ जिन्हें सारा मोहल्ला अम्मा कहता था, रहते थे और उनके अलावा कुछ किरायेदार भी। कुछ नाम बच्चों के साथ भौंड़ा, मज़ाक साबित होते हैं, और नवाब, शहंशाह और बेग़म के साथ बिल्कुल यही था। नवाब होश और दीवानगी के बीच इधर-से-उधर, सफ़र करता रहता था और उसकी चमड़ी ऐसी स्याह थी कि उसमें दाँत और आँखों की सफ़ेदी हाथीदाँत के काम-सी चमकती थी। उस पर दौरे पड़ते थे, अलग-अलग चीज़ों के। नमाज़ पढ़ने का दौरा, नमाज़ न पढ़ने का दौरा, मेहनत का दौरा, हाथ-पर-हाथ धरे बैठे रहने का दौरा, लोगों की मदद करने का दौरा, लोगों से झगड़ने का दौरा, इत्यादि। शहंशाह सफ़ाई का दीवाना था और हर मौसम में, हर वक़्त सफ़ेद कलफ़दार कपड़े और सिर पर सुहरवर्दी कैप पहनकर घर के बाहर निकलता था। उसे बिना टोपी पहने किसी ने नहीं देखा था, हालाँकि उसकी तबीयत में मज़हब की ओर झुकाव कहने को भी नहीं था। असल में यह टोपी वह एक तरह से विग की तरह पहनता था, अपने सिर के मुक़म्मल गंजेपन को छिपाने के लिए। उसे मुर्गे और पतंग लड़ाने का शौक़ था। जब भी उसकी पतंग कटती या मुर्गा पिटता, वह दिल की भड़ास मोहल्ले में किसी-न-किसी से झगड़कर निकालता। बची बेग़म, तो उसके पहले नक़्श याद करने पर दिमाग़ में गद्दर जामुन जैसी कोई चीज़ उभरती है। नवाब की तरह कोयला-स्याह नहीं बल्कि तह में कहीं दमकता, गहरी नीली रोशनाई-सा रंग, बेर-सी नाक और बटन-सी गोल-गोल आँखें। हड्डी-काठी का सही अन्दाज़ा इसलिए नहीं होता था कि क़द बहुत छोटा था और आवाज़ ऐसी बारीक और धारदार कि बिना जख़्मी हुए सुनी नहीं जा सकती थी। ज़मीन-आसमान के बीच जाने क्या-क्या साज़िशें होती हैं जिनके बहकावे में आकर इंसान कुछ भी क़दम उठा लेता है। आलम का बेग़म पर आशिक़ होना मुझे आज भी इसी शृंखला की एक कड़ी लगता है। न सिर्फ़ आशिक़ होना बल्कि अपने इश्क़ को ब्याह-मंडप तक ले जाने के लिए उन तमाम शर्तों को मंज़ूर करना जो अन्ततः आलम ने कीं, जिसमें छोटी बहन कनीज़ा का, जो मानसिक रूप से बड़ी हद तक कमज़ोर थी, शादी शहंशाह के साथ करना भी शामिल था।

दरअसल जमीला के फौरन बाद शादी के लायक तो घर में शकीला थी, लेकिन उस ज़माने में उस पर अल्लाह मियाँ की गाय बनने और कहलाने का भूत सवार था। एक छोटी-सी कोठरी में भी उससे जितना बन सकता, वह पर्दा भी करती और इबादत भी। उसके सिर से दुपट्टा, सोते-जागते, इस तरह बँधा रहता जैसे आमतौर पर औरतें नमाज़ पढ़ते वक़्त कसकर बाँधती हैं। सूरत-शक्ल में वह सकीना आपा से भी मामूली लेकिन बहरहाल कनीज़ा से बेहतर थी।

कनीज़ा तो बिना बोटी का हड्डी-चमड़ा थी जो सारे समय, गोद में बीड़ी का सूपड़ा रखे, दुनिया को आँखें फाड़-फाड़कर देखने की कोशिश किया करती थी। ऊपर से सितम कि वह अपने मामू की ही तरह बल्कि उसे भी ज़्यादा बोलते समय हकलाती थी। दिमाग़ की कमज़ोरी की वजह से उसे अपने कुर्ते-दुपट्टे का भी सही-सही होश नहीं रहता था। यह सोच पाना मुश्क़िल है कि उस दिन शहंशाह के कितने पेंच कटे होंगे, या कितने मुर्गे लड़ते हुए मारे गए होंगे, जब उसने कनीज़ा को ब्याहने का सोचा। एक ही कारण समझ में आता है—शहंशाह की ढलती उम्र। जिस समय यह रिश्ता हुआ, शहंशाह साठ साल के इर्द-गिर्द का रहा होगा जबकि कनीज़ा उससे पैंतीस-चालीस साल छोटी होगी। सकीना आपा की मंशा आसानी से समझी जा सकती थी। बेटियों की शादी उनके लिए कोई तक़रीब न होकर महज़ एक पूरी की जाने वाली जिम्मेदारी रह गई थी। एक जमीला की शादी की तो थी तक़रीब समझकर सो वही अब दुःख दे रही थी। जमीला आए दिन अत्तू मियाँ की शिकायतों के साथ, कभी रोती-पीटती घर लौटती रहती और वह उसे वापस उसके घर की ओर धकेलती रहतीं। सो वह पल बड़े की सुकून का था जब उन्होंने कनीज़ा को दारोग़ाजी के घर रुख़्सत किया और वहाँ से आलम के लिए बेग़म को ब्याह कर लाईं। इन दोनों शादियों में सकीना आपा के ख़ानदान, यानी मेरे घरवालों की शिरकत वैसी नहीं थी जैसी जमीला की शादी में रही थी। किसी से कुछ हो सका तो कर दिया वरना दिल को यह इत्मिनान काफ़ी था कि पहली शादी में फर्ज़ अदा किया जा चुका है। सकीना आपा को शिकायत कभी अल्लाह से न हुई तो अपने रिश्तेदारों से क्या होती। वह उसी पाबन्दी और अपनाईयत से, तमाम घरों में आती-जाती रहीं। यह वह ज़माना था जब उनके पैरों की फूली-फूली उँगलियाँ स्पंज की चप्पलों में उलझी रहतीं, और मुझे याद है, उनके दो पैरों की चप्पलें, कभी एक जैसी नहीं होती थीं। पट्टे का रंग अगल-अलग होना आम बात थी, लेकिन अक्सर दोनों का नम्बर भी एक नहीं होता था।

आलम ने अपनी दुल्हन के लिए सात कोठरियों से एक कोठरी किसी किरायेदार को उसकी मुँहमाँगी रकम देकर, खाली करा ली थी, उसके कहे अनुसार, आरा मशीन के मालिक से एडवांस लेकर। यह असलियत सकीना आपा से अधिक समय तक छिपी न रह सकी कि दरअसल आलम उनसे अलग रहना चाहता था, और बहुत पहले से उसने, अपनी तरह इसकी तैयारी भी शुरू कर दी थी। सकीना आपा का रवैया, यह जानकर बिल्कुल ऐसा था जैसे इत्मिनान हो कि एक जिम्मेदारी यूँ भी पूरी हुई। अब बचीं दो और, शकीला और ज़ैनब, देखते हैं यह सिर का बोझ कब और किस तरह हल्का होता है।

सकीना आपा ने जमीला के मामले में सीधी दख़लअन्दाज़ी से तो इनकार कर दिया, मगर ज़रूरत के वक़्त वह उसकी हौसलाअफज़ाई या हिम्मत बँधाने की कोशिश ज़रूर किया करती थीं।—यहाँ से गई हो, वह समझाती—तुम्हारा घर है। जब चाहो यहाँ आ सकती हो। मगर बेहतर यही होगा कि अच्छा-बुरा, जैसा भी हो, अपने घर ही जियो। न ज़मीन मेरी, न आसमान पर कोई दावा, वह आँख का आँसू पोंछते हुए, संजीदा होते-होते हँस देतीं—बस, मौत पड़ी, यह कुछ साँसें हैं, जो जब तक भी चल रही हैं, चल रही हैं। इनके भरोसे मैं कोई ठेकेदारी थोड़ी कर सकती हूँ ! तमाशा है सब, यह समझ लो !

आलम और बेग़म तो, दोनों, एक-एक दिन करके जीने, लड़ने-झगड़ने, औलादें पैदा करने, और ज़ेहन से ओझल और दुनिया से बेनामो-निशान होने की व्यस्तताओं में खो गए, और कुछ समय बाद, जब कनीज़ा और शहंशाह दुनिया में नहीं रहे, तो कोठरी छोड़कर दारोग़ाजी के घर में रहने लगे, लेकिन मेरा जो याद पीछा करती है वह उन दिनों की है जब कनीज़ा गर्भ से थी। यह सही-सही कह पाना तो सम्भव नहीं कि उस जैसे कमज़ोर दिमाग़ की लड़की की समझ में शादी और औरत-मर्द के रिश्ते का मतलब क्या रहा होगा, लेकिन शादी के बाद मैंने उसे जब भी देखा, किसी ख़ौफ़ में मुब्तिला, ख़ुद को कपड़ों में बाँधते-समेटते ही देखा। वह बड़ा बदलाव था, उस लड़की में, जिसे कुछ दिन पहले तक अपने ओढ़नी-दुपट्टे का ख़्याल तक नहीं रहता था। मैंने बिना किसी ऊपरी वजह के उसे कई बार अकेले में रोते और ख़ुद से बातें करने की कोशिश करते देखा था। ज्यों-ज्यों उसकी गर्भावस्था बढ़ती गई और उसके बाक़ी शरीर से असंगत, पेट गोल होकर बाहर निकलता गया, उसके चेहरे पर बेबसी का भाव तीव्र होकर फैलता गया। वैसे भी उसे देखने पर दिमाग़ में किसी मजबूर परिन्दे का ख़्याल आता था, अब लगता वह परिन्दा अपनी रिहाई की आस छोड़कर बाक़ी ज़िन्दगी क़ैद समझकर काट रहा है। मैंने महिलाओं को माँ बनने की प्रक्रिया से गुज़रते और उस ख़ास घड़ी का इन्तज़ार करते देखा है जब उनके वज़ूद में पली कोंपल, किसी दरख़्त की शाख़ की तरह अलग होकर, ख़ुद में मुख़्तार, एक इकाई बनती है। वहाँ चेहरों पर निकलते दिन की रोशनी और छँटता अँधेरा होता है। कनीज़ा के चेहरे से रोशनी दिनों-दिन रुख़्सत हो रही थी और रात पड़ाव डालने को थी। अपनी याददाश्त में अगर मुझे सकीना आपा इतनी परेशान याद हैं कि तमाशे को भूलकर उसका पात्र बन गई हों, वह कनीज़ा के माँ बनने को लेकर ही हैं। दारोग़ाजी के मकान और मस्जिद की सात कोठरियों में ज़्यादा फ़ासला तो था नहीं, इसलिए रोज़ ही या तो शहंशाह उसे माँ के पास छोड़ जाता, या सकीना आपा ख़ुद जाकर कनीज़ा को अपने साथ ले आतीं। कोठरी पर

पहुँचते ही वह अपनी टाट की बिछात खोजती, बीड़ी बनाने का सूपड़ा माँगकर गोद में रखकर, तेन्दू के पत्ते फैलाकर उन पर तम्बाकू की तह जमाती और पत्तों को गोल करके उनका मुँह खीसकर, बीड़ी बनाने में लग जाती। यह सब सकीना आपा और दो बहनों के समझाने के बाद भी कि अब तुम्हारा घर अलग है और तुम्हें बीड़ी बनाने की कोई ज़रूरत या मजबूरी नहीं। देर-देर तक ख़ामोश रहने के बाद वह अपनी कमज़ोर आवाज़ में रो देती और हकलाते हुए अपने रोज़-ब-रोज़ बढ़ते पेट की ओर इशारा करके सकीना आपा से कहती—बिया, अब हमारा क्या होगा ?

सकीना आपा ने उसे भी दिलासे दिए होंगे, जैसे कि सारी उम्र अपनी औलाद ही नहीं, दुनिया-जहान में उन्हें जो भी ज़रूरतमन्द लगा, उसे दिए। और कनीज़ा तो उनकी वह सन्तान थी, जिससे ख़ुद सकीना आपा के कहे अनुसार, उनकी बिना बोले भी बातचीत हो जाती थी। वैसे दुनिया को समझने-समझाने का, सकीना आपा का, ख़ुद अपना एक अन्दाज़ था। एक बार ज़ैनब हुज़्ज़त करने लगी कि यह ज़मीन-आसमान सात-सात ही क्यों होते हैं ? सात से कम या ज़्यादा क्यों नहीं ! देर तक उन्होंने ज़ैनब के सवालों को टालने की कोशिश की, मगर जब वह नहीं मानी तो सकीना आपा ने अपनी ठँसी आवाज़ में चुटकी भरी थी—कैसी कमअक़्ल लड़की है ! इसे यह भी समझ में नहीं आता कि हम सात कोठरियों में रहते हैं ! हमारी मस्जिद की सात कोठरियाँ हैं और हर कोठरी एक ज़मीन-एक आसमान के बराबर है ! बेवकूफ़ कहीं की !

समझी तो ज़ैनब क्या होगी—समझ भी क्या सकती है, मगर सकीना आपा का वह लहज़ा उसे उस पल चुप कर देने को काफ़ी था।

हुआ बहरहाल वही जिसका डर था और कनीज़ा बच्चे की पैदाइश में गुज़र गई थी। बेटा सही-सलामत पैदा हुआ था, लेकिन यह जाने कैसा क्रान्तिकारी परिवर्तन था कि शहंशाह ने अपने बेटे की शक़्ल देखने से भी इनकार कर दिया था। जाने वह कनीज़ा की बेवक़्त मौत का सदमा था या किसी ऐसी बात का पछतावा जिसे बाक़ी दुनिया नहीं जान सकती थी, मगर देखते-ही-देखते शहंशाह के सफ़ेद कपड़ों की कलफ़ ढीली पड़ी और फिर वह मैले-कुचैले, धुलने को भी मोहताज होते गए। उधर उसके मुर्गे दाने को तरसते, दारोग़ाजी के मकान की खपरैलों पर चढ़-चढ़कर बाँगें देने और मोहल्ले की मुर्गियों के पीछे भागने पर मजबूर होते गए, इधर शहंशाह खाट पकड़ता, समय-समय पर ख़ुद से ही पेंच लड़ानेवालों की तरह गाली बककर कहने लगा—वह काटा ! वह काटा ! वह अनहोनी भी हुई कि मोहल्लेवालों ने उसे बगैर टोपी के, गंजे सिर गलियों में बेमकसद भटकते देखा। फिर एक दिन बड़े भाई, नवाब से उसकी कुछ कहा-सुनी

हुई और नवाब ने चिढ़कर पीठ पर इतने कसकर मुक्का मारा कि शहंशाह अपने पलंग पर जाकर लेट गया, और जो लेटा तो फिर ख़ुद नहीं उठा।

सकीना आपा यह सब आँखों के सामने होता देख रही थीं और कनीज़ा और शहंशाह के बेटे बिलाल को पालने-पोसने में लगी हुई थीं। उन्हें इस बात का आख़िर तक अफ़सोस रहा कि बिलाल का अक़ीक़ा सही-सही मजहबी रस्मों के अनुसार नहीं हो पाया। बस आलम ने उसके कान में अज़ान दे दी, और बाद में कुछ लोगों ने मिलकर नाम बिलाल तय कर दिया। वैसे शायद यह भी उनके लिए कोई नई बात नहीं थी, और ख़ुद उनकी तीन औलादों के अक़ीक़े, तुफ़ेलिया अक़ीक़े थे। यानी ख़ानदान में किसी के बच्चे का अक़ीक़ा हो रहा था, उसी के साथ उनके सिर पर भी उस्तरा फिरा दिया गया।

जल्दी ही बिलाल का ज़िम्मा सकीना आपा से, अल्लाह मियाँ की गाय, शकीला ने ले लिया था। कुछ था शकीला में ऐसा जैसे वह बच्चे पालने को ही बनी हो, पैदा करने को नहीं। शादी-ब्याह में उसकी दिलचस्पी भी नहीं थी, लेकिन क्या किया जाता, सकीना आपा का ! वह तो उसकी और ज़ैनब की शादी को अपनी दो आख़िरी ज़िम्मेदारियाँ मानकर चल रही थीं, जिन्हें किसी तरह उनकी ज़िन्दगी में पूरा किया जाना था।

बहाव में जब मैं सकीना आपा की बात करता हूँ तो इसका यह मतलब नहीं कि इस दौरान बाक़ी दुनिया की गर्दिश रुक गई थी। बदलाव हर जगह था, चाहे वह छोटी इकाई, हमारा ख़ानदान हो या फिर इसके आगे हमारा मोहल्ला या बाक़ी की दुनिया हो। घर में अनेक भाई-बहन शिक्षा के बाद, शादी करके रोज़गार का पीछा करते, मोहल्ले और शहर ही नहीं, मुल्क़ से भी बाहर जा चुके थे। एक इकाई टूटकर अनेक में बँट रही थी। कोई ख़ुश था, कोई संघर्ष में लगा था, तो कुछ का हौसला टूटा भी था। यह बदलाव समझ में आ सकने वाले स्वाभाविक जीवन के सहज पड़ाव थे। जो दो दिन ख़ुश था उसे तीसरे दिन मुश्किल का सामना और फिर उसका हल तलाश करना, सब जिस तरह आमतौर पर होता है, वह हो रहा था। इसमें मौतें भी थीं, बच्चों का जन्म भी, शादी और प्यार-मोहब्बत भी, धोखाधड़ी भी, पुराने मकानों का ढाया जाना भी और उनकी जगह नयों का बनना भी। मोहल्ले की गलियों में अजनबी चेहरे आकर बस रहे थे, पुरानी ख़ानदानी दादागिरी की जगह चुटपुट गुंडागर्दी लेती जा रही थी। शहर के आसार चारों दिशाओं में दूर-दूर तक फैल गए थे। हमारा घर विभाजन और नव-निर्माण की प्रक्रिया से गुज़रते कई पुरानी शिनाख़्तें खो चुका था, खोता जा रहा था। बस, असाधारण विपदाओं में घिरे होने के बावजूद एक सकीना आपा थीं, जो इस अनेक टुकड़ियों में बँट रहे परिवार की हर टुकड़ी को अपने में पूरा

और ख़ुद अपना ख़ानदान समझती थीं। उनको ख़ानदानवालों के आपसी झगड़ों से कोई सरोकार नहीं था और सबके यहाँ, उसी पुरानी अपनाइयत के साथ आना-जाना था।

ज़ैनब, मुझे यूँ भी याद है कि हम दोनों लगभग एक ही उम्र के थे और छुटपन में जब मैं मछली पकड़ने की मंशा से ज़मीन खोदकर केंचुए निकालता था तो देखकर वह बड़ी हाय-तौबा करती थी। मगर फिर झिरिया तक, जो स्लॉटर-हाउस के पीछे ही थी, साथ भी जाती थी। जब मैं बलिए पर केंचुए चढ़ा रहा होता था तब वह अपनी दोनों हथेलियों से कान यूँ बन्द कर लेती थी जैसे क़ेंचुए का रोना-चिल्लाना नहीं सुनना चाहती हो। उस पल उसकी आँखों में डर परछाई की तरह काँपता नज़र आता। मैं उसे छेड़ते हुए ताना देता कि घर के पास रोज़ इतने भैंसे और बकरे काटे जाते हैं, उससे तो डरती नहीं, क़ेंचुए से डरती है। वह चिमटी बहुत कसकर काटती थी और ला-जवाब होने के बाद यही उसका बदला होता था : ख़ुद ही चिमटी काटती थी इससे पहले कि सामनेवाला तकलीफ़ से चीखे-कराहे, ख़ुद ही मोटे-मोटे आँसुओं से भैं करके रोने लगती थी। याद नहीं कि मैंने उस झिरिया से कभी मछली पकड़ी हो लेकिन उन दिनों लम्बे समय तक, पानी में अपनी छोटी-सी बंसी डालकर बैठे रहने का अपना सुख था। थोड़े फ़ासले पर केवड़े के झुंड थे जो फूलते तो दूर-दूर तक तीखी ख़ुशबू महकती रहती। इसके अलावा छोटे-बड़े जंगली खजूर के दरख़्त थे जिनकी ड्राइंग, मैं वापस घर लौटकर काग़ज़-पेंसिल से करने की कोशिश करता। ज़ैनब उस ख़ुशबू और दृश्य के साथ ही दिमाग़ में बची रह गई, उसी तरह जैसे बचपन की अनेक चीज़ें जिन्हें हम याद नहीं रखते भुलाने में असमर्थ होते हैं।

धीरे-धीरे मेरा उन गलियों में जाना बन्द हुआ और फिर एक दिन वह मोहल्ला छोड़कर मैं शहर के दूसरे हिस्से में रहने लगा। दुनिया ने उम्र के साथ समझ या अनुभव के तौर पर मुझे जो दिया उसमें किसी आस या उम्मीद का पहलू कम था। मैं ख़ुद के बारे में सोच-सोचकर इसी नतीजे पर पहुँचा था कि एक कीड़ा, जो कुछ सोच-समझ भी सकता है : इससे ज़्यादा हर्गिज़ कुछ नहीं। जिस दिन सही मायने में कुछ समझ में आ जाए, इस उबाऊ सिलसिले को ही ख़त्म कर देना चाहिए। मैंने शादी न करने का फैसला किया था, बहुत पहले जब अम्मा और अब्बा जीवित थे, और अपने फैसले से उन्हें आगाह भी कर दिया था। अब्बा-अम्मा को अच्छा नहीं लगा था, तो उनके लिए तो कई ऐसी औलादें भी, पूरी निराशा के रूप में सामने आ चुकी थीं, जिन्होंने कहे पे बहुत ख़ुश होकर शादियाँ की थीं। और, ख़ुशी-नाख़ुशी अपनी जगह, माँ-बाप रहते कितने दिन हैं !

मेरे हाईस्कूल पास करने वाले साल ही, सकीना आपा बिलआख़िर, अपनी

आख़िरी जिम्मेदारी, ज़ैनब की शादी से भी फ़ारिग हो गई थीं। उससे पहले शकीला के फ़र्ज़ से वह हल्की हो ही चुकी थीं। सात कोठरियों में कोई आकर बसा था जो चढ़ी उम्र का रँडवा था। काम भी कोई तारीफ़ जैसा तो नहीं, स्लॉटर हाउस में काटे गए जानवरों की आँतों को ठेके पर लेता था और उनकी सफ़ाई करके, सुखा के, जितने में ख़रीदता था, उससे कहीं ज़्यादा में किसी और को बेच देता था। दिन की मेहनत के बाद शाम को नहा-धोकर, साफ़ कपड़े पहनकर घर से निकलता तो कोई सोच भी नहीं सकता था कि वह आँतोंवाला ठेकेदार है। रँडवा था, पहली शादी से कोई औलाद या उससे हटकर कोई क़रीबी रिश्तेदार थे नहीं। सबसे बड़ी बात यह कि शकीला के साथ बिलाल का जिम्मा उठाने को तैयार था, और ख़ुद अल्लाह मियाँ की गाय, शकीला को पसन्द था। यह शादी ख़ामोशी से हुई थी और आगे शकीला की इससे कोई औलाद भी नहीं हुई थी।

ज़ैनब की शादी पर ख़ानदानवालों ने फिर तवज्जोह दी थी, यह सोचकर कि सकीना की आख़िरी लड़की की शादी है, सकीना ख़ुद बेचारी क्या-क्या करेगी। बेटा अव्वल दर्जे का नालायक़ और बड़े दामाद, जब तक ज़िन्दा भी थे तो किस काम के थे, अब तो चलो ख़ैर दुनिया में हैं ही नहीं। ज़ैनब का दूल्हा, सिकन्दर अच्छी सूरत-शक़्ल और लगभग मेरी ही उम्र का एक ख़ुशमिज़ाज कार्पेंटर था। अच्छे परिवार से था। शादी के बाद इस दामाद ने सकीना आपा को उस तरह की इज़्ज़त दी और उनका ख़्याल किया कि उनके दिल से दुआएँ भी निकली होंगी और ज़ैनब के भविष्य की ओर से कुछ चिन्ता भी मिटी होगी।

कुछ लम्बे ही समय तीन-चार साल की अनुपस्थिति के बाद मैं शहर लौटा था। एक सुबह, घंटी की आवाज़ पर दरवाज़ा खोलने पर देखा, बाहर पसीने में डूबी सकीना आपा खड़ी हैं : पहले से भी अधिक धुँधली और बूढ़ी सकीना आपा ! लिफ्ट की सहूलियत को अनदेखा कर, पता चला, वह चार मंजिल की सीढ़ियाँ ही चढ़कर आ गईं थीं। सलाम के जवाब में दुआएँ दीं, बलाएँ लीं, आँख का आँसू पोंछा, अन्दर आकर बैठ गईं, कहा—हम तो समझते थे पहचानोगे भी नहीं। मैंने आश्वस्त किया, दूसरे लोगों का अहवाल पूछा। हँसने लगीं और कहा—मैं किसी ज़रूरत से नहीं, सिर्फ़ तुम्हें देखने आई हूँ। ज़माना हो गया, कभी ख़ुद भी थोड़ा-सा वक़्त निकालकर आओ मियाँ, अब हमारा तो ख़ुद का कभी का बुलावा लग चुका है। आगे आपस में जानोगे-पहचानोगे नहीं तो कैसे सिलसिला चलेगा। वैसे सब अपने-अपने घर हैं, बस, इस मौत-पड़ी ज़ैनब की समझ में नहीं आता। अपना घर छोड़कर दो औलादों के साथ हमारी कोठरी पर पड़ी है। मियाँ ने एक और कर ली है। अब यह कि बाई, ज़माने के साथ तू अपनी औलाद को ऐसा बना कि वह लड़कर अपना हक़ ले सके, तुझे तो वज़ीफे

और गंडे-तावीज़ के सिवा आता क्या है ! और सिकन्दर में शराफ़त है, कितनी बार मनाने आ चुका है। कोई और होता तो मौके का फ़ायदा उठाकर दूसरी को ही घर ला बिठाता।

सकीना आपा ने घूम-फिरकर मुआयना किया था, बताया था कि उस ख़ूबसूरत घर में सिर्फ़ मेरी दुल्हन की कमी थी।

—क्या मिलता है, सकीना आपा, मैंने हँसकर बात टालने को कहा था—नालायक़ और बेमुरव्वत औलाद जो जब तक साथ रहती है तो दुःख देती है और फिर अपनी मर्ज़ी से जीने को अकेला छोड़कर चली जाती है।

—इससे वह पराई थोड़ी हो जाती है, मेरी बात से सकीना आपा पल-भर को भी सहमत नहीं थीं।—यही तो ज़िन्दगी की असल इबादत है मियाँ, और इसी में बख़्शिश और मग़फिरत है। यही आज़माइश है और यही उसका सिला है, यह हमारी जैसी छोटी अक़्ल से सोचो तो ! या यह शायद हमारी उम्र बोल रही हो ! इंसान सठिया भी तो जाता है, कि लगता है अन्दर होने और न होने के बीच लगातार छीना-झपटी चलती रही है। जब से भी होश सँभाल के दुनिया को देखा है, आल-औलाद, घर-ख़ानदान, बुनियादी जिम्मेदारियाँ—

मैं सकीना आपा से कहना चाहता था कि आप या आपकी आल-औलाद में होना है कहाँ, सब न होना ही न होना है ! मगर चुप रहा था। वह मेरा पता आपा से लेकर महज़ मुझसे मिलने पन्द्रह किलोमीटर की दूरी बस में तय करके आई थीं और घर, ख़ानदान, औलाद के बारे में अपनी ज़बान में अपने ख़्याल बता रही थीं। यानी उन तमाम चीज़ों के बारे में जो उन्हें प्यारी थीं।

—चलिए, मैंने हँसकर कहा—ढूँढ़िए आप कोई लड़की जो मुझसे शादी करने पर राज़ी हो। मैं न करूँ तो नाम बदल दीजिएगा।

वह लौट गई थीं। मैं ख़ुद गली के नुक्कड़ तक उन्हें कार में छोड़कर आया था। वह दुआएँ देती रही थीं और मैं जल्दी ही आने की यक़ीनदहानी करता हुआ वापस आ गया था। मैंने कुछ पैसे देना चाहे थे तो उन्होंने साफ़ कह दिया था—कुछ देना हो तो घर ही आकर देना।

कुछ समय बाद सिकन्दर ज़ैनब को मनाकर वापस ले जाने में कामयाब हो गया था। फिर एक सिलसिला शुरू हो गया था, सिकन्दर और ज़ैनब के बीच लड़ने-झगड़ने, रूठने-मनाने का। मेरा यह ख़्याल पुख़्ता हुआ था कि सकीना आपा और उनकी औलाद की ज़िन्दगी से ज़्यादा बेमतलब और नीरस शायद ही कोई सिलसिला हो।

वक़्त रफ़्तार पकड़ लेता है और आस-पास के बदलाव और सरगर्मियाँ तेज़ हो जाते हैं। आपा फ़ोन पर बताती हैं कि सकीना आपा मुझे याद कर रही हैं।

उनकी तबियत कुछ गम्भीर रूप से ख़राब है। मुद्दतों बाद मैं फिर उस गली और कोठरी में जाता हूँ। एक दूसरी ही सकीना आपा, साफ़-सुथरी और हल्की-फुल्की, प्याजी रंग के कपड़ों में तकिए से टिककर बैठ जाती हैं। आवाज़ बमुश्क़िल निकलती है। मेरे कान में कहती हैं—लड़की नहीं ढूँढ़ पाई ! ज़रा ठीक हो जाऊँ।

सकीना आपा, ऊपरी तौर पर देखा जाए, तो एक लम्बी ज़िन्दगी जीने के बाद दुनिया से रुख़्सत हो जाती हैं। कड़वाहट के लम्हों में मैं ख़ुद से सवाल करता हूँ—इंसानों की तक़दीर कौन लिखता है ? अगर सकीना आपा निरर्थक ही जीं तो मरते समय उनके चेहरे पर सुकून और इत्मिनान क्यों था ? उनका जीवन बेमक़सद ही था तो मुझे इतनी तफ़सील से क्यों याद रह गया ? मैं याद करता हूँ स्लॉटर-हाउस के क़रीबो-दूर, दरख़्तों और मकानों की खपरैलों पर बसेरा करते बुड्ढ़े गिद्धों को : शायद उनके पास मेरे सवालों का कोई जवाब हो ! आसमान में भेड़ों के रेवड़-से हाँकते, सफ़ेद बादलों के गुच्छों को देखता मैं अपने आप से दोहराता हूँ—इंसानों की तक़दीर कौन लिखता है ?

बादल हवा में तैरते-गुज़रते रहते हैं, गिद्धों की उम्र बहुत लम्बी होती है, और मैं उम्र की सँकरी गलियाँ तय करता इतनी ज़िन्दगी गुज़ार चुका हूँ कि जो कुछ बीत चुका है, उसके गवाह कम ही रह गए हैं।

ज़ैनब अपने पति को कोसती, उससे लड़ती-झगड़ती, तीन बेटियों की शादी कर चुकी है और उसका इकलौता बेटा, डिप्लोमा करने के बाद पिछले कई वर्ष से मिडिल ईस्ट में काम कर रहा है। सिकन्दर रहा जितनी भी दूसरी औरतों के साथ हो, बिलआख़िर अब ज़ैनब और उसकी औलाद के साथ है।

बेटे के बाहर जाने से उनके ज़ाहिरी हालात में भी सुधार हुआ है। इन दिनों ज़ैनब बेटे के लिए लड़की ढूँढ़ रही है। ख़ुद में आए बदलाव पर पर्दा डालने या उस बदलाव को और उजागर करने की मंशा से वह लापरवाही से ख़ानदान के एक-एक ऐसे घर में जा रही है जहाँ लड़कियाँ हैं : यह कहते हुए कि यह रिश्ता आपस में ही हो जाए तो अच्छा है। वह उन रिश्तेदारों के घर ख़ासतौर पर जा रही है जो कल तक उसे पहचानने से इनकार करते थे या उसके आने को कुछ माँगने की भूमिका समझकर अपने-अपने ग़ैरज़रूरी कामों में व्यस्त हो जाते थे। आज वह उससे मुस्कुराकर मिलने पर मजबूर हैं। मैं एक दूर का तमाशाई, स्लॉटर-हाउस के उन गिद्धों जैसा ही, ऊँचान से सब कुछ देख रहा हूँ और सोच रहा हूँ कि चीज़ें क्या यूँ भी बदलती और बेमतलब से बामतलब होने लगती हैं ? इस कहानी, या सकीना आपा का ही शब्द इस्तेमाल किया जाए तो 'तमाशा' में, उनके न रहने के इतने समय बाद किसी क्लाइमेक्स की उम्मीद कैसी ?

ख़ानदानवालों में नाराज़गी है, ज़ैनब के रवैए में आए बदलाव के साथ-ही-साथ

इस बात से कि उनके 'हाँ' या 'ना' का इन्तज़ार किए बिना ही उसने बेटे की मँगनी एक दूसरे परिवार में कर दी है लोग, दबे अल्फाज़ में उन अहसानों को भी गिनाने से बाज नहीं आ रहे हैं जो बीते समय में कभी उन्होंने या उनके बुज़ुर्गों ने सकीना आपा और उनके परिवार पर किए थे। लड़के का रिश्ता एक उम्मीद से भी बेहतर परिवार में हुआ है। इससे उन गिनती के लोगों को भी ईर्ष्या है जो कल तक ज़ैनब की वकालत में दो शब्द बोल दिया करते थे।

ज़ैनब का बेटा आएगा, शादी के दावतनामे बँटेंगे, निक़ाह होगा, फिर बारात, और उसके बाद वलीमा।

और उसके बाद ? उसके बाद क्या होगा ? क्या दूल्हा-दुल्हन, ख़ुशो-ख़ुर्रम, हमेशा-हमेशा के लिए एक साथ रहने लगेंगे ?

ऐसा हुआ तो मुझे ख़ुशी होगी लेकिन सकीना आपा और उनकी औलादों के साथ बीते समय में जो हुआ है, वह मुझे तरह-तरह के अन्देशों में डालता है और सोचने पर मजबूर करता है कि यहाँ भी सब बिगड़ सकता है ! बावजूद सकीना आपा के ज़िन्दगी को ही इबादत और इबादत का फल मानने के यक़ीन से क्या कहा जा सकता है। इसी को सकीना आपा ने 'होने' और 'न होने' के बीच छीना-झपटी कहा था जिसमें उनकी औलाद के हिस्से, अभी तक तो 'न होना' ही आया था।

मेरे अन्देशों से बेख़बर, ज़ैनब के यहाँ शादी की तैयारियाँ ज़ोरों से चल रही हैं। उसका बेटा शहर आ चुका है और शादी से पहले अपना ख़ुद का मकान बनवाने में व्यस्त है। मुझे नहीं मालूम, मेरे अन्देशे अगर निराधार साबित हुए तो अपने नए मकान में पत्नी के साथ ज़िन्दगी की नई शुरुआत करते हुए उसे कभी मस्ज़िद की वह सात कोठरियाँ याद आएँगी या नहीं जहाँ उसकी नानी ने अपनी आधी उम्र और माँ ने बचपन और नौजवानी बिताई थी। शायद नहीं आएँगी।

शायद यह याद न आना ही वह बिन्दु है जहाँ ज़िन्दगी फिर एक नई शुरुआत की ओर लौटती है।

—क्या सचमुच, ज़िन्दगी एक नई शुरुआत की ओर लौट सकेगी...

अपने आप में अकेला छूटा रह गया मैं जब ख़ुद से यह सवाल पूछता हूँ तो सकीना आपा, आलम, जमीला, अत्तू मियाँ, शकीला, कनीज़ा, शहंशाह, नवाब और वह स्लॉटर-हाउस, तंग गलियाँ, सड़ी नालियाँ, सब-के-सब उस तरह जीवित हो उठते हैं जैसा कभी मैंने उन्हें देखा था। और देखते हुए कभी नहीं सोचा था कि वह मुझे इस तरह याद रह जाएँगे। जो आज भी तेज़ रफ़्तार ज़िन्दगी की निगाहों से ओझल अपनी जगह ज्यों-की-त्यों मौज़ूद हैं, और कुछ दूसरे नाम और चेहरे, वहाँ अपनी ज़िन्दगी काट रहे हैं।

●●●